Die linke Hand des Teufels

Das Buch

Der junge Mailänder Journalist und Hacker Enrico Radeschi ermittelt in seinem Heimatdorf, im Norden der Lombardei, in einem Mordfall: Im beschaulichen Capo di Ponte Emilia wird im Briefkasten eines leerstehenden Hauses ein Päckchen gefunden, in dem sich eine abgehackte Hand befindet. Auf dem Umschlag steht, von einem Linkshänder geschrieben, der Name »Rudolph Mayer«. Kurz darauf wird ein alter Mann tot aufgefunden. Er wurde mit einem Genickschuss getötet. Die örtlichen Carabinieri suchen einen brutalen Mörder und tappen lange im Dunkeln. Zu lange: Nur Tage später taucht eine zweite Hand auf – und es geschieht ein zweiter Mord. Enrico Radeschi wird hinzugezogen. Seine Ermittlungsmethoden sind andere, und er deckt auf: Die beiden Toten verbindet ein dunkles Geheimnis, und ihr Schicksal war schon lange besiegelt.

Der Autor

Paolo Roversi, 1975 in Suzzara in der Lombardei geboren, hat in Nizza Zeitgeschichte studiert. Er ist Journalist und lebt in Mailand. Für *Die linke Hand des Teufels* erhielt er den *Premio Camaiore*, einen renommierten Preis für Kriminalliteratur. Es ist der Auftakt zu einer Serie um den Mailänder Journalisten und Hacker Enrico Radeschi.

Paolo Roversi

Die linke Hand des Teufels

Kriminalroman

Aus dem Italienischen
von Marie Rahn

List Taschenbuch

Besuchen Sie uns im Internet:
www.list-taschenbuch.de

Deutsche Erstausgabe im List Taschenbuch
List ist ein Verlag der Ullstein Buchverlage GmbH, Berlin.
1. Auflage März 2011
© für die deutsche Ausgabe Ullstein Buchverlage GmbH, Berlin 2011
© Copyright 2006 Ugo Mursia Editore S. p. A.
Titel der italienischen Originalausgabe:
La mano sinistra del diavolo (Mursia Editore)
Konzeption: semper smile Werbeagentur GmbH, München
Umschlaggestaltung: bürosüd° GmbH, München
Titelabbildung: bürosüd°, unter Verwendung von Motiv »Tor« Tokle/i-stock
Satz: LVD GmbH, Berlin
Gesetzt aus der Adobe Garamond
Papier: Munkenprint von Arctic Paper Munkedals AB, Schweden
Druck und Bindearbeiten: CPI – Clausen & Bosse, Leck
Printed in Germany
ISBN 978-3-548-60990-4

Dieser Roman ist ein Werk der Phantasie. Sämtliche Erwähnungen real existierender Personen oder Gegebenheiten erfolgten aus rein erzähltechnischen Motiven und dienen keinem weiteren Zweck.

Wer die Vergangenheit kontrolliert,
kontrolliert die Zukunft,
wer die Gegenwart kontrolliert,
kontrolliert die Vergangenheit.

GEORGE ORWELL

1

Der Taktstock kreiste einmal durch die Luft, dann stimmte die Kapelle die getragenen Töne eines alten Sinatra-Songs an. Langsam setzte sich der Leichenzug in der drückenden Nachmittagshitze in Bewegung.

Eine solche Beerdigung hatte man in Capo di Ponte Emilia noch nie erlebt: Banner der *Assoziazione Nazionale Partigiani Italia*, rote Fahnen, Veteranen mit roten Halstüchern, die Blaskapelle mit blinkenden Intstrumenten, ein Eichensarg auf einem von sechs Schimmeln gezogenen Wagen. Vorneweg gingen der Bürgermeister und die Stadträte, dahinter folgten die Freunde, dann die Bekannten und schließlich alle anderen. Eine Zeremonie mit Pomp und Pracht, wie für einen Edelmann. Nur dass dieser edle Herr völlig verarmt war.

Don Lino, der Dorfpfarrer, folgte etwas abseits dem Zug. Er trug weder Ornat noch Instrumentarium. Die Einstellung des Verblichenen war eindeutig gewesen. In die Kirche hätte er sich niemals begeben, auch nicht mit den Füßen voran.

»Wenn ich den Löffel abgebe«, hatte er immer gesagt, »dann bringt mich direkt zum Friedhof, und zwar auf einem Wagen, der von Pferden gezogen wird. Dabei spielt die Kapelle, und die Leute weinen. Wenn sie denn weinen.«

So war er, und die Leute weinten, und wie! Im Dorf kannten ihn alle: Pietro Caramaschi, genannt Giasér. Nach sechzig

Jahren hatten diejenigen seiner alten Kameraden, die noch lebten, ihr zerknittertes Barett, ihr rotes Halstuch und ihre Tränen bemüht, um einen weiteren der Ihren zu Grabe zu tragen.

Die Pferde schnaubten, die Leute schwitzten. Einen derart heißen Juli hatte man noch nie erlebt, in der Zeitung hieß es, es sei hierzulande der heißeste seit einem Jahrhundert. Die alten Menschen starben wie die Fliegen, und die Medien machten daraus die Nachricht des Tages. Mittlerweile war eine Massenhysterie ausgebrochen: Man machte sich Sorgen, fürchtete das Schlimmste und holte alte Gebrechen und längst verjährte Zipperlein aus der Mottenkiste. Am Ende war selbst Caramaschi mit seinen vierundachtzig Jahren diesem Wahn erlegen.

Jetzt lag er in seiner Holzkiste und zog langsam an der Polizeiwache vorbei.

Auf der Schwelle stand Giorgio Boskovic, der *Comandante* der *Carabinieri*. Angesichts der befremdlichen Menschenmassen hatte er Haltung angenommen und die Hand zum militärischen Gruß gehoben. Selbst *Brigadiere* Rizzitano stand etwas unbeholfen stramm, nachdem ihm irgendwann die Haltung seines Vorgesetzten aufgefallen war.

Niemand sagte ein Wort.

Nur die Töne von *My way* ließen die Hitze etwas leichter ertragen, während die Trauernden mit gesenktem Kopf dem Wagen folgten und heimlich versuchten, größere Schritte zu machen, um schneller am Friedhof anzukommen.

Als sich der Trauerzug entfernt hatte, wandte sich Boskovic an seinen Untergebenen, der immer noch strammstand. Er hielt seine Hand am Mützenschirm, seine Stirn war schweißnass und die Brille mit den dicken Gläsern leicht verrutscht.

»Wer war das denn?«, fragte der *Maresciallo* und wischte

sich mit dem Taschentuch über die Stirn. »Da ist ja der ganze Ort auf den Beinen!«

»Das war Giasér, so wurde er zumindest genannt«, antwortete der andere und schob seine Brille die Nase hinauf. »Den kannten alle hier, und Sie sind ihm bestimmt auch schon hier und da begegnet, *Marescià*. Er zog ständig einen Karren hinter sich her. Wissen Sie's jetzt?«

»Nein, außerdem ist es zu heiß zum Nachdenken.«

Die zwei Militärpolizisten folgten mit dem Blick dem Trauerzug, bis er das Ende der baumgesäumten Straße erreicht hatte, dann gingen sie wieder hinein, um sich abzukühlen.

»Es waren wirklich viele da«, bemerkte Rizzitano, als er den Kaffee machen ging. »Sogar von außerhalb.«

Der *Maresciallo* jedoch hörte ihm schon nicht mehr zu. Das Aufregendste, was man hier erleben konnte, war die Beerdigung eines alten Partisanen, der am Herzinfarkt gestorben war.

Unter Missachtung des ministeriellen Erlasses zündete er sich eine Zigarette an, zog die unterste Schublade seines Schreibtischs auf und holte eine halbvolle Flasche Montenegro heraus. Das gehörte dazu.

Der *Brigadiere* kam mit den dampfenden Tässchen.

Sie tranken ihren Kaffee schweigend, wie es sich gehörte. Rizzitano ohne Schnaps, der *Maresciallo* mit einem Schuss Amaro aus seiner Heimatstadt Bologna. Als sie damit fertig waren, machte Boskovic sich daran, die Zeitung zu überfliegen.

Er seufzte.

»In Frankreich feiern sie den Sturm auf die Bastille, und wir haben hier die Beerdigung dieses Giasér.«

»Jeder, wie er kann.«

Der *Maresciallo* zündete sich eine weitere Zigarette an.

»Hier passiert wirklich nie was«, bemerkte er und stieß eine Rauchwolke in die Luft.

La Bassa reggiana ist für die, die dort geboren und später abgewandert sind, eine Mentalität, eine Lebensart: vertraut und doch wie eine ferne Insel in Dunst gehüllt.

Für alle anderen ist sie einfach ein fruchtbarer, grüner Landstrich, der von Süden an die Poebene grenzt und dank der Schwarzweißfilme über Don Camillo und Peppone ins Licht der Öffentlichkeit geriet.

Die Deutschen kommen hierher, um Lambrusco zu kaufen, die Italiener, um ihren Vorrat an Würsten aller Art aufzufüllen.

Die Landschaft, die den Besucher hier erwartet, ist langweilig, flach und gleichförmig: Felder, so weit das Auge reicht, durchsetzt von Weilern, die sich um einen Kirchturm scharen. Heuschober und Schweineställe, in denen die ganze Nacht bläuliches Licht brennt, Äcker und Weiden, Pappeln und von hohen Erdwällen umgebene *Golene* – Auwälder und Feuchtwiesen, mehr Sumpf als Land. Kanäle voller Biber und Lotosblumen, Sümpfe voller Reiher, Gehöfte, die aufgegeben oder auf Tourismus umgestellt wurden. Doch vor allem prägt sie ein Ausdruck, den alle, früher oder später, ständig im Munde führen. Ein Fluch, den man schon als Kind eingepflanzt bekommt und der dadurch an Kraft gewinnt, dass die Älteren ihn bei jeder Gelegenheit anstimmen, bis man ihn eines Tages, fast unbewusst, vollständig verinnerlicht hat.

An jenem glühend heißen Julitag machte auch der alte Nello Ruini, seines Zeichens Postbote des Dorfs, davon Gebrauch. Es geschah, als er in einem Briefkasten auf eine Hand

stieß, die seine Post entgegennehmen wollte. Das war für sich
genommen nichts Ungewöhnliches, nur fehlte in diesem Fall
der dazugehörige Körper. Fünf Finger, eine Handfläche, ein
Gelenk und dann nichts mehr. Das Ganze in einem rostigen
Metallbriefkasten, der eigens aufgebrochen worden war, um
sie dort hineinzulegen.

Der arme Ruini, ein Doppelzentner von einem Mann, der
die Sechzig bereits um einiges überschritten hatte, meinte vor
Schreck zu sterben. Sein Herz fing an zu rasen, und er kippte
fast von seiner arg strapazierten Califfone, dem Moped, von
dessen Sitz er sonst niemals seinen überquellenden Leib anzu-
heben pflegte. Und es war genau dieser Fluch, der ihm als Erstes in den Kopf kam. Er ließ seinen Postsack fallen und brüllte
ein kräftiges: »*Cat vegna un cancher!*«

Für alle, die nicht der Bassa entstammen, etwa: »Ich
wünsch dir Krebs an den Hals!«

Es bleibt ungewiss, auch im Nachhinein, wie oft er es noch
wiederholte. Zumindest einige Male, denn der Schock war
groß. Als er wieder einen etwas klareren Kopf bekam, fing er
an, wie ein kleiner Junge zu brüllen und auf die Hupe seiner
Califfone zu drücken.

Damit machte er beträchtlichen Lärm, und ein paar Minuten später waren alle Anwohner der Umgegend auf der Straße.
Meistenteils Rentner, aber auch Kinder auf Fahrrädern und
Frauen, die die Henkel ihrer Einkaufstüten am Lenker des
Kinderwagens befestigt hatten. Zuerst hörten sie sich an, was
er zu sagen hatte, dann richteten sie ihre Aufmerksamkeit auf
die Hand. Siebzig Augen fixierten den Briefkasten.

Die *Carabinieri* zu rufen kam niemandem in den Sinn; dieses Ereignis war so unerhört, dass man sich nicht mit Neben-
sächlichkeiten beschäftigen konnte.

Man fing an zu reden, und während sich die Debatten entspannen, drückte jemand Ruini ein Glas Weißwein in die Hand, damit er wieder etwas Farbe bekäme. Der Postbote leerte es mit glasigem Blick in einem Zug und verlangte Nachschub.

Nach etwa einer Stunde weinseliger Diskussionen, als es sich einfach nicht mehr aufschieben ließ, kam der gesunde Menschenverstand zu Gehör, und jemand beschloss, die Ordnungskräfte zu rufen, um Licht in das Rätsel um die verstümmelte Hand zu bringen.

2

Der Asphalt dampfte, und die Landstraße, die zum Dorf führte, war menschenleer. Nur einer trotzte der Gluthitze: Enrico Radeschi, der mit seinem *Gelben Blitz* unterwegs war und diesem Namen alle Ehre machte. Das Wetter war herrlich, und er fühlte sich trotz der Schwüle, bei der ihm der Schweiß aus allen Poren brach, und trotz der kleinen Fliegen, die ihm ständig in den Mund flogen, einfach großartig. Sein Reisedress war lässig bis gewagt: Bermudashorts, Ledersandalen, weißes T-Shirt und Jagdweste mit halbem Arm. Seine Munition hatte er in den großen Taschen: Bleistifte, Notizbuch und Digitalkamera. Alles, was man brauchte, um jemanden zur Strecke zu bringen.

Ein paar Stunden zuvor, als die Sonne noch nicht so heiß brannte, war er in den Hof hinuntergegangen, um seine Vespa reisebereit zu machen. Da war seine Freundin Stella am Fenster ihrer Wohnung aufgetaucht.

»Weißt du, wie du aussiehst?«, hatte sie gefragt, während sein Labrador Buk neben ihr seine feuchte Schnauze nach vorn schob.

Der Hund hatte ein Heulkonzert angestimmt und damit die Hälfte der Mieter ihres Wohnblocks geweckt.

Radeschi hatte sich eingehend in der Spiegeltür des Gebäudes betrachtet: ungepflegter Bart, dunkle Brille und ein paar Kilo zu viel.

»Wie denn?«

»Wie Jeff Bridges in der *Der große Lebowski*.«

Er hatte gelächelt.

»Dann nenn mich Drugo.«

Mittlerweile hatte Buk angefangen zu bellen: Es war so sicher wie das Amen in der Kirche, dass die anderen Hausbewohner ihn bei der erstbesten Gelegenheit vergiften würden.

Stella hatte ihm einen Luftkuss zugeworfen, dann hatte er sich in Bewegung gesetzt. Sicher verkeilt zwischen seinen Beinen, dem Sitz und dem Bremspedal transportierte er nicht die Bowlingkugel des Filmprotagonisten, sondern einen kleinen Koffer mit Kleidern und dem unverzichtbaren Laptop.

Die Fahrt war alles andere als angenehm: von Mailand bis Capo di Ponte Emilia sind es hundertsechzig Kilometer glühend heißer Asphaltstrecke voller Ampeln, Schlaglöcher, stinkender LKWs. Der Motor seiner Fünzigervespa von 1974 hatte gekeucht und in mehr oder minder regelmäßigen Abständen ein beunruhigendes Geröchel ausgestoßen. Dennoch hatte das alte, mechanische Herz des Gelben Blitzes, wie seine Freunde die Vespa getauft hatten, nachdem er mit Sprühdosen für neue Farbe gesorgt hatte, ihn ohne Störungen vorangebracht, auch dank des einen oder anderen strategischen Zwischenstopps auf der Strecke.

Um elf hatte er seinen Zielort erreicht. Wie immer war sein Capo di Ponte unverändert.

Er kam nur noch selten dorthin, meistens im Sommer, um seine Eltern zu sehen. Und jedes Mal staunte er, dass sich so gar nichts verändert hatte.

Dieses Mal jedoch gab es einen besonderen Anlass: Seine Mutter hatte ihm einen heiklen Auftrag anvertraut.

Radeschis Eltern wohnten auf einem Hof direkt außerhalb

16

des Dorfs. Es gab einen Stall, eine steinige, unkrautüberwucherte Tenne und Felder. Alles wie in seiner Kindheit, mit Ausnahme der Hilfskräfte: Die sprachen nicht mit lombardischem oder auch nur italienischem Akzent, denn sie kamen aus Indien.

Sein Vater erwartete ihn schon. Er stand im Schatten des großen Aprikosenbaums, den er am Tag von Enricos Geburt gepflanzt hatte. Sie umarmten sich ohne große Worte.

»Hast du schon die Neuerwerbung deiner Mutter gesehen?«, fragte sein Vater und zeigte auf einen Punkt auf der Wiese.

»Was ist denn in sie gefahren?«

Sein Vater zuckte mit den Schultern.

»Das Alter treibt böse Scherze mit uns.«

Radeschi betrachtete die neuen Bewohner der Wiese. Zwei Gartenzwerge aus Gips.

»Aus dem Supermarkt. Fünf Euro«, verkündete seine Mutter, die in der Tür erschienen war. »Gefallen sie dir?«

Radeschi seufzte. Er hätte sie weggeworfen.

»Hast du Stella nicht mitgebracht?«

»Nein, sie ist in Mailand geblieben. Sie muss für eine Prüfung lernen und sich um Buk kümmern.«

Seine Mutter wirkte enttäuscht.

Radeschi sah sich um. Noch etwas, abgesehen von den Gartenzwergen, war neu: Auf der Terrasse des Hauses, auf der gegenüberliegenden Seite, waren ein paar Sonnensegel gespannt.

Erst da fiel ihm wieder ein, dass seine Eltern sich nach Jahren der Unschlüssigkeit endlich dazu durchgerungen hatten, einen Teil des riesigen Hofs zu vermieten. Bis dahin hatte seine Mutter ihn in der Hoffnung freigehalten, ihr Sohn würde eines Tages doch wieder bei ihnen wohnen, und wenn er Stella erst mal geheiratet hätte, käme ein ganzer Haufen krakeelender Knirpse dazu. Doch da dies bislang nicht passiert war, schien sie nun das Handtuch geworfen zu haben.

»Wer sind die Mieter?«

»Jemand von außerhalb. Er ist in Ordnung, wird dir gefallen.«

Enrico zuckte die Achseln. Seine Mutter ging nicht weiter ins Detail; sie war zu aufgeregt wegen ihrer bevorstehenden Reise. Stattdessen überhäufte sie ihren Sohn mit guten Ratschlägen. Er nickte so lange, bis sie endlich im Wagen Platz nahm.

Sein Vater betätigte den Zündschlüssel, dann ging es los zur Pension Elda di Riva Azzurra, wo sie seit nunmehr fünfundzwanzig Jahren jeden Sommerurlaub verbrachten.

Nun war das Haus leer, abgesehen von Mirko, dem kastrierten Kater seiner Mutter, der auch der Grund für seine Anwesenheit war. Als *Catsitter*. Er sollte ihn für zwei Wochen versorgen. Seine Mutter traute sonst niemandem.

Mirko wirkte weniger wie ein Kater, sondern mehr wie ein Plüschtier, eine ausgestopfte Nippesfigur. Er war unglaublich faul, verließ niemals das Haus und das Wohnzimmer auch nur, um sich in sein Körbchen zu begeben. Allerdings war er im Winter ein erstklassiger Fußwärmer, das musste man ihm lassen.

Während Enrico zusah, wie sich der Wagen seiner Eltern entfernte, spürte er sein altes Motorola-Handy in der Tasche seiner Bermuda vibrieren. Allerdings nur ein paar Mal, dann verreckte es elendig. Wie üblich hatte ihn der Akku im Stich gelassen. Stella hatte ihm ein paar Monate zuvor ein neues Handy geschenkt, weil sie hoffte, er würde das andere dann wegwerfen, doch diese Hoffnung erstarb schon nach wenigen

Tagen. Es hatte sich gezeigt, dass Radeschi mit dieser neuen Kommunikationstechnologie nicht kompatibel war. Nur das Motorola mit all seinen Mängeln hielt ihm stand.

Während er überlegte, wer wohl versucht haben könnte, ihn zu erreichen, schoss ein Punto der *Carabinieri* mit heulender Sirene über die Landstraße. Enrico unterdrückte seinen Spürhundinstinkt. Schließlich war er im Urlaub. Und der Teufel sollte ihn holen, wenn in Capo di Ponte Emilia jemals etwas passierte.

Die *Carabinieri* hörten sich die Schilderung der Ereignisse von Ruini an, der nach unzähligen Gläsern Weißwein ziemlich angeheitert war. Am Ende der Erzählung kratzte sich der *Brigadiere* verwirrt den Kopf. Auch der *Maresciallo* wirkte nicht so, als sei ihm alles klar. Er überlegte: Wer sollte eine verstümmelte Hand in den Briefkasten eines unbewohnten Hauses gesteckt haben? Sicherlich konnte es sich auch um einen einfachen Lausbubenstreich handeln, doch wer war dann der Spaßvogel, der dafür seine eigene Hand geopfert hatte?

Die zwei Militärpolizisten hatten ihre Kappen abgenommen. Rizzitano schwitzte so, dass sogar seine Brillengläser beschlugen. Kein schöner Anblick. Genauso wenig übrigens wie das alte, heruntergekommene Haus vor ihnen: Von der Fassade löste sich in großen Placken der Putz, die Jalousien hingen schief herunter, die Fenster waren gesprungen. Alles in allem: Totalaufgabe.

»Soll ich mich mal umhören, was so geredet wird?«

Boskovic nickte und folgte mit dem Blick seinem Kollegen, der sich zur lautstark debattierenden Gruppe der Schaulustigen gesellte. Es hätte nur noch ein Stand mit Bier und Wurst gefehlt, dann hätte man meinen können, hier sei ein Straßenfest in vollem Gange.

Rizzitano stand sofort im Mittelpunkt des allgemeinen Interesses: Alle sahen den Zeitpunkt gekommen, ihr Sprüchlein aufzusagen. Dieser kurzsichtige Maulwurf war in diesen Dingen ganz außerordentlich. Bei Bedarf verwandelte er sich in eine unerschöpfliche Informationsquelle. Er wusste alles von allen im Ort, denn trotz seines Nachnamens war er hier geboren und aufgewachsen. Sein Vater war in den Sechzigern mit Maurerkelle und Zement aus Kalabrien hierher gekommen. Nach ein paar Jahren Walz auf verschiedenen Baustellen zwischen Mailand und Brescia hatte er sich schließlich in Capo di Ponte Emilia niedergelassen, einem friedlichen Fleckchen Erde zwischen Po und der gleichnamigen Ebene, und eine Einheimische geheiratet. Ein knappes Jahr später wurde der Sohn, also er, Gennaro Rizzitano, geboren und bekam recht bald den Spitznamen *il Calabrés*, weil er stets versessen darauf gewesen war, die Sprache seines Vaters zu bewahren, eine so markante Mundart, die nicht mal Signorina Aldini, die überaus strenge Dorflehrerin, ihm austreiben konnte. Nicht, dass diese Harpyie nicht alles daran gesetzt hätte! Sie hatte ihn gezwungen, ihr mit so lauter Stimme wie möglich eine Seite aus dem Lesebuch vorzulesen, weil sie vergeblich hoffte, ihm die korrekte italienische Aussprache beizubringen. Doch es war sinnlos: Der Junge und das Kalabrese waren untrennbar miteinander verbunden.

Rizzitano machte der Spitzname nichts aus.

»Spitznamen kann man sich nicht aussuchen«, pflegte er zu sagen, »man muss sie ertragen.«

Dieselbe Sturheit hatte er übrigens auch für die Aufnahme in die Armee walten lassen. Schon seit zartestem Alter hatten Uniformen eine unwiderstehliche Faszination auf ihn ausgeübt. Mal ganz abgesehen davon, dass die Aussicht, einen *Cara-*

biniere in der Familie zu haben, für seinen Vater, der den typischen Stolz des Südens besaß, einfach berückend war. Also stand es fest, dass der kleine Calabrès eines Tages den Fahneneid schwören würde. Doch als unser Mann endlich den Antrag stellen wollte, sah er sich trotz der Empfehlung eines Onkels einem unüberwindlichen Hindernis gegenüber. Nur Beharrlichkeit und massiver Einsatz sollten der heiklen Vorschrift trotzen, nach der nur der mit ausgezeichnetem Sehvermögen in die *Benemerita* eintreten durfte. Bei ihm war das offensichtlich nicht der Fall: Schon als Kind hatte er alles andere als Adleraugen gehabt. Doch wo die Physis versagte, siegte der Wille: Er bestand den Sehtest, weil er die Anordnung der Buchstaben und Symbole auf der Schautafel auswendig lernte. Die fehlenden sechs Dioptrien machte er dadurch wett, dass er eine ganze Woche lang vier Stunden täglich übte. Am Ende war der Test ein Spaziergang.

Nach seiner Einberufung wurde er in alle Ecken und Enden des Landes geschickt, bevor es ihm gelang, sich nach Hause versetzen zu lassen. Je weiter weg man ihn schickte, desto mehr versteifte er sich darauf, zurückzukehren. Für dieses Ziel hatte er alles getan: Berge versetzt, tonnenweise Formulare ausgefüllt und dermaßen seine Vorgesetzten bedrängt, bis schließlich die heiß ersehnte Versetzung nach Capo di Ponte Emilia erfolgt war.

Seine Großmutter mütterlicherseits, eine gestandene Frau und eingefleischte Emilianerin, hatte ihn, als sie ihn mit Uniform und Marschgepäck unter dem Arm auf der Schwelle stehen sah, mit einem Satz empfangen, der mehr ausdrückte als tausend Worte:

»Du bist wie der Ringelschwanz eines Schweins«, hatte sie gesagt und dabei mit dem rechten Zeigefinger eine entsprechende Bewegung in der Luft gemacht, »du kehrst immer zum Arsch zurück. Willkommen am Arsch der Welt.«

Die Besprechung mit der Schar der Schaulustigen nahm einige Zeit in Anspruch. Rizzitano war nicht gerade einer von der schnellen Truppe. Und die anderen auch nicht. Allerdings ticken die Uhren in der Bassa auch langsamer. Die Leute hier haben ihr eigenes Tempo; sie haben keine Eile, sie sprechen langsam, und bevor sie zum Punkt kommen, schildern sie mit größter Detailfreude die näheren und ferneren Umstände. Um den anderen teilhaben und besser begreifen zu lassen. Um die Zeit zu vertreiben.

Als Rizzitano schließlich zum Rapport erschien, trug er ein derart zufriedenes Grinsen auf seinem Gesicht, dass sein Vorgesetzter nervös wurde.

»Was ist, hast du den Fall schon gelöst?«, fragte Boskovic.

Der andere schüttelte den Kopf und zwinkerte.

»Sehen Sie, *Marescià*, offiziell steht das Haus zwar leer, aber trotzdem ist es nicht unbewohnt.«

Erneutes breites Grinsen.

Der Unteroffizier wartete geduldig, bis er mit dem Rest herausrückte.

»Es schläft jemand darin: der Dievel.«

Der Dievel hieß eigentlich Giuseppe Davoli. Seinen Spitznamen verdankte er vielleicht seiner Verrücktheit, die man für teuflischen Ursprungs hielt, oder er war von seinem Nachnamen abgeleitet. Davoli war klein, unbestimmbaren Alters und widerborstig. Er mied Menschen und sprach nur mit Laternenpfählen und den Hühnern, die er in seiner Küche aufzog. Er war hypochondrisch und ging nur mit Mantel und Wollhandschuhen hinaus, selbst mitten im Sommer. Gearbeitet hatte er nie, bis auf eine kurze Zeitspanne, die er als Arbeiter bei Agostini Frigidaire, dem einzig florierenden Unternehmen der Gegend, beschäftigt gewesen war. Doch nach knapp zwei Monaten war der ehrenwerte Emiliano Agostini, seines Zeichens Besitzer der Firma, höchstpersönlich erschienen, um ihn vor die Tür zu setzen. Der offizielle Grund lautete: Untauglich für die Stelle.

»Einer, der so kälteempfindlich ist«, hatte er verkündet, »kann einfach nicht in einer Kühlschrankfabrik arbeiten.«

Die Gewerkschaften hatten zwar auf Einhaltung der Vorschriften gepocht, aber vergeblich: Dievel hatte sich lieber kündigen lassen, als noch länger die Kälte aushalten zu müssen. Von da an hatte er praktisch wie ein Obdachloser gelebt.

»Was kannst du mir über ihn erzählen?«, fragte Boskovic und flüchtete sich unter den Schatten einer der majestätischen Platanen, die die Straße säumten.

»Alles Mögliche.«

»Dann schieß los.«

»Er ist ungefähr sechzig Jahre alt und hat den größten Teil seines Lebens im Irrenhaus verbracht. Ende der Siebziger ist er allerdings dank des durch den Psychiater Basaglia erwirkten Gesetzes aus der Psychiatrie entlassen worden. Er war der Sohn eines der Gebirgsjäger, die nie vom Russlandfeldzug zurückgekommen sind, und wurde von einem Waisenhaus ins nächste abgeschoben, weil seine Mutter starb, als er sechs war. Als er endlich da rauskam, war er ein Hitzkopf. Zur damaligen Zeit brauchte es nicht viel, für verrückt erklärt zu werden. Und wenn man erst mal in der Irrenanstalt war, wurde man wirklich verrückt. Heute meinen die Ärzte, Davolis Probleme seien vor allem sozialer Natur: Armut, Analphabetismus, moralischer Verfall und so weiter. Trotzdem hat unser Mann fast dreißig Jahre im Irrenhaus verbracht, und als er endlich freikam, konnte er nicht mehr normal sein. Er behauptete, ständig zu frieren. Die Kälte in der Anstalt begleitet ihn weiter: wenn man bedenkt, dass er dreizehn Elektroschockbehandlungen über sich hat ergehen lassen müssen!«

»Wie Hemingway.«

»Wer?«

»Nicht wichtig. Fahr fort.«

»Viel gibt es nicht mehr zu erzählen. Nach seiner Entlassung hat ihm der Sozialdienst eine billige Unterkunft besorgt, aber dort wollte er nicht bleiben. Er meinte, es sei dort zu kalt. Hier hingegen fühlt er sich wohl und vor allem sicher.«

»In diesem baufälligen Kasten?«

Rizzitano klopfte sich mit dem Zeigefinger gegen die Schläfe.

Boskovic nickte.

»Weiß man, wo er sich im Moment befindet?«

»Im Urlaub.«

»So ein Typ fährt in Urlaub?«

»Das nun auch wieder nicht, *Marescià*. Man könnte es aber als eine Art Zwangsurlaub bezeichnen.«

3

Als die Stühle mit der Rückenlehne an der verwitterten Mauer gegenüber der Kneipe kratzten, hieß es aufgeben. Es war den Alten nicht länger möglich, dem Schatten zu folgen, der sich immer weiter zurückzog, bis er schließlich ganz verschwand. Der letzte Schlag der Glocke hatte alle ans Mittagessen erinnert. Aber niemand wollte gehen, schließlich gab es endlich etwas, worüber man reden konnte. Die Diskussion fand im eigentlichen Zentrum des Dorfes statt: der Bar *Binda*, zu Ehren Alfredo Bindas so genannt, dem größten Champion im Spitzenklassenradsport. Mario, der Besitzer, war fasziniert von der Kraft dieses Mannes, der zwar 1930 als Einziger vom Giro d'Italia ausgeschlossen worden war, der ihn im Laufe seiner Karriere dennoch fünfmal gewann, weil er offenkundig allen überlegen war. »La Gazzetta dello Sport« hatte ihm das Preisgeld des Siegers gezahlt, also 22 500 Lire, damit er nicht antrat.

Boskovic, der normalerweise am späten Vormittag auf einen Kaffee vorbeikam, hatte sich an diesem Tag noch nicht blicken lassen. Alle warteten auf ihn, um ihn mit Fragen zu bestürmen, doch vergeblich. Genauso vergeblich warteten sie auf Rizzitano, der sich vor dem Mittagessen immer einen kleinen Weißen genehmigte.

An diesem Tag verließ nicht mal er die Kaserne. Also mussten die Gäste der Bar *Binda* mit Gerüchten vorliebnehmen.

Der *Maresciallo* saß in seinem Büro vor einem weiteren Kaffee mit Schuss.

Sie waren gerade vom Fund der Hand zurückgekehrt, und Rizzitano war zu aufgeregter Geschäftigkeit übergegangen. Er hatte sich im angrenzenden Zimmer verschanzt und tätigte ein paar Anrufe. Mit betont gleichmütiger Miene hatte er seinem Vorgesetzten verkündet, dass er dieses Rätsel in einer Viertelstunde gelöst haben würde. Spätestens.

Beim zweiten *Caffè amaro* schwang die Tür des Büros auf.

»Raten Sie mal, *Marescià*.«

Der *Brigadiere* klopfte niemals an. Das war eine schlechte Angewohnheit, gegen die nicht mal ein höherer Dienstgrad etwas bewirken konnte.

»Was soll ich denn raten, Rizzitano?«, knurrte er. »Spuck's einfach aus!«

»Zum Dievel …«, verkündete er aufgeregt.

»Hast du ihn gefunden?«

»Nein.«

»Hat er sich vielleicht in Luft aufgelöst?«

»Nein, oder vielleicht doch.« Rizzitano runzelte die Stirn und versetzte Boskovic für volle zehn Sekunden in angstvolle Erwartung. Schließlich entschied er sich weiterzusprechen: »Ich weiß es nicht, *Marescià*. Tatsache aber ist, dass er sich nicht mehr in der Villa Celeste aufhält. Er ist gestern Nacht abgehauen.«

Villa Celeste hieß die sozialtherapeutische Einrichtung, wo man die unterbrachte, die zu weit neben der Spur liefen. Das bezeichnete Rizzitano als Zwangsurlaub.

»Das fängt ja gut an«, bemerkte der *Maresciallo* ironisch.

»Was machen wir jetzt?«, brummte der andere.

»Was wir machen, Rizzitano? Wir suchen, was sonst?«

Damit stand er auf, streifte sich seinen Patronengurt über, den er über einen Stuhl gehängt hatte, und schritt energisch zur Tür.

»Glauben Sie, es ist seine Hand? Dass der Irre sie sich selbst abgeschnitten hat?«

Boskovic machte eine Bewegung, als wollte er diese Vorstellung verscheuchen. Ende der Diskussion. Der *Brigadiere* folgte ihm ohne ein weiteres Wort; wenn der *Maresciallo* sich so benahm, verhielt man sich besser ruhig. Eine unangebrachte Bemerkung, und sein Vorgesetzter war in der Lage, ihn zusammen mit *Carabiniere* Patierno auf Streife zu schicken, um auf irgendeiner sonnigen Straße eine Straßensperre zu errichten. Und dazu hatte er bei dieser Gluthitze nicht die geringste Lust.

Es war Radeschi nicht mal vergönnt gewesen, sein Gepäck abzuladen, so spärlich es auch war. Die Arbeit rief nach ihm, und zwar von höchster Stelle.

Sein Motorola klingelte, um ihn auf den neuesten Stand zu bringen. »*Alurà, in doe te sé?*«

Wo er war?

Beppe Calzolari, der Chefredakteur des *Corriere della Sera*, schaffte es immer wieder, ihm einen Auftrag unterzujubeln, ganz gleich, wo er war. Die beiden verband eine Art Hassliebe. Radeschi war der beste Katastrophenspürhund der Zeitung. Calzolari wusste das und nutzte es aus. Der Chefredakteur war nicht für die Straße gemacht; er arbeitete ausschließlich von seiner Redaktion in der Via Solferino aus und unterhielt von dort Beziehungen zu zig Mitarbeitern und Informanten, die in der ganzen Region verteilt waren.

So war ihm auch der mysteriöse Fund an jenem Fleckchen Erde zu Ohren gekommen, wo Radeschi sich gerade befand.

Lokalredakteure unterrichten als brave Söldner immer sofort den *Corriere*, sobald es eine saftige Nachricht gibt. Denn sie hoffen, mit einer Versetzung an die prestigeträchtige Tageszeitung entlohnt zu werden oder zumindest mit einer freien Mitarbeit, die in der Regel gut bezahlt ist.

Zehn Minuten nachdem die *Carabinieri* die verstümmelte Hand begutachtet hatten, war Calzolari bereits davon unterrichtet. Er hatte sofort zum Telefonhörer gegriffen und seinen Reporter vor Ort angerufen, der sich zugegebenermaßen zwar im Urlaub befand, aber es ist ja bekannt, dass man immer Gewehr bei Fuß stehen muss, wenn man keine Festanstellung hat. Das nennt man Flexibilität.

»Du hast dir noch nicht mal die Mühe gemacht, mich anzurufen«, fuhr Calzolari fort.

»Wie du weißt, bin ich im Urlaub, Beppe.«

»Ach was, Reporter bekommen niemals Urlaub. Nur die Lorbeeren des Ruhms.«

»Welchem Umstand verdanke ich das Vergnügen?«, fragte der andere und ignorierte die vorige Bemerkung.

»Weißt du wirklich nichts über den Vorfall in deinem Kuhdorf?«

»Ich bin gerade erst aus Mailand angekommen. Was zum Teufel soll ich denn wissen? Außerdem passiert hier schon seit Jahrhunderten nichts.«

Da klärte Calzolari ihn mit wenigen Sätzen auf. Radeschi hörte lustlos zu.

»Wer sagt denn, dass ich mich damit befassen will?«, fragte er schließlich.

Beppe kicherte hämisch, bevor er antwortete:

»Hör mal, es ist natürlich deine Entscheidung: Entweder du möchtest eine eigene Kolumne, hier und da Gerichtsreportagen und Urlaub, wenn es gerade passt, oder keine feste Kolumne, keine Artikel und Urlaub das ganze Jahr.«

»Ich mag dich, Beppe, weil du immer die richtigen Worte findest.«

»Ich weiß. Aber jetzt hör dich mal um und sieh, was du ausgraben kannst. Wir sprechen uns später wieder.«

Die Nachforschungen des Journalisten dauerten nicht lang: Einer, der sich in Mailand zurechtfindet und dort Nachrichten, Gerüchte und Tipps aufstöbert, hat keinerlei Schwierigkeiten, an Informationen zu kommen. Aus diesem Grunde überraschte es Calzolari auch nicht, dass Radeschi ihn eine halbe Stunde später wieder anrief.

»Du hast dich aber beeilt.«

»Ach, du weißt ja, das Dorf ist klein, und die Leute …«

»Kein Gelaber, Enrico. Mit wem hast du gesprochen?«

»Mit Nello Ruini.«

»Ist der ein glaubwürdiger Zeuge?«

»Darauf würde ich wetten: Er ist der Postbote, der den Stumpf gefunden hat. Und er hat mir eine Menge interessanter Dinge erzählt.«

Calzolari blieb ungerührt. Er war kein Mensch, der sich leicht begeistern ließ.

»Zum Beispiel?«

»Dass es einen Verdächtigen gibt. Ein Typ namens Dievel.«

»Das klingt vielversprechend«, sagte der andere und sah vor seinem inneren Auge schon die Schlagzeile: *Il Diavolo della Bassa.*

»Freu dich nicht zu früh, Beppe. Ich kenne den Kerl. Er ist einer von diesen Dorftrotteln, die an sich harmlos sind. Er ist nur in die Sache verwickelt, weil er illegal in dem Haus nächtigt, in dem die Hand gefunden wurde.«

»Was sagt die Polizei?«

»Die fahndet nach ihm.«

»Und das haben sie dir einfach so gesagt?«

»Tja …«

»Tja, was?«

»Der *Brigadiere*, den ich am Telefon hatte, ist mit mir zur Grundschule gegangen. Ein Klatschmaul namens Rizzitano.«

»Rührend, wie klein die Welt in der Provinz ist.«

»Tu mir den Gefallen und spar dir deine Ironie.«

»Ist gut, aber komm jetzt zum Punkt, ich habe nicht den ganzen Tag Zeit.«

»Es sind zwei Punkte, um genau zu sein. Erst einmal: Wem gehört die abgehackte Hand? Dem jetzigen Erkenntnisstand nach könnte sie auch von Dievel stammen, selbst wenn es eigentlich nicht zu seinem Repertoire gehört, sich die Gliedmaßen abzuhacken. Außerdem muss man zu seiner Entlastung sagen, dass er vor ein paar Tagen in eine therapeutische Einrichtung eingewiesen wurde. Zweitens: Wer ist der Absender des Briefs? Ein nicht unwesentliches Detail, denn Ruini hätte die Hand niemals im Briefkasten entdeckt, wenn er nicht den Brief hätte zustellen müssen.«

»Scharfsinnige Beobachtung«, spöttelte Calzolari.

Radeschi ging nicht weiter darauf ein, sondern fuhr fort:

»Damit bin ich nicht allein. Die Untersuchungsbeamten hatten dieselbe Idee. Die Ermittlungsmaschinerie hat sich bereits in Gang gesetzt. Der Brief wurde zur weiteren Untersuchung in Gewahrsam genommen, und zwar von einem *Tenente* der *Riparti Investigazioni Scientifiche*, der Piccinini heißt und eigens aus Parma gekommen ist.«

»Was hältst du davon?«

»Tja … Der Postbote sagt, es handle sich um einen weißen

Umschlag, wie man ihn in jedem Schreibwarenladen kaufen kann. Außerdem sei er nach seinem Eindruck leer gewesen und wurde gestern per Eilpost aus Mantua abgeschickt. Zu wenig, um den Absender zu ermitteln. Abgesehen davon, dass man noch herausfinden muss, an wen er gerichtet war, denn so weit der Sozialarbeiter sich erinnert, ist Davoli Analphabet.«

»Was denn, all das hat dir der *Brigadiere* erzählt? Das scheint mir doch ein bisschen viel Information von Amts wegen …«

»Nein, das war Ruini. Er war ziemlich angetrunken, weißt du. Wenn ich ihm noch eine weitere Flasche Prosecco angeboten hätte, zusätzlich zu der, die ich ihm ausgegeben habe, hätte er mir auch eine eidesstattliche Erklärung über den Vorfall unterschrieben.«

»Eine kleine Bestechung in der Provinz also.«

»Hörst du jetzt mit deiner Frotzelei auf?«

»Ist ja schon gut. Was stand auf dem Umschlag?«

»Ein Name, in Blockschrift: Rudoph Mayer oder Mayher, das weiß er nicht mehr so genau, unter der Adresse des Hauses, wo die Hand gefunden wurde.«

»Und wer zum Teufel ist dieser Rudolph?«

»Ich habe nicht die geringste Ahnung. Jedenfalls keiner von hier. Oder glaubst du vielleicht, wir sind Teutonen?«

»Nun mal im Ernst, Enrico: Die Seite mit den Lokalnachrichten der Bassa wartet auf dich. Sechzig Zeilen vor Redaktionsschluss. Verstanden?«

Die Frau öffnete die Tür einen Spaltbreit und bedachte den Besucher mit misstrauischem Blick. »Wer sind Sie?«

»Ich heiße Radeschi und möchte …«

»Wie der General?«

Das Übliche.

»Nein, Signora. Das war Radetzky, der österreichische Marschall.«

»Welchen Dienstgrad haben Sie?«

»Keinen. Ich war nicht beim Militär. Aber zum Ausgleich ist ein Freund von mir stellvertretender Polizeipräsident.«

»Ah!« So kamen sie keinen Schritt weiter.

Da ging die Tür weit auf, und hinter der Frau wurde eine Gestalt sichtbar. Es war Don Lino, sein Retter. Die alte Frau war seine Haushälterin.

Der Priester war klein, hatte ein pausbäckiges, Vertrauen erweckendes Gesicht, und seinen Kopf zierte ein Kranz schneeweißer Haare. Sein Lächeln war mild. Er war etwa siebzig Jahre alt.

»Enrico!«

Sie umarmten sich. Obwohl Radeschi alles andere als ein Frömmler war, verband ihn eine tiefe Freundschaft mit diesem Priester. Abgesehen davon hatte der sich ein paar Monate zuvor bei der Aufklärung eines Rätsels als äußerst nützlich erwiesen. Journalistischer Eigennutz.

»Du bleibst doch zum Essen, oder?«

Radeschi lächelte. Mit dieser Einladung hatte er schon gerechnet. Natürlich hatte seine Mutter ihn nicht unversorgt zurückgelassen. In der Speisekammer gab es genug Pasta und Passata, um ein ganzes Regiment satt zu bekommen, doch es machte keinen Spaß, allein zu essen, vor allem, wenn man in einem Fall ermittelte. Viel besser war es da, der einzigen Person im Dorf einen Überraschungsbesuch abzustatten, die einem mit strahlendem Lächeln einen Teller Tagliatelle vorsetzte. Und, was noch wichtiger war: die ihn bezüglich des Dorflebens auf den neuesten Stand brachte. Neben den Friseuren wissen die Priester gewöhnlich am besten über alles Bescheid.

Allerdings hatte Radeschi vor seinem Aufbruch nicht vergessen, einen Napf mit Futter hinzustellen und Mirko im Haus einzuschließen.

Sie brauchten nicht lange, um zum Thema zu kommen. Kaum standen Tagliatelle und Lambrusco auf dem Tisch, eröffnete der Priester schon das Gespräch.

»Weißt du, wer gestorben ist?«, fragte er.

Dies war eines ihrer Lieblingsthemen. Zuerst alles über die Toten und dann über die Lebenden. Schließlich kannten sich hier alle, also war es nur recht und billig zu erfahren, wen man nicht mehr in der Bar *Binda* antreffen würde. Er wartete die Antwort des Journalisten gar nicht erst ab.

»Giasér. Der ist vor zwei Tagen beerdigt worden.«

Radeschi nickte. Er hatte ihn gekannt. Ihn und seinen Karren, den er ständig hinter sich herzog.

»Sie haben wohl die Messe gelesen.«

»Aber nein! Du weißt doch, was für ein Dickkopf er war! Er wollte nur einen Pferdewagen und die Kapelle, aber auf keinen Fall …«

»Schwarze Krähen mit Weihrauchfässchen!«, beendete Radeschi den Satz. »Genau wie mein Großvater. Keine Schwarzröcke!«

»Tja, die Kommunisten«, seufzte der Pater. »Trotzdem bin ich hingegangen. Bevor man ihn in die Erde hinunterließ, habe ich ein Gebet gesprochen, und alle haben sich bekreuzigt.«

Sein Gast lächelte und machte eine entsprechende Handbewegung: typisch Kirchenhasser. Am Ende gehen alle auf Nummer sicher. Aber er wollte nicht über Verstorbene reden. Darum würde er sich erst in seiner Kolumne *Milanonera* beim *Corriere* kümmern.

Als die Haushälterin mit Caffè und Likör erschien, beschloss Radeschi, nun sei der passende Moment gekommen, sich nach Dievel zu erkundigen.

»Haben Sie schon gehört, was heute passiert ist?«, fragte er.

Don Lino lächelte.

»Ich habe schon ungeduldig darauf gewartet, dass du darauf zu sprechen kommst. Ich könnte mir sogar vorstellen, dass du vielleicht nicht gekommen wärst, wenn nichts passiert wäre ...«

»So abgebrüht bin ich doch nicht«, wehrte Radeschi ab.

Der Priester lächelte.

»Was willst du wissen?«

»Könnte es Davoli gewesen sein? Dabei habe ich gehört, dass er mal wieder vorübergehend eingewiesen war.«

»Da wäre ich mir nicht so sicher.«

»Wieso?«

»Er ist gestern Nacht aus der Villa Celeste weggelaufen.«

Genau in diesem Moment vibrierte sein Handy, gab aber sofort darauf den Geist auf.

»Probleme?«, fragte Don Lino.

»Nein, die Zeitung. Man wartet auf einen Artikel, den ich noch nicht geschickt habe.«

»Über die Hand?«

»Wie könnte ich einen Priester anlügen?«

»Ach, als hättest du das noch nie getan! Du wolltest noch eine weitere Quelle anzapfen, oder etwa nicht?«

Der Journalist lächelte. Dann füllte er zwei Gläschen mit Likör.

»Einen letzten Schluck, Padre. Dann muss ich mich beeilen und den Artikel schreiben, sonst bin ich der Nächste, dem man die Hand abhackt.«

4

Boskovic schlug die Augen auf und streckte automatisch die Hand nach der Wasserflasche auf seinem Nachttisch aus. Er war schweißgebadet. Er stieg aus dem Bett und stieß die Fensterläden auf. Sofort wehte ein warmer Luftzug ins Zimmer, der die Temperatur noch weiter ansteigen ließ.

Vor seinem Fenster erstreckte sich ein großes Maisfeld mit etwa anderthalb Meter großen Pflanzen, die von Staub und Insekten umschwirrt wurden.

In Capo di Ponte Emilia brauchte man keinen Wecker; diese Aufgabe übernahm der Hahn vom benachbarten Hof. Boskovic warf einen Blick hinüber. Man hatte dem Hahn den etwas altmodischen Namen William gegeben, als wäre er ein Hund oder ein Mensch. Er stand mitten auf der Tenne, hatte den Schnabel in die Luft gereckt und ließ sich von einem Gefolge schöner, fetter Hühner umschwärmen, die nur darauf warteten, in einem Topf mit Brühe zu landen.

Das Zifferblatt seiner Armbanduhr zeigte vier Minuten vor sieben an. Manchmal krähte der Hahn um sieben, manchmal aber auch um Viertel vor sieben. Atomuhren hat die Natur nicht vorgesehen.

Hinter dem Maisfeld war der große Wall zu sehen, der den Fluss begrenzte. Das Gras darauf war gelb und von der Sonne verbrannt. Am Fuß des Damms trat ein Radfahrer tüchtig in die Pedale und wirbelte mächtig Staub auf, der seinem nebenherlaufenden Hund um die Schnauze wehte.

Eine Weile blieb der *Maresciallo* noch am Fenster stehen, um das Panorama zu betrachten. Sein Blick wanderte zwischen Maisfeld und Tenne hin und her, um irgendwo Gatsby zu entdecken. Ohne Erfolg.

Es war bereits unerträglich schwül. Obwohl er sich vorkam wie in den Tropen – nur ohne den Segen von Meer und Palmen –, fühlte sich Boskovic eigentlich wohl hier. Als er zehn Monate zuvor in diesem Dorf angekommen war, hatte er zunächst in der Kaserne gewohnt, doch das war zu deprimierend gewesen. Er hatte sich gefühlt, als hätte er nie Feierabend. Nach ein paar Wochen und langer Suche war es ihm schließlich gelungen, diese Haushälfte anzumieten. Hohe Decken, große Fenster und Mauern, die so dick waren, dass sie im Sommer die Hitze und im Winter die Kälte draußen hielten.

So stellte sich der *Maresciallo* die kleine, altertümliche Welt vor, die Guareschi in seinen Büchern beschreibt. Der Schriftsteller hatte übrigens nur wenige Kilometer von hier entfernt gelebt. Genau wie Zavattini, der direkt hier in der Nähe gewohnt hatte, auf der anderen Seite des ständig ausgetrockneten Kanals, der die Lombardei von der Emilia trennt.

Die Miete war sehr günstig: Capo di Ponte war noch nicht von der Inflation heimgesucht, vom Euro, der die Preise in die Höhe schnellen ließ. Heimgesucht wurde es höchstens vom Po, dem großen Fluss, dem es in diesen Tagen allerdings übel erging. Er war schrecklich ausgetrocknet, und im Fernsehen sah man jetzt ständig den Flussinspektor, der den Kopf schüttelte, und die Stützpfeiler der Brücke von Borgoforte mit den freiliegenden Wasserstandsanzeigern. Die *Golene* waren ebenfalls trockengelegt und bestanden jetzt nur noch aus Sand und fauligen Pfützen, die langsam verdunsteten. Nur Gatsby freute sich an der Sumpflandschaft, wühlte sich durch den Schlamm und grub ständig nach etwas Essbarem.

Boskovics Wohnung erstreckte sich über zwei Etagen. Unten war die Küche mit dem Kamin und das Wohnzimmer; oben das Bad, das Schlafzimmer und eine weitläufige Terrasse. Mehr als ausreichend für ihn und sein Haustier. Was zugegebenermaßen etwas ungewöhnlich war. Wie viele hielten sich schon ein Gürteltier? Zu seiner Entlastung konnte vorgebracht werden, dass nicht er entschieden hatte, sich des Tieres anzunehmen, sondern es war ihm einfach unvorhergesehen zugefallen, wie es so oft im Leben geschieht.

Eines Tages war diese große Maus mit dem Panzer aus Schuppen und Platten einfach im Leben des *Maresciallo* aufgetaucht. Und seitdem hatten sie sich nicht mehr getrennt.

Für Gatsby war die Bassa das Paradies auf Erden. Stunde um Stunde verbrachte er auf den Feldern, kehrte jedoch immer nach Hause zurück. Er war zahm, und das war nicht weiter überraschend. Der *Maresciallo* hatte irgendwo gelesen, dass das Gürteltier in den Vereinigten Staaten ein beliebter Spielgefährte für Kinder war.

Er hatte keine Ahnung, womit sich Gürteltiere – abgesehen von ihren Artgenossen – hier paarten, aber mit Sicherheit musste der entsprechende Trieb irgendwo ausgelebt werden. Denn an manchen Tagen war Gatsby aufgeregt wie eine läufige Hündin und rieb sich an allem Möglichen; am nächsten Tag jedoch rührte er keinen Muskel, sondern lag in katatonischem Stupor unter dem Weinberg. Boskovic hegte den Verdacht, dass er sich den kastrierten Kater der Nachbarn zum Gespielen ausgesucht hatte, oder auch irgendeine lebenslustige Biberratte. Wenn das der Fall war, würde dieses Fleckchen

Erde bald von einer neuen Spezies bevölkert sein: halb Biber-ratte, halb Gürteltier. Diese gepanzerten Riesenmaulwürfe würden die Felder genau wie die Biberratten ruinieren, aber wesentlich schwieriger mit dem Gewehr oder dem Wagen zu vernichten sein. Von Letzterem war sogar ernsthaft abzuraten: In Texas waren Gürteltiere auf der Straße eine der Hauptursachen für Verkehrsunfälle.

Gatsby aber war zahm und wäre nie und nimmer bis zur Landstraße gekommen. Er zog die Felder und Feuchtwiesen vor. Der *Maresciallo* fütterte und pflegte ihn. Normalerweise ernähren sich Gürteltiere von Würmern, Eiern, Spinnen, Reptilien und Früchten, also von Naturalien, die es hier im Überfluss gab. Vielleicht schmeckten die Gatsby auch. Doch Tatsache war, dass sich das Tier wie ein Hund mit hochgereckter Schnauze und flehendem Blick neben ihn hockte, wenn der *Maresciallo* sich zu Tisch setzte. Er fraß einfach alles. Boskovic war es schon gelungen, ihm neben allen möglichen Kulinaria auch schreckliche Schweinereien wie Brühwürfel, Margarine oder Hühnerkrallen und natürlich auch Hunde- und Katzenfutter zu verfüttern.

Dieses Gürteltier war zwar ein wahrer Müllschlucker, aber eindeutig von zärtlicher Natur.

Wie es zu seinem Herrchen gekommen war, blieb ein Rätsel. Vielleicht war es aus einem Zoo entkommen, vielleicht hatte ihn irgendjemand verloren, ein Zirkus möglicherweise. Jedenfalls hatte das Tier Boskovic adoptiert und nicht umgekehrt. Eines Tages stand es vor ihm, in seiner Küche. Da es sich neben dem Kühlschrank befand, hatte es wohl Hunger. Boskovic hatte ihm die einzige Frucht geschält, die er im Haus hatte. Eine Birne. Er hatte sie in kleine Stückchen geschnitten und ihm gegeben. Daraufhin war Gatsby geblieben.

Der *Maresciallo* hatte eine Weile herumprobiert, bevor er den endgültigen Namen für sein Haustier fand. Bis dahin hatte er ein Gürteltier nur einmal gesehen, und zwar in einer Werbung für amerikanisches Bier. Daher nannte er es fürs Erste Budweiser. Die Macht der Werbung. Allerdings hatte Boskovic ohnehin eine Schwäche für alles Amerikanische. Vor allem für amerikanische Schriftsteller. Von Melville bis Henry James, von Hawthorne bis Dos Passos, von Theodore Dreiser bis Ernest Hemingway, von William Faulkner bis Thomas Wolfe.

Seine Leidenschaft für nordamerikanische Literatur gab auch den entscheidenden Ausschlag für den endgültigen Namen. Eines Tages war ihm das Gürteltier auf den Schoß gesprungen und hatte sich dort zusammengerollt, während er gerade ein Buch von Fitzgerald gelesen hatte.

Das hatte er vorher noch nie gemacht.

»Großartig«, dachte der *Maresciallo*, »der Große Gatsby.«

Ein passender Name. Wenn es ein Weibchen gewesen wäre, hätte er es Zelda genannt. Allerdings konnte er nicht ausschließen, dass es ein Weibchen war. Jedenfalls hatte er ›Budweiser‹ gegen ›Gatsby‹ ausgetauscht, und damit basta.

Genau wie das Gürteltier Boskovic quasi zugeflogen war, war auch der *Carabiniere* aus reinem Zufall nach Capo di Ponte Emilia gekommen, das durch das Schild am Ortseingang als atomwaffenfreie Zone ausgewiesen wurde. Selbst der Ortsname schien einer seltsamen Logik entsprungen: so wie Novi Ligure im Piemont liegt, befindet sich Capo di Ponte Emilia auf lombardischem Boden. Zwar nur um wenige hundert Meter, aber dennoch geographisch und administrativ unter Mantua.

Boskovic war dieser Dienststelle zugewiesen worden, nachdem er sechs Jahre lang in Ligurien verbracht hatte, genauer gesagt in Ventimiglia, seiner bescheidenen Ansicht nach der tristesten Stadt der Welt, vor allem, wenn man die Perlen der Côte d'Azur direkt vor Augen hatte.

Seine Versetzung erfolgte, als sein Vorgänger, der Kommandant des Postens Capo di Ponte, nach zehn Jahren verdienstvoller Arbeit in den Ruhestand gegangen und in die Marken gezogen war. Da hatte man höheren Orts entschieden, Boskovic zu schicken, um ihn sofort darauf wieder zu vergessen. Das war verständlich, denn um in der *Benemerita* Karriere zu machen, muss man seinen Wert schon auf dem Feld der Ehre beweisen. Das Problem war lediglich, dass sich in diesem Niemandsland nur wenig ereignete, und zwar schon seit jeher. Hier mal ein hirnrissiger Raubüberfall auf ein Postamt, der sofort vereitelt wurde, da mal ein Wachmann vom privaten Sicherheitsdienst, der, um im Klischee zu bleiben, Frau und Sohn mit der Dienstwaffe erschossen hatte.

Nicht genug jedenfalls, dass man auf ihn aufmerksam wurde. Also hatte sich der *Maresciallo* bereits damit abgefunden, für einige Zeit hier zu bleiben. Im Grunde fand er durchaus Gefallen an der Ruhe und der guten Küche des Orts.

Jetzt lehnte er sich aus dem Badezimmerfenster, um einen Blick auf die andere Seite des Hofs zu werfen. Und da endlich entdeckte er sein Gürteltier. Es hatte sich einen ungewöhnlichen Platz zum Schlafen gesucht: auf dem Ledersitz einer alten, gelben Vespa, die er vorher noch nie gesehen hatte.

5

Der stellvertretende Polizeipräsident Loris Sebastiani senkte die Zeitung. Es war früh am Morgen, und wie immer hatte er sich direkt nach Eintreffen in seinem Büro, einem Kämmerchen im ersten Stock des Präsidiums in der Via Fatebenefratelli, darangemacht, die Verbrechens- und Unfallmeldungen der Tageszeitungen zu überfliegen. Normalerweise bekam er durch die Lektüre schlechte Laune, doch nicht an diesem Tag; was er heute las, amüsierte ihn derart, dass er der Versuchung nicht widerstehen konnte und eine bestimmte Nummer ins Telefon eingab.

»Haben Pest und Verderbnis endlich auch in der Provinz Einzug gehalten?«

»Ich gehe davon aus, dass du meinen Artikel gelesen hast«, antwortete sein Gesprächspartner undeutlich, da er den Mund voller Zahnpasta hatte. Offenbar war er gerade erst aufgestanden.

»Tja, effektvolle Schlagzeile: *Capo di Ponte in Angst und Schrecken.*«

»Hör auf, du weißt genau, dass das Calzolaris Werk ist.«

»Aber warst du nicht eigentlich im Urlaub?«

»Doch, aber ich bin eben vom Pech verfolgt.«

»Vielleicht bringst du es mit, Enrico.«

»Könnte sein. Jedenfalls solltest du mich nicht mehr Enrico nennen. Von heute an bin ich Drugo.«

»Wer?«

»Hast du nicht *Der große Lebowski* gesehen?«

»Dooch. Und ich bin dann wohl John Goodman, dieser überspannte Fettsack?«

»Tatsächlich: Wenn du dir einen Bart wachsen lassen würdest ...«

»Hör auf!«

»Oder einer der Nihilisten.«

»Enrico!«

»Drugo, *please.*«

»Wir hören uns wieder, wenn du klarer siehst. Mach's gut, Drugo. Hier in Mailand müssen wir uns um echte Verbrechen kümmern.«

Kaum hatte Sebastiani den Hörer aufgelegt, wurde seine Aufmerksamkeit von einem Pfeifen angezogen. Auf der Fensterbank saß eine Amsel. Keine salmonellenträchtige Taube, von denen die Stadt wimmelte, sondern eine echte Amsel. Und die pfiff. Hier im Herzen der Metropole, die unter der Sommersonne stöhnend dahinschmolz, pfiff eine Amsel.

Sebastiani stand auf und näherte sich langsam der Fensterbank, um sie nicht zu verscheuchen. Das allerdings bewerkstelligte Sciacchitano, sein schwachsinniger *Ispettore*, der brüllend ins Büro platzte und nicht nur der Amsel, sondern auch seinem Vorgesetzten einen Riesenschreck einjagte.

Der stellvertretende Polizeipräsident wandte sich mit flammendem Blick um, worauf Sciacchitano versuchte, mit seinen zwei Metern Körpergröße und hundert Kilo Lebendgewicht in seiner Uniform zu versinken.

»Entschuldigung, *Dottore*, aber da wäre eine wichtige Angelegenheit, von der Sie unbedingt wissen müssen ...«

Sebastiani antwortete nicht, sondern beschränkte sich darauf, seine Toscanello von einem Mundwinkel zum anderen wandern zu lassen. Die hatte er immer zwischen den Lippen, allerdings unangezündet. Manchmal knabberte er daran, doch er zündete sie nie an.

»Klär mich auf«, befahl er.

»Es geht um einen Todesfall im *Parco Agricolo Sud Milano*«, stammelte der Polizist. »Ein Mann hat einen Hügel aufgeworfener Erde entdeckt und mal genauer nachgesehen. Und wissen Sie, was er gefunden hat?«

»Spar dir die Rhetorik, Sciacchitano! Was hat er gefunden, eine Leiche?«

Der *Ispettore* schluckte.

»Genau. Den Körper einer Frau«, stotterte er.

»Wann?«

»Vor etwa einer halben Stunde. Mascaranti ist schon mit einer Streife vor Ort. Ich hab mich gefragt, ob Sie nicht zufällig auch …«

»Gehen wir.«

»Genau.«

Der *Ispettore* folgte Sebastiani die Treppe hinunter. Sein explosiver Auftritt kurz zuvor war bereits vergeben und vergessen.

Der Bereich um das Loch mit der Leiche war bereits mit gelbem Absperrband abgeriegelt worden; Franco Ambrosio, der Gerichtsmediziner, war vor Ort. Sebastiani sah, wie er mit einer Schutzmaske vor dem Gesicht aus der Grube auftauchte. Bei dieser Hitze war der Gestank, der dem Loch entstieg, unerträglich.

Sie befanden sich auf einer von bestellten Feldern umgebenen Lichtung, die man über eine Schotterstraße in unmittelbarer Nähe der östlichen Umgehungsstraße zwischen Peschiera Borromeo und San Bovio erreichte.

Ispettore Mascaranti kam dem stellvertretenden Polizeipräsidenten entgegen.

»Wo ist der Mann, der die Leiche gefunden hat?«

»Da drüben«, antwortete der Polizist und zeigte auf einen Mann mit weißen Haaren, der auf einer Bank saß. »Er steht unter Schock.«

Sebastiani nickte, holte dann aus seiner Tasche ein Taschentuch hervor, drückte es sich gegen die Nase und näherte sich der Grube.

Die Frau war offenbar sehr schön gewesen. Helle Haare, lange Beine, wohlgerundeter Busen. Sie trug eine weiße Bluse und einen blauen Minirock. Und, wie man sofort sah, keinen Schlüpfer.

Der Gerichtsmediziner sah zu Sebastiani hinauf.

»Wie lange ist sie schon tot?«, fragte der Ermittler.

Ambrosio streckte abwehrend die Hände aus. »Nun mal ganz langsam, Sebastiani! Ich bin gerade erst angekommen und hatte noch nicht mal Zeit, sie mir genauer anzusehen.«

»Okay, aber dem Gestank nach zu urteilen muss sie doch ...«

Der Pathologe seufzte. »Der Gestank ist kein verlässlicher Indikator. Schon gar nicht bei dieser Hitze! Wie auch immer«, fuhr er fort und stieg aus der Grube, »jedenfalls ist sie mit Sicherheit nicht erst gestern Abend umgebracht worden.«

Sebastiani wandte sich zur Leiche. Die Würmer hatten bereits mit ihrem Festmahl begonnen. Er versuchte, seinen Cappuccino bei sich zu behalten, und konzentrierte sich auf das Gesicht der Frau. Die nun ausdruckslosen Augen waren weit aufgerissen, und auf der Stirn prangte eine tiefe Wunde, die ihn faszinierte.

»Seltsame Verletzung, nicht wahr, *Dottore*?«

Ambrosio stimmte ihm zu.

»Allerdings, sehr seltsam. Obwohl sie so tief ist, hat sie nicht geblutet.«

»Könnten Sie mal kommen?«, unterbrach ihn Mascaranti.

Sebastiani folgte ihm ans andere Ende der Lichtung.

»Sehen Sie mal.«

Der *Vicequestore* bückte sich, um den Boden zu betrachten.

»Wie können sich hier Reifenspuren eingedrückt haben, wo es doch seit Wochen nicht mehr geregnet hat?«

»Es hat zwar nicht geregnet, aber hier wird bewässert«, erklärte der *Ispettore*. »Das hier ist nicht nur ein Park, sondern auch eine Anbaufläche für biologische Landwirtschaft. Sie müssen bedenken, dass sich das ganze Gebiet über etwa siebenundvierzigtausend Hektar erstreckt und ein Drittel der Provinz einnimmt. In dieser Richtung«, er wies zum Feld hinter ihnen, »wird irgendwas angebaut. Und jeden Abend gewässert. Wahrscheinlich reicht der Wasserstrahl der Sprinkler bis hierher.«

»Und dann ist jemand mit dem Auto darüber gefahren«, schloss Sciacchitano und trat von hinten zu ihnen.

»Nicht nur mit dem Auto«, erwiderte Mascaranti. »Sehen Sie doch mal hier.«

Die drei Polizisten gingen ein paar Schritte näher zum Feld. Auch dort sah man schmale Reifenspuren.

»Ein Fahrrad?«

»Ich denke ja«, bestätigte Mascaranti. »Hier muss nachts mächtig viel los sein.«

»Sieht so aus«, sagte Sebastiani abschließend. »Nimm Abdrücke von allen Spuren, dann sehen wir, ob was dabei herauskommt.«

»Möchten Sie mit dem Mann sprechen, der die Leiche gefunden hat?«

Der *Vicequestore* warf einen Blick zu ihm hinüber. Er saß zusammengekrümmt und zitternd auf der Bank.

»Nicht jetzt.«

»Gut. Also, wo setzen wir an?«, fragte Mascaranti.

»Bei der zeitlichen Abfolge.«

»Wissen wir denn schon etwas darüber?«

»Ja, finde heraus, wann hier bewässert wird. Der Mörder muss zugeschlagen haben, als die Erde noch feucht war.«

»Wissen wir das genau? Der *Dottore* hat doch gerade gesagt, dass sie nicht erst seit gestern tot ist …«

Aber Sebastiani hörte ihm schon gar nicht mehr zu. Er war zurückgegangen und betrachtete mit versunkener Miene wieder die Leiche.

6

Rizzitano war in Hochstimmung, aufgeregt wie ein Kind auf dem Karussell.

Boskovic hatte kaum seinen Fuß in die Kaserne gesetzt, da war ihm der *Brigadiere* schon entgegengelaufen und hatte eine Zeitung geschwenkt. Und nicht nur irgendeine, sondern den *Corriere*!

»*Marescià*, man schreibt über uns!«, verkündete er.

Der Unteroffizier runzelte die Stirn: In ihrer ganzen ruhmreichen Geschichte hatte die Mailänder Tageszeitung noch niemals über Capo di Ponte Emilia geschrieben. Bis zu diesem Tag, als man entschieden hatte, diesem Ort sogar die Titelseite des Lombarder Teils zu widmen. Auch die beiden Lokalanzeiger, wie Rizzitano ihm zeigte, hatten nicht mit Druckerschwärze gespart, um vom Fund der verstümmelten Hand zu berichten, doch die Seite des *Corriere* hatte wohl wirklich die Aufmerksamkeit aller auf sich gezogen.

»Wir sind berühmt!«

Boskovic antwortete nicht, sondern las den Artikel ohne weiteren Kommentar. Als er damit fertig war, wandte er sich mit einem Blick an Rizzitano, der nichts Gutes verhieß.

»Wer ist dieser Enrico Radeschi?«

Rizzitano wollte schon antworten, als sein Vorgesetzter einen unerwarteten Vorstoß unternahm.

»Und vor allem: Woher zum Teufel weiß er das alles?«

Der *Brigadiere* bedachte ihn mit einem zittrigen Lächeln.

»Ja, sehen Sie, *Marescià*, der *Corriere* interessiert sich nicht einfach so für den Fall; vielmehr interessiert sich der Autor für diesen Ort. Denn Radeschi stammt aus Capo di Ponte.«

»Du kennst ihn?«

Rizzitano war fast beleidigt, dass sein Vorgesetzter überhaupt daran zweifeln konnte.

»Natürlich, das wäre ja sonst noch schöner! Alle kennen ihn hier! Er ist im Ort geboren und aufgewachsen. Dann ist er nach Mailand gegangen, vor etwa zehn Jahren, um zu studieren. Seit zwei, drei Jahren schreibt er Verbrechens- und Unfallmeldungen für diese Zeitung. Er hat sogar eine eigene Kolumne, stellen Sie sich vor!«

»Schon gut, ich hab's ja verstanden, wenn er den Geist aufgibt, kriegt er eine Beerdigung mit allem Tamtam und eine Straße, die nach ihm benannt wird.«

Der *Brigadiere* witterte Unheil.

»Ich mach mal Kaffee«, verkündete er.

Jetzt wunderte sich Boskovic nicht mehr so sehr, warum sich der Journalist derart für den Fall interessierte. Allerdings reichte Lokalpatriotismus nur bis zu einem gewissen Punkt, er kannte solche Schreiberlinge: Für eine Story waren sie stets bereit, ihre Mutter zu verkaufen. Und die Story bekamen sie jetzt: Es war Sommerloch, halb Italien befand sich im Urlaub, nichts geschah, was eine Nachricht wert gewesen wäre, bis plötzlich Manna vom Himmel fiel; oder besser: eine Hand, verstümmelt auch noch, mit der man sich ohne Mühe Ansehen erschreiben konnte. Ganz zu schweigen vom Aufsehen, das der geheimnisvolle Brief erregte. Auch die anderen Reporter hatten ihm besondere Aufmerksamkeit gewidmet.

In Radeschis Artikel war alles enthalten, selbst dass der fragliche Umschlag keinerlei Inhalt gehabt hatte. Die Information hatte ihm liebenswürdigerweise dieser vermaledeite Nello Ruini geliefert, wahrscheinlich kurz bevor er wegen zu hohen Alkoholpegels ins Koma sank.

Dreisterweise hatte der Journalist den Briefträger auch noch zitiert:

»Ich hab mich gefragt: Wer schickt wohl einen leeren Briefumschlag an Davoli? Deshalb habe ich, *ganz unbeabsichtigt*, einen kurzen Blick auf die Adresse geworfen. Verdammte Tat, habe ich zu mir gesagt: Die Adresse stimmt, aber der Name ist falsch. Der Brief ist an einen Deutschen gerichtet, einen gewissen Rudolph Mayher …«

»Ein Bewusstseinsstrom, den auch Virginia Woolf nicht besser hingekriegt hätte«, dachte der *Maresciallo*, knüllte die Zeitung zusammen und warf sie quer durchs Zimmer.

»Alles in Ordnung?«, fragte Rizzitano, als er mit dem Kaffee auftauchte.

»Keineswegs! Die Zeitungen wissen genauso viel wie wir, vielleicht sogar noch mehr. Sie kennen sogar den Namen, der auf dem Brief stand, auch wenn er eigentlich anders buchstabiert wird. Sie haben Mayher statt Mayer geschrieben. Aber in jedem Fall ändert das kaum etwas.«

Rizzitano sagte nichts.

»Wer weiß, wie dieser Radeschi alles von Mailand aus erfahren hat …«

Der *Brigadiere* stellte die Tässchen auf den Schreibtisch und bewegte sich Richtung Tür. Er war hochrot geworden. Boskovic durchbohrte ihn mit dem Blick. Er kannte diesen Ausdruck: Sein Untergebener sah aus wie ein Kind, das auf frischer Tat beim Griff in Vaters Portemonnaie ertappt wurde.

»Du, wann hast *du* ihn denn das letzte Mal gesehen?«

»Ach, das muss schon Monate her sein.«

»Wirklich?«

Rizzitano nickte mechanisch.

»Ehrlich.« Er starrte auf seine Schuhspitze. »Aber gestern Abend hat er mich angerufen, hier in der Kaserne.«

Boskovic fiel fast vom Stuhl. Vor lauter Empörung blieb ihm die Luft weg.

»Was? Sag nicht, du hast was mit diesem Geschreibsel zu tun! Los, spuck's aus!«

»Poh«, stieß der andere verlegen aus und bewegte sich weiterhin unmerklich Richtung Tür.

»Rizzitano!«

»Sie wissen doch, wie so was gehen kann, *Marescià*«, platzte es dann aus ihm heraus. Der *Brigadiere* hätte auch ein, zwei Tränchen verdrückt, wenn es ihm aus diesem Schlamassel herausgeholfen hätte. Mit Sicherheit. Aber er hatte bereits gelernt, dass Boskovic nicht darauf ansprang. Also kapitulierte er.

»Wir sind zusammmen zur Schule gegangen und kennen uns schon ein ganzes Leben … Also haben wir ein bisschen geplaudert, weil er hier gerade Urlaub macht und es ihm einfach nicht liegt, untätig herumzusitzen.«

»Hier im Ort?«

Der andere nickte. Dann schlug er einen noch jämmerlicheren Tonfall an.

»Tut mir leid, aber dieser verdammte Journalist hat alles aus mir herausgequetscht, ohne dass ich es gemerkt habe.«

»Hör mit dem Gejammer auf, das zieht bei mir nicht!«

Boskovic konnte nur mühsam atmen. Er holte seinen Montenegro aus der Schublade und goss einen großzügigen Schuss in seinen Kaffee, den er in einem Zug austrank. Dann konzentrierte er sich wieder auf Rizzitano und atmete tief durch, um sich zu beruhigen.

»Was kannst du mir noch über ihn erzählen?«, fragte er.

»So einiges. Ich mach wohl besser noch einen Kaffee.«

»Lass jetzt mal den Kaffee und komm zum Punkt. Ich hab keine Zeit und bin immer noch stocksauer.«

Da legte der *Brigadiere* los.

Boskovic erfuhr, dass Enrico Radeschi, Jahrgang 1975, einen Abschluss in Neuerer Literatur an der Universität von Mailand hatte und seinen Lebensunterhalt als freiberuflicher Journalist verdiente. Er hatte kein festes Gehalt und hielt sich mit Artikeln und allerlei abstrusen Aufträgen über Wasser. Er und sein Labrador waren so oft gezwungen, den Gürtel enger zu schnallen, um magere Zeiten zu überstehen, zum Beispiel, wenn sein Chefredakteur ihm keine Aufträge gab, so dass er sich ein zweites Standbein gesucht hatte. Das war allerdings noch unsicherer und fragwürdiger als das erste, wenn das überhaupt vorstellbar war: Er arbeitete als Lektor und »technischer Berater« bei einem winzigen Mailänder Verlag. Seine Aufgabe bestand darin, aufgrund seiner Erfahrungen mit polizeilichen Ermittlungen und verschiedenen blutigen Verbrechen zu entscheiden, ob bei einem Buch bestimmte Gräuel oder Ermittlungsmethoden auch in der Realität vorkommen konnten oder ob der Autor zu viel Phantasie hatte walten lassen.

»Ein schöner Scheiß«, bemerkte Boskovic. »Warum ist er hier eigentlich so bekannt?«

»Vor sechs Monaten hat er einen Serienkiller dingfest gemacht, der sich auf Prostituierte spezialisiert hatte, und davor hat er der Gottesanbeterin von Corvetto das Handwerk gelegt, vielleicht haben Sie von dem Fall gehört. Jedenfalls sind seine investigativen Reportagen schon ein paar mal auf der Titelseite gelandet, und so was bleibt in einem Dorf wie unserem hängen.«

»Das kann ich mir vorstellen. Aber sag mir doch mal was ganz anderes. Wie hat er es geschafft, auch sonst allen anderen zuvorzukommen: Gibt's vielleicht noch irgendwo anders jemanden wie dich?«

»So ähnlich«, grinste *il Calabrès.* »Böse Zungen behaupten, es sei sein Glück, mit einem hohen Tier im Polizeipräsidium bekannt zu sein, mit dem *Vicequestore* nämlich. Der heißt Sebastiani, glaube ich. Er hat ihm einmal bei einer Schießerei das Leben gerettet, seitdem sind sie Freunde. Außerdem hat unser Radeschi ständig sein Laptop dabei. Und zwar nicht nur, weil er sich mit Artikelschreiben sein Geld verdient.«

Er verstummte plötzlich.

»Was ist los, Rizzitano? Spielst du jetzt den Geheimnisvollen?«

»Kann ich ja doch nicht, *Marescià.* Ich suche nach den richtigen Worten. Sagen wir doch mal so, dass Enrico so eine Art Computergenie ist.«

»Ach, das ist interessant. Erklär mir das mal näher«, mahnte Boskovic geduldig.

Der *Brigadiere* kratzte sich am Kopf. Technik war nicht gerade sein Ding.

»Es sieht so aus, als könnte er mit diesem Apparat wahre Wunder vollbringen. Und das sage nicht nur ich, sondern auch Leute, die davon Ahnung haben. Er holt praktisch jede Information aus dem Internet. Ganz gleich was. Wo ein bestimmter Typ wohnt. Wie viel er auf dem Konto hat. Ob er Vorstrafen hat. Was er mit seiner Kreditkarte gekauft hat. All solche Sachen kann er einem sagen.«

»Er ist also ein Hacker?«

Rizzitano zuckte die Achseln.

»Er findet eben das, was er sucht. Und noch mehr.«

»Fahr fort.«

»Viel kann ich nicht mehr sagen. Als er noch hier wohnte, hatte er eine Freundin. Mit der war er über zehn Jahre zusammen. Bis zur Universität. Sie haben sich getrennt, als er nach Mailand zog. Sie ist nicht mitgegangen, sondern hat Psychologie studiert und arbeitet jetzt in einer Einrichtung für Kinder mit Down-Syndrom. Sie heißt Cristina.«

»Er war mit einer Seelenklempnerin zusammen?«

»Wie's aussieht. Sie hat sogar gesagt, es gäbe eine Theorie, die genau auf ihn passen würde: das Gesetz der kleinen Zahlen.«

»Jetzt schweif nicht ab! Komm zum Thema zurück.«

»Jetzt ist er mit einer anderen zusammen. Einer aus der Stadt. Mailänderin. Ein blondes Püppchen. Ich hab sie einmal gesehen, als er sie seinen Eltern vorgestellt hat. Sie wohnen seit ein paar Monaten zusammen. Ende der Geschichte.«

Boskovic hatte sich eine Zigarette nach der anderen angesteckt, während er zuhörte.

»Schön, verschwinde jetzt. Und wenn dein Sandkastenkumpel noch mal anruft, sagst du ihm nichts mehr, sonst lass ich dich unehrenhaft entlassen, verstanden?«

Der *Brigadiere* verschwand wie ein Vampir im Morgengrauen.

Boskovic brach das zweite Päckchen MS dieses Tages an und nahm den Telefonhörer auf. Sein Ziel: Informationen über diesen ominösen Mayer zu bekommen.

Zwei Stunden später jedoch schob er verdrossen das Telefon beiseite. In keinem Archiv hatte er den Namen gefunden.

»Rizzitano!«, rief er mit donnernder Stimme.

Der *Brigadiere* erschien so prompt, als hätte er direkt hinter der Tür gewartet.

»Zu Befehl!«

»Hol ihn her!«, kommandierte Boskovic.

»Wie bitte?«

»Bring deinen Freund her. Dieser vermaledeite Radeschi wird uns jetzt kennenlernen.«

7

Müde und verschwitzt verließ Sebastiani den Verhörraum, die Toscanello steckte halb zerkaut zwischen seinen Lippen, das Hemd klebte am Rücken fest, und seine Kehle war wie ausgedörrt.

Remo Centofanti, der Mann, der die Leiche der jungen Frau gefunden hatte, hatte ihm mit seiner Zeugenaussage nicht viel weiterhelfen können. Am Vortag war er gegen halb sieben abends in den Park gegangen, um sich um seinen Garten zu kümmern. Als er an der kleinen Lichtung vorbeikam, war ihm etwas Seltsames aufgefallen. Ein Erdhügel, der am Tag davor noch nicht da gewesen war. Also war er dorthin gegangen und hatte mit der kleinen Schaufel, die er für die Gartenarbeit mitgenommen hatte, ein bisschen gegraben. Wegen der Sprinkleranlage war die Erde dort noch weich gewesen. Nach kurzer Zeit hatte die Leiche der jungen Frau freigelegen.

Sebastiani hatte den Zeugen entlassen und war in sein Büro zurückgekehrt, wo es wenigstens einen Ventilator gab.

Er setzte sich an seinen Schreibtisch und studierte die Akte der ermordeten Frau. Es war nicht schwer gewesen, ihre Identität festzustellen, denn ihre Schwester hatte sie ein paar Tage zuvor vermisst gemeldet. Das Opfer hieß Debora Vergani, für Freunde Debby, war zweiunddreißig Jahre alt und arbeitete in einer Versicherungsagentur in der Via Plinio. Sie wohnte mit ihrer zwei Jahre älteren Schwester in einer Wohnung im Mailänder Süden und war, den spärlichen Informationen nach, die ihre Schwester vor ihrem Zusammenbruch gegeben hatte, Single.

Der Polizeibeamte legte die Akte nieder und fing an, die Fotos aus einem beiliegenden Umschlag auf dem Schreibtisch auszulegen. Es waren Aufnahmen, die die Spurensicherung vom Tatort gemacht hatte; Vergrößerungen verschiedener Details. Die Wunde auf der Stirn, die Druckstellen am Hals, die persönlichen Besitztümer aus der Handtasche: Handy (defekt), Schminketui, Brieftasche und ein Bund mit Schlüsseln, wahrscheinlich von der Wohnung. Ein weiterer Umschlag enthielt Fotos, die den Ermittlern von der Leitung des Parks zur Verfügung gestellt worden waren. Es handelte sich um zwei Luftaufnahmen des Bereichs, in dem die Leiche gefunden worden war. Sie waren ein paar Wochen früher aufgenommen worden, konnten sich bei der Untersuchung jedoch als nützlich erweisen.

Auf der ersten Aufnahme sah man deutlich die Schotterstraße, die zu der Lichtung führte, sowie ein Stück vom davorliegenden Feld. Die Straße verlief weiter durch ähnliche Lichtungen, die weiter im Park lagen.

Die zweite Aufnahme zeigte noch detailgenauer die Stelle, wo die Straße auf die Lichtung traf, und dazu eine Fläche mit Grünpflanzen auf der gegenüberliegenden Seite, hinter einem Wäldchen. Der Beamte sah genauer hin: Das Grün der Anpflanzung war nicht ganz gleichmäßig. Er presste die Lippen um die Toscanello zusammen und runzelte die Stirn, während er sich fragte, was dieser kleine, leuchtend grüne Fleck sein mochte, der sich genau in der Mitte der Fläche befand.

Genau in diesem Moment erschien Mascaranti.

»Ich habe mit den Personen gesprochen, die die Felder des Parks bestellen, für die wir uns interessieren.«

»Und?«

»Sie bewässern sie jeden Abend zwischen sechs und neun.«

»Das ist doch schon mal was. Von den Reifenabdrücken noch nichts Neues?«

»Sie werden gerade untersucht. Kann ich noch etwas tun?«

Sebastiani blickte auf die Ansammlung der Bilder auf seinem Tisch.

»Doch. Besorg dir Overall und Schutzhaube. Du machst jetzt einen Ausflug.«

8

Radeschi saß unbeweglich, den Kopf im Schatten, die Beine in der Sonne ausgestreckt, an einem Tischchen im *Binda* und übte sich in Langsamkeit. Er schlürfte ein ziemlich verwässertes Bier und befreite seinen Kopf von allen Gedanken. Um ihn herum schwieg alles. Vollkommene Stille. Unfassbar für jemanden aus der Stadt.

Es war Nachmittag, kurz nach drei, alle Welt machte Siesta, und von den Feldern hörte man nur den Gesang der Zikaden. Aber das war kein störendes Geräusch, sondern die sommerliche Hintergrundmusik der Bassa.

Enrico beschloss, diese Stille mit einem Telefongespräch zu unterbrechen.

»Ciao. Geht es Buk gut?«

»Schön, dass du dich um mich sorgst, vielen Dank.«

»Was willst du, Stella? Ich höre dir doch an der Stimme an, dass es dir gutgeht.«

»Natürlich. Dein Köter jedenfalls ist wohlauf. Wir sind gerade von einem Spaziergang zurückgekomm…«

Akku kaputt. Radeschi wollte schon das Handy zu Boden schleudern, als ein Schatten auf seinen Tisch fiel und die Sonne verdeckte. Eine Sonnenfinsternis, aus der zwei Sonnen aufblitzten. Zwei riesige Brillengläser auf einer von Schweiß glänzenden Nase.

»Rizzitano!«

Die zwei umarmten sich.

»Wie geht es dir, *Calabrès*?«

Der andere machte eine wegwerfende Handbewegung.

»Geht so. Mein Chef ist ziemlich nervös wegen der Sache mit der Hand …«

»Nur deswegen?«

»Auch wegen deines Artikels heute Morgen. Arschloch. Du hast mich reingelegt! Ich hab dich schon den ganzen Tag gesucht.«

Radeschi nickte, sagte aber nichts. Er hatte bereits begriffen, wo der Hase langlief.

»Du müsstest mal mit in die Kaserne kommen«, sagte der *Brigadiere* unbeholfen.

»Bin ich verhaftet?«

»Aber neeeein, das fehlte noch! Nur zu einem Gespräch unter Freunden.«

»In diesem Fall«, entgegnete Radeschi und erhob sich, »sag deinem *Maresciallo*, ich würde ihn schon selbst finden. Kasernen machen mich immer nervös.«

»Aber in Mailand verbringst du den halben Tag auf dem Präsidium!«

»Stimmt, aber freiwillig! Nicht, weil ich vorgeladen wurde.«

Rizzitano kam mit hängenden Ohren zurück, um seinem Vorgesetzten Meldung zu machen.

»*Was* hat er gesagt?«, donnerte Boskovic.

Der *Brigadiere* wiederholte alles ganz genau. Zum dritten Mal. Der *Maresciallo* war außer sich.

»Du gehst jetzt auf der Stelle zu ihm und bringst ihn hierher, kapiert! Und zwar ein bisschen plötzlich!«

»Ich soll ihn verhaften?«

»Genau.«

Rizzitano verließ das Zimmer, wartete aber aus Erfahrung direkt hinter der Tür. Nicht mal zwei Sekunden später hörte er, wie sich die Stimme seines Vorgesetzten erhob und nach ihm rief.

»*Brigadiere!*«

Rizzitano öffnete die Tür. »Zu Befehl!«

»Vergiss es. Wenn wir ihn einsperren, bringt er es glatt fertig und macht Wirbel. Wir kümmern uns morgen darum. Jetzt gehe ich nach Hause, um mich ein bisschen abzukühlen.«

Radeschi hielt Wort. Es war auch gar nicht schwierig gewesen, den *Maresciallo* zu finden. Er wohnte ganz in seiner Nähe, genauer gesagt: Er war der Mieter seiner Mutter.

Als Boskovic nach Hause kam, entdeckte er den Journalisten auf der Tenne. Er hockte da und fütterte Gatsby mit einer Banane. Er reichte ihm Stückchen für Stückchen, wie bei einem Kind, und dieses vermaledeite Gürteltier zeigte einen Mordsappetit. Das Rabenaas! Nicht mal das Haus bewachen konnte es. Es war einfach zu nichts zu gebrauchen.

»Niedlich, Ihr Nagetier«, bemerkte Radeschi. »Es würde sich gut mit meinem Labrador verstehen.«

»Das ist kein Nager«, erwiderte Boskovic tadelnd, »sondern ein Gürteltier.«

»Ist es legal, sich eins zu halten?«

»Suchen Sie Ärger?«

Der Journalist streckte abwehrend die Hände aus.

»Als hätte ich nicht schon genug. Beruhigen Sie sich, *Maresciallo*. Ich bringe gute Nachrichten.«

»Schießen Sie los.«

»Dievel.«

60

»Fehlanzeige. Der ist geflüchtet.«

»Das weiß ich. Deshalb wollte ich Sie ja sprechen: Ich weiß, wo er sich versteckt.«

»Und das sagen Sie mir ganz ohne Gegenleistung, wetten?«

Der Journalist zuckte die Achseln. Er nahm Gatsby hoch, der sich ganz zahm auf seinem Schoß zusammenrollte. Wenn Blicke töten könnten, hätte Boskovic das Gürteltier auf der Stelle vernichtet.

»Was soll das, wollen Sie sich mit dem Haustier verbünden, um das Herrchen zu erweichen?«

»Würde es denn was nützen?«

Der *Carabiniere* schüttelte den Kopf und stieß die Haustür auf.

»Ein Bier?«, fragte er.

Radeschi nickte.

Zehn Minuten später hatte auch Boskovic Drugo-Kluft angelegt: weißes Unterhemd, kurze Hose und Jesuslatschen. Die Hitze brachte ihn um.

Sie ließen sich an dem Steintisch nieder, der an einer Seite des Hauses stand; es gab auch vier Plastikstühle. Obwohl es erst sieben Uhr abends war, schwirrten schon die ersten Mücken herum. Boskovic zündete zwei Räucherspiralen und eine Zitronengraskerze an. Dann entkorkte er die Bierflaschen.

»Mir ist klar, dass wir uns auf dem falschen Fuß erwischt haben. Ich möchte nochmal von vorne anfangen«, setzte der Journalist nach dem ersten Schluck an.

»Aber die Captatio Benevolentiae zieht bei mir nicht.«

»Wow. Ein *Carabiniere*, der lateinische Ausdrücke von sich gibt. Dann muss es für einen Gelehrten wie Sie ja die reinste Hölle sein, mit einem Torfkopf wie Rizzitano zusammenzuarbeiten.«

»Hören Sie auf, sonst verhafte ich Sie wegen Beamtenbeleidigung.«

»Das können Sie nicht: darauf steht heutzutage keine Strafe mehr.«

Boskovic grunzte und sagte dann: »Jedenfalls ist es immer noch besser, als mit einem hinterhältigen Journalisten zu tun zu haben. Mit Leuten wie Ihnen verhandle ich gar nicht.«

»Das fehlte auch noch. Ich möchte *nur* kooperieren, ohne etwas dafür zu bekommen.«

Der andere schüttelte den Kopf und stellte sein leeres Bier auf den Tisch.

»Ich höre.«

»Gut, vor allem möchte ich eines sagen: Ich kenne Davoli schon mein ganzes Leben. Und er war immer genau so wie jetzt: vollkommen friedlich. Dievel, wenn Sie das Wortspiel entschuldigen wollen, ist ein ganz armer Teufel. Er würde niemals ein Blutbad veranstalten.«

»Das meint auch Rizzitano«, räumte der *Maresciallo* ein.

»Das freut mich zu hören. Wie ich schon sagte, ich glaube, ich weiß, wo er sich versteckt.«

»Wo denn? Vergessen Sie nicht, dass es sich um eine offizielle Untersuchung handelt, und Sie machen sich strafbar, wenn Sie es mir nicht sagen.«

Radeschi lächelte. Diese Drohung klang lächerlich im Vergleich zu denen, die er von seinem Freund, dem *Vicequestore*, gewohnt war.

»Ganz ruhig, *Maresciallo*, wir wollen doch nicht wieder von vorne anfangen. Ich sage es Ihnen gleich, obwohl ich mich wundern muss, dass Sie und Rizzitano noch nicht darauf gekommen sind.«

Boskovic schlug mit der Faust auf den Tisch.

»Schluss jetzt! Sagen Sie mir, wo er ist, sonst buchte ich Sie auf der Stelle ein!«

Also teilte Radeschi es ihm grinsend mit, und Boskovic kam sich vor wie ein kompletter Idiot.

»Wo sollte ein mit Pillen vollgestopfter Irrer wohl sein, wenn nicht an dem einzigen Ort, an dem wir hätten suchen sollen?«

Rizzitano konnte auch sarkastisch sein und rhetorische Fragen stellen. Boskovic schalt sich weiterhin einen Idioten, weil er nicht sofort darauf gekommen war.

Der Wagen der *Carabinieri* hielt vor dem verlassenen Haus: Es war kurz nach neun Uhr abends. Die Polizeisiegel auf dem Briefkasten und der Haustür waren zerrissen. Dievel hatte seine Bleibe wieder in Besitz genommen. Rizzitano schlich sich wie ein Dieb an, um ihn zu überraschen, während der *Maresciallo* einen Krankenwagen rief. Radeschi blieb in der Nähe auf seinem Gelben Blitz sitzen. Den Fotoapparat ließ er eingesteckt: Die Ergreifung eines armen Teufels gehörte nicht in sein Metier.

Eine halbe Stunde später saß Dievel fast reglos auf seinem Bett in der Villa Celeste. Durch die vielen Beruhigungsmittel, die man ihm verabreicht hatte, befand er sich praktisch im vegetativen Zustand.

Die beiden Pfleger, die ihn weggebracht hatten, waren nicht gerade zimperlich gewesen. Dievel hatte sich trotz seiner geringen Körpergröße wie ein wildes Tier gewehrt.Im Krankenwagen war er mit Spritzen ruhiggestellt worden. Auch Rizzitano hatte Dievels Zorn zu spüren bekommen, bevor man ihn in die Zwangsjacke steckte. Sein Gesicht war zerkratzt und die Brusttasche seiner Uniform abgerissen.

Radeschi hatte, quasi als Gegenleistung für seinen Tipp, von Boskovic die Erlaubnis bekommen, bei der Befragung dabei zu sein. Später würde man gemeinsam entscheiden, was er darüber schreiben durfte. Sie kannten sich erst ein paar Stunden, und doch hatte ihn der *Carabiniere* bereits mit der gleichen Erpressung am Gängel, die Sebastiani schon seit Ewigkeiten anwandte.

Davoli antwortete auf alle Fragen nur einsilbig. Spucke rann ihm aus dem Mundwinkel und tropfte auf das grüne Laken seines Betts.

»Hast du eine Ahnung, wer die Hand in den Briefkasten gesteckt haben könnte?«

Davoli schüttelte den Kopf. Die Bewegung war so stockend wie bei einer schlecht gespannten Feder.

»Bist du in der Vergangenheit jemals bedroht worden?«

Erneutes Kopfschütteln.

»Hast du Feinde? Irgendjemanden, mit dem du Ärger hast?«

Wieder nein.

»Bekommst du jemals Post?«

Dieselbe Reaktion.

»Hast du Freunde? Jemanden, der dir Briefe schreiben könnte?«

Boskovic beschloss, die Sache fallenzulassen. Dieser Mann war nicht der Empfänger des Briefs. Radeschi hatte recht: Dievel war nur ein armer Teufel, der sein halbes Leben vollgedröhnt mit Beruhigungspillen zubrachte und nichts mitbekam.

Die beiden Militärpolizisten verließen schweigend das Zimmer. Der Journalist folgte ihnen.

9

Hast du in deinem Kuhdorf Internetzugang?«

Sebastiani war einer, der nicht lange drum herum redete. Er versuchte nicht mal, diplomatisch vorzugehen.

»Einen schönen guten Abend auch dir, Callaghan.«

»Jetzt fang nicht so an, sondern antworte.«

»DSL. Meine Mutter ist eine erfahrene Surferin.«

»Was soll das denn heißen? Dass sie sich mit dem Brett von einem Ufer des Po zum anderen treiben lässt?«

Sebastiani sah sich ausschließlich Schweizer Fernsehen an, und von Computern verstand er genauso viel wie von Nähmaschinen. Aber mit Worten konnte er umgehen.

»Das heißt, dass ich einen Zugang habe«, erklärte Radeschi.

»In diesem Fall, lieber Gates, habe ich einen Auftrag für dich.«

»Wem verdanke ich diese Ehre?«

»Denk mal nach. Außer dir habe ich keinen, der weiß, wie man mit so einem Ding umgeht. Das Präsidium ist so gut wie ausgestorben, und die Computerleute sind alle im Urlaub.«

Radeschi beschloss, sich bitten zu lassen. Er verließ sich auf den Umstand, dass sein Motorola noch nicht lange an der Ladestation gehangen hatte.

»Und wenn ich mich weigere?«

»Dann ziehe ich nicht mehr die Strafmandate zurück, die du mit deiner Vespa bekommst. Sonst noch was?«

Das Spiel war aus. Der *Vicequestore* hatte sich wohl vorbereitet.

»Was soll ich machen?«

»Ich habe da was, was mir Magenbeschwerden verursacht.«

»Dann brauchst du einen Internisten und keinen Computer. Wahrscheinlich hast du was Falsches gegessen. Vielleicht Fisch vom Dock?«

»Lass den Blödsinn. Es handelt sich um Flecken in einem Feld. Ich hab zwar Luftaufnahmen davon, aber die reichen mir nicht. Fällt dir etwas ein, was man da noch machen könnte?«

»Klar. Die NASA anrufen.«

»Ich hab dir doch gesagt, du sollst den Blödsinn lassen.«

»Aber das meine ich doch ernst. Es gibt eine Software, die man sich direkt von der Raumfahrtbehörde herunterladen kann. Kein Scherz. Du installierst sie dir und kannst dann direkt mit dem Satelliten kommunizieren. Natürlich kannst du das Gerät nicht so drehen und wenden, wie es dir passt, sondern musst dich mit den Bildern zufriedengeben, die es dir in diesem Moment sendet.«

»Wie bei Echelon?«

»Nein, da kommt kein Mensch rein. Das System, das ich meine, ist lange nicht so raffiniert und wesentlich ungenauer. Aber ich glaube, für unsere Zwecke dürfte es reichen.«

»Und auf den Bildern kann man viel sehen?«

»Du kannst so nah heranzoomen, dass du das Arschloch eines Hundes auf dem Gehweg erkennen kannst.«

»Ein schönes Bild.«

»Bei dir muss ich mit Bodenständigem arbeiten, sonst kapierst du es nicht. Es gibt auch einen ähnlichen Dienst bei

Google, aber da sind die Hälfte der Zonen wegen der nationalen Sicherheit geschwärzt, außerdem werden die Bilder nicht so häufig aktualisiert. Theoretisch ist auch der Zugang zur NASA geschützt, aber russische Hacker haben …«

»Jetzt erspar mir wenigstens deine illegalen Umtriebe.«

»Ist gut. Sag mir nur, welches Gebiet du brauchst.«

»Parco Agricolo Sud Milano, in der Höhe Peschiera Borromeo. Westlich der Umgehungsstraße, zwischen Flughafen und San Bovio, gibt es ein Feld mit einem Fleck Grün in der Mitte, der heller ist als die Umgebung. Du kannst es gut erkennen, weil seitlich davon eine Schotterstraße und drei Lichtungen liegen. Ich möchte wissen, was diesen Farbunterschied in der Mitte ausmacht.«

»Entschuldige, wenn ich so blöd frage«, frotzelte der Journalist, »aber könntest du nicht Mascaranti zu einem Ortstermin schicken, anstatt mich dem Risiko auszusetzen, dass meine Wohnung vom FBI gestürmt wird?«

Sebastiani platzte der Kragen.

»Was glaubst du denn? Ich habe deinen geliebten *Ispettore* schon längst geschickt. Auf einen schönen Ausflug ins Grüne, Frieden, Entspannung, Insekten, Pestizide, sogar ein paar Nutten, die ihren Geschäften nachgingen … Mascaranti hat den ganzen Tag dort verbracht, ist aber nicht mal in die Nähe dieses hellen Flecks gekommen. Ich weiß nicht, vielleicht ist da ja auch gar nichts, oder vielleicht weiß er nicht, wo er eigentlich war. Aber ich kann auf keinen Fall noch mal jemanden hinschicken. Wenn der Polizeipräsident erfährt, dass ich nur aufgrund eines vagen Gefühls hin meine Männer auf Landpartien schicke, die vom Steuerzahler bezahlt werden müssen, lässt er mich in der Kantine kreuzigen.«

»Ist ja schon gut, hör auf zu jammern. Ich hab das schon ein paar Mal gemacht, und zwar für weniger edle Ziele. Lass mich mal sehen.«

Sebastiani hörte seine Tastatur klappern. Das elektronische Auge von Radeschi schlief nie.

»Ich hab's. Der Satellit müsste morgen früh über Mailand sein. Dann logge ich mich ein und lade dir eine Vergrößerung runter und schicke sie dir. Mit E-Mails kennst du dich doch wohl aus, oder?«

»Nein, und das weißt du auch sehr gut. Ich rufe dich morgen Nachmittag an, dann kannst du mir sagen, ob es etwas Interessantes zu sehen gibt.«

Radeschi wollte schon widersprechen, doch da ließ ihn, wie er es vorausgesehen hatte, sein Akku im Stich.

Mit missmutiger Miene kehrte er in den Garten zurück.

Dort saßen Boskovic und Rizzitano auf den Plastikstühlen und schwitzten in ihr Bier. Gatsby und Mirko schliefen einträchtig nebeneinander auf dem Sitz des Gelben Blitzes.

»War das Ihre Verlobte?«

»Nein, einer meiner Vorgesetzten.«

»Welcher denn, der Redakteur oder der Bulle?«

»Letzterer. Ich weiß nicht, wie er es fände, wenn er wüsste, dass ich mich mit *Carabinieri* einlasse.«

Boskovic lächelte.

»Das weiß er bereits. Als Sie heute nicht in der Kaserne erschienen sind, habe ich ihn angerufen. Er meinte zwar, Sie seien eine Nervensäge, hat sich aber für Sie verbürgt.«

Radeschi fletschte die Zähne. Immer nahm man ihn in die Zange.

»Die langen Arme des Gesetzes haben sich also gegen einen armen Journalisten verbündet?«

»Genau. Aber jetzt steh hier nicht länger rum, sondern hol

uns neues Bier aus dem Kühlschrank, wir sitzen auf dem Trockenen.«

Nun waren sie also zum Du übergegangen. Radeschi wusste nicht, was er mit Sebastiani besprochen hatte, doch ihm war klar, dass er ihm einen Gefallen schuldete. Also war der telefonische Hilfeschrei nicht ganz aus dem Nichts gekommen.

»Also, wie gehen wir weiter vor?«, fragte er, als er mit den Flaschen zurückkam. »Ist Dievel raus aus dem Spiel?«

»Ich würde sagen ›ja‹.«

»Also?«, fragte Rizzitano und zündete sich eine *Moretti* an.

»Wir müssen nach einer alternativen Spur suchen. Allerdings ist die Auswahl nicht besonders groß«, bemerkte Boskovic und verscheuchte einen Schwarm Mücken. Räucherspiralen, Zitronengras und Autan waren nur Palliativmaßnahmen. In der Bassa war der Kampf gegen Mücken von vornherein aussichtslos.

Radeschi nickte.

»Ich weiß, was du sagen willst: Nachdem der illegale Untermieter des Hauses ausgeschieden ist, bleibt uns nichts anderes mehr übrig, als uns mit dem rechtmäßigen Besitzer zu unterhalten, stimmt's?«

»Genau.«

»Ist gut«, mischte sich Rizzitano ein und trumpfte mit seinen Kenntnissen auf. »Das Problem ist nur, dass unser Mann, ein gewisser Attilio Spinelli, zweiundachtzig, glücklicher Bewohner des örtlichen Altersheims, nicht gerade der Hellste ist. Es genügt zu wissen, dass er vor ein paar Jahren gezwungen werden musste, sein Haus zu verlassen, denn nach dem Tod seiner Frau konnte sich niemand um ihn kümmern, und er war zu alt und verkalkt, um für sich selbst zu sorgen. Von ihm werden wir nichts erfahren.«

»Dennoch reden wir mal ein Wörtchen mit ihm«, schloss Boskovic. »Morgen früh.«

Aber Attilio Spinelli erlebte den nächsten Morgen nicht mehr. Noch am selben Abend wurde er tot im Garten des Altersheims aufgefunden. Erschossen.

»Du bringst Unglück, Radeschi«, herrschte Boskovic ihn an, während er ins Haus rannte, um sich die Uniform anzuziehen. »Wenn du nicht hier gewesen wärest, würde ich dich verdächtigen!«

Die Militärpolizisten erreichten den Tatort mit heulender Sirene, Radeschi folgte ihnen mit dem Gelben Blitz. Er hatte sich nicht umgezogen, sondern nur seine Weste mit den vielen Taschen übergestreift, in denen er Digitalkamera und Notizblock verstaut hatte. Vor dem Aufbruch hatte er bereits in der Redaktion Bescheid gegeben, damit sie ihm eine Seite freihielten und mit der Drucklegung warteten.

Es war jetzt vollkommen dunkel, dennoch waren alle Bewohner noch auf den Beinen. Ein Grüppchen Senioren hatte sich um das Laken geschart, das jemand pietätvoll über die Leiche gelegt hatte. Zu viel Aufregung, da war an Schlaf nicht zu denken.

»Schaff sie hier weg«, befahl der *Maresciallo*.

Rizzitano fing an, die Menge zurückzudrängen, und rief, sie sollten alle auf ihre Zimmer gehen.

Das Verbrechen war auf dem Vorhof des Altersheims begangen worden, unter einer kleinen Pergola. Vor dem Gebäude erstreckte sich eine weitläufige, graue Stoppelwiese, in deren Mitte ein runder Brunnen ohne Wasser stand. Auf der gegenüberliegenden Seite, zur Straße hin, wurde sie von einer niedrigen, etwa einen Meter hohen Mauer begrenzt, die man ohne weiteres übersteigen konnte. Die Stelle, an der sie sich befanden, wurde nur spärlich vom Licht einiger Straßenlaternen und einer Lampe beleuchtet, die über der Terrassentür des Aufenthaltsraums angebracht war.

Als ein *Carabiniere* mit der Fotoausrüstung kam, wurde es auf dem Hof taghell. Rizzitano hob zaghaft das Laken an, um einen Blick auf das Opfer zu werfen, woraufhin die Schaulustigen, obwohl sie sich ein Stück entfernt hatten, ein lautes, einstimmiges »Ooooh!« ausstießen.

Radeschi erhellte den Tatort zusätzlich mit seinem Blitzlicht. Die Reporter der beiden Lokalzeitungen, die prompt herbeigeeilt waren, taten es ihm nach.

Der Tote lag auf dem Bauch in einer Blutlache. Man hatte ihm von hinten ins Genick geschossen. Boskovic wechselte einen Blick mit seinem *Brigadiere*. Zum Tathergang bestand kaum ein Zweifel: Das Opfer war nach allen Regeln der Kunst exekutiert worden und hatte höchstwahrscheinlich nicht mal Zeit gehabt, seinem Mörder ins Gesicht zu sehen.

Attilio Spinelli war ein kleiner, alter Mann, der nur aus Haut und Knochen bestand. Er trug einen himmelblauen Pyjama, der um seinen Körper schlotterte; Spinelli musste seit seinem Kauf einiges an Gewicht verloren haben. Doch was jedem Betrachter sofort ins Auge sprang, war das dunkle Mal, das er, wie Gorbatschow, auf seiner Stirn hatte. Sein Kopf war kahl und das Mal so groß, dass man es sogar von hinten sehen konnte. Denn um sein Gesicht zu sehen, hätte man ihn umdrehen müssen. Doch dazu musste man auf die Spurensicherung warten.

Der Tote war von einer Altenpflegerin entdeckt worden. Direkt nach dem Abendessen hatte sich der Mann wie jeden Abend unter den Laubengang gesetzt, um ein wenig die frische Luft zu genießen. Die Altenpflegerin hatte ihm seine

Tabletten gegeben und sich dann entfernt, um einen anderen Bewohner auf sein Zimmer zu begleiten.

Bei ihrer Rückkehr zwanzig Minuten später war er bereits tot. Das war gegen elf Uhr nachts. Niemand hatte etwas gehört. Zwar waren alle hier etwas schwerhörig, doch konnte man ausschließen, dass der Mörder eine Waffe ohne Schalldämpfer benutzt hatte, denn sonst hätte der Schuss ganz Capo di Ponte aus dem Bett geholt.

Blieb nur zu ermitteln, ob jemand ein unbekanntes Gesicht gesehen hatte. Darum sollte sich Rizzitano so rasch wie möglich kümmern.

Boskovic zog wieder das Laken über die Leiche und befahl allen, sich zu entfernen, damit der Tatort nicht kontaminiert würde. Selbst wenn die Personen, die um den Toten herumstanden, und auch das Laken schon einige Spuren hinterlassen haben mochten.

»Hässliche Sache, wenn nie was passiert«, bemerkte der *Maresciallo.* »Dann sind die Leute derart gelangweilt, dass sie nicht mal vor dem Tod zurückschrecken. Man stelle sich vor: Ein alter Mann, im Altersheim erschossen!«

»So weit ist es also mit unserer Gesellschaft gekommen«, kommentierte Rizzitano mit leiser Stimme.

Gegen Mitternacht kamen die Beamten der RIS, der italienischen Kriminaltechnik: Piccinini mit ein paar weiß gekleideten Männern im Schlepptau.

»Ganz schön viel los hier, was, *Maresciallo*?«

»Sieht so aus.«

»Aber jetzt übernehmen wir, ihr könnt abrücken. Sie bekommen meinen Bericht, so schnell es geht.«

Bei *Sottotenente* Piccinini ging immer alles ganz schnell, und das gefiel Boskovic nicht.

»Gibt es Neuigkeiten über die Hand und den Umschlag?«

»Zur Stunde kann ich nur sagen, dass es sich um die rechte Hand eines etwa dreißig Jahre alten Mannes handelt. Die Untersuchung des Umschlags hingegen ist abgeschlossen. Ich habe den Bericht dabei.«

Mit diesen Worten hielt er dem *Maresciallo* einen Umschlag entgegen, doch der sah ihn nur fragend an. Er hatte keine Lust etwas zu lesen, was der andere ihm auch persönlich mitteilen konnte. Seine Miene sprach wohl Bände, denn Piccinini erklärte: »Keine Fingerabdrücke, außer denen des Briefträgers.«

»Das ist alles?«

»Nur noch eines: Die Adresse wurde von einem Linkshänder geschrieben.«

»Die linke Hand des Teufels«, bemerkte Rizzitano und lachte, erntete dafür aber sofort einen bösen Blick vom *Maresciallo*.

Nur Radeschi fiel es ein, eine letzte Frage zu stellen, in Anlehnung an Colombo.

»Verzeihung, *Dottore,* aber könnte man nicht von der DNA auf der Briefmarke schließen, wer den Brief abgeschickt hat?«

»Wer ist das denn?«, fragte der Ermittler der RIS verärgert zurück.

»Niemand, ein Störenfried. Bring ihn weg, Rizzitano.«

»Wie auch immer, Sie Neunmalkluger, offenbar sind Sie schon völlig von amerikanischen Serien verbildet. Früher war es vielleicht so, dass man Briefmarken ablecken musste, um sie aufzukleben, und wir daraus die DNA bekamen. Aber heute, da wir den Trick raushaben, hat sich die Post eingemischt und selbstklebende Briefmarken für Eilsendungen eingeführt. Also keine DNA und keine Hautreste. Der Kerl hat beim Aufkleben Handschuhe getragen. Zufrieden?«

Radeschi reckte den Daumen, während Rizzitano ihn grob vom Tatort entfernte.

Bevor die *Carabinieri* aufbrachen, stellten sie eine Liste mit Zeugen zusammen, die sie am nächsten Morgen befragen wollten.

Radeschi hielt sich weiterhin angelegentlich in der Nähe auf. Er schwatzte mit den Senioren und machte sich Notizen.

»Morgen blüht uns ein weiterer Artikel im *Corriere*, nur dass er noch schlimmer ist als der von heute«, bemerkte Boskovic.

Rizzitano nickte ernst. Ihm war das Lachen vergangen.

10

Für die Snackbar *Macchi* waren schlechte Zeiten angebrochen. Die Geschäfte liefen gar nicht gut, und Ernesto, der Besitzer, war gezwungen, den Gürtel enger zu schnallen. Das Unglück war erst vor kurzer Zeit über ihn hereingebrochen, genauer gesagt, am ersten Juli, als das Geschäft gegenüber, das bis zum Samstag davor nur einen geschlossenen Altwarenladen beherbergt hatte, plötzlich mit der Sushibar eines gewissen Signor Daisuke Nakatomi Neueröffnung feierte. Das Lokal war minimalistisch: zwei große Kühlschränke vollgestopft mit Fisch, eine große Theke, an der man essen konnte, und eine Reihe Sakeflaschen auf dem Regal hinter der Kasse. Obwohl das *Nippon* winzig war, wurde es vom ersten Tag an von Kunden bestürmt. Ernestos Bar, die zur Mittagszeit immer proppenvoll gewesen war, hatte die Konkurrenz aus der Fischecke sofort zu spüren bekommen. Die Angestellten waren verrückt nach Bambussprossen und Algen, die so teuer waren wie Trüffel. Die überhöhten Preise schienen jedoch niemanden abzuschrecken: Innerhalb von achtundvierzig Stunden landeten sämtliche Restaurantcoupons der umliegenden Firmen in der Kasse des Japaners.

Nach ein paar Wochen hatte sich die Kundschaft der Bar mehr als halbiert, und außer für Kaffee und Brioches am Morgen ließ sich praktisch niemand mehr blicken. Stattdessen standen die Leute auf dem Bürgersteig gegenüber Schlange, um sich Sushi, Sashimi und frittierte Tempura zu Gemüte zu führen. Ernestos Territorium in der Via Plinio, in unmittelbarer Nähe der Shoppingzone am Corso Buenos Aires, war im Handstreich vom Reich der aufgehenden Sonne erobert worden.

Nur eine Handvoll Stammgäste hatten der Invasion widerstanden. Ein paar Angestellte, erklärte Fischhasser: der schwule Fabrizio und ein befreundetes Pärchen, sie äußerst hübsch, er hässlich wie ein Affe. Die junge Frau bestellte immer einen großen Salat und der Mann eine Teigtasche mit Rohkost. Sie arbeiteten in der nahe gelegenen Versicherungsagentur und verbrachten seit ein paar Jahren ihre Mittagspause bei ihm. Die Frau war wirklich eine Augenweide. Immer im kurzen Rock und perfekt geschminkt, mit hellbraunen Haaren, die ihr offen über die Schultern fielen. Sie hieß Debora, und sie und ihr Begleiter wirkten wie die Schöne und das Biest.

Daher war es für Ernesto ein großer Schock, als er sie an diesem Tag auf den Titelseiten der Tageszeitungen sah.

»Debby. Du«, flüsterte er.

Ein paar Monate zuvor waren sie zusammen ausgegangen, einmal. Es war ein schöner Abend gewesen, ohne Küsse, ohne Sex. Sie hatten in einem Weinlokal an den Kanälen etwas getrunken und viel gelacht.

Und jetzt hatte man ihre Leiche gefunden, verscharrt im Parco Agricolo Sud Milano.

Das Lokal war wie ausgestorben, und er stand erstarrt da und konnte seinen Blick nicht von dem Foto wenden. Er las den Artikel zweimal und nahm sich dann die zweite Tageszeitung vor, doch die brachte kaum Neues. Die Polizei hatte keinerlei Einzelheiten über den Fortgang der Ermittlungen verlautbaren lassen; man wusste weder, wer es getan hatte, noch warum. Dem Barmann lief ein eisiger Schauer über den Rücken.

Obwohl die Gluthitze dieses Jahrhundertsommers einen fast umbrachte, fröstelte Ernesto plötzlich. Er schloss die Augen und versuchte, ganz normal, ohne zu keuchen, zu atmen. Doch es gelang ihm nicht. Das Bild wollte ihm einfach nicht mehr aus dem Kopf. Immer noch lächelte Debby ihn von der Titelseite der Zeitung an.

Er versuchte sich abzulenken und überflog die anderen Nachrichten. Im Innenteil stieß er auf einen langen Artikel über einen alten Mann, der in einem Altenheim in der Bassa ermordet aufgefunden worden war.

»Nicht mal auf dem Land kann man ruhig und in Frieden leben«, seufzte er. Er legte die Zeitungen beiseite, schnappte sich einen Lappen und fing an, wie besessen die Theke zu wienern. Vor lauter Erschütterung schien er nicht mal zu bemerken, dass die Rolläden der Sushi-Bar trotz vorgerückter Stunde immer noch unten waren …

11

Obwohl die Pendeluhr im Büro des *Maresciallo* erst sechs Uhr morgens anzeigte, brummte es in der Kaserne schon vor Betriebsamkeit. Rizzitano tauchte mit frischem Kaffee und einem Stapel Zeitungen auf, die er sich unter den Arm geklemmt hatte. Boskovic konzentrierte sich auf sein Getränk, ohne sie eines Blickes zu würdigen. Vor allem vermied er es, den *Corriere* anzusehen, wo Radeschi, da war er sicher, all seine Karten ausgespielt hatte.

Schweigend tranken sie ihren Kaffee, wohl wissend, dass dies der einzige ruhige Moment des Tages sein würde.

Zehn Minuten später ging es schon los, als sie vor dem Altenheim eine Traube Journalisten vorfanden; ein Ermordeter direkt nach einer verstümmelten Hand war ein Leckerbissen, den man sich nicht entgehen lassen durfte. Fünfzehn um Mikrofone verlängerte Arme streckten sich in Boskovics Richtung, der mit zusammengekniffenen Lippen zum Eingang strebte. Die Menge krakeelte hinter ihm her.

»Jetzt sind sie sauer«, bemerkte Rizzitano, kaum hatten sie es hineingeschafft.

Der *Maresciallo* nickte. Dieses eine Mal war er der gleichen Meinung wie der *Brigadiere*.

Man hatte einen Raum im Erdgeschoss, der normalerweise als Fernsehzimmer diente, für die Befragungen zur Verfügung gestellt. Dort gab es etwa zehn Sessel und einen kleinen Schreibtisch, an dem Boskovic Platz nahm, nachdem Rizzitano den Fernseher verschoben hatte.

Um halb sieben, als die Sonne bereits die gesamte Umgebung in ihr Licht tauchte, ließ er den ersten Zeugen rufen.

Dottor Gilberto Cattini sah aus, als hätte er die ganze Nacht kein Auge zugetan. Er war fast zwei Meter groß, etwa fünfzig Jahre alt und trug einen dicken, schwarzen Schnurrbart und den gleichen grauen Anzug mit dem zerknitterten Hemd wie am Vortag. Das Altersheim (oder vielmehr den ›Ruhesitz‹, denn der Begriff ›Altersheim‹ war aus seinem Vokabular verbannt worden) leitete er seit zehn Jahren. Er gab an, dass Spinelli vor knapp zwei Jahren zu ihnen gekommen sei.

»Nach dem Tod seiner Frau war er nicht mehr in der Lage, selbst für sich zu sorgen«, erklärte er.

»Inwiefern?«

»Er kochte nicht, putzte nicht, wusch sich nicht. Er ließ sich vollkommen gehen.«

»Verstehe. Wie sind Sie auf ihn aufmerksam geworden?«

»Das waren nicht wir, sondern zwei seiner Freunde. Die haben der Fürsorge Bescheid gesagt.«

»Wissen Sie ihre Namen?«

»Sicher: Annibale Reggiani und Italo Gorreri.«

Der *Maresciallo* machte sich eine entsprechende Notiz.

»Fahren Sie fort«, mahnte er.

»Eigentlich gibt es da nicht mehr viel zu sagen. Spinelli hatte als ehemaliger Bankangestellter eine ganz anständige Rente, mit der er problemlos den Aufenthalt hier bezahlen konnte.«

»Ist er gern hierher gekommen? Was ich sagen will: freiwillig und ohne Protest?«

Sein Gegenüber nickte.

»Ohne jeden Protest. Seit dem Tod seiner Frau blieb er verschlossen und sprach praktisch nicht mehr. Nur in letzter Zeit wurde er redseliger; nach dem Vorfall mit der Hand.«

Der *Maresciallo* blickte zur Decke. Diese Geschichte würde ihn bis ins Grab verfolgen.

»Was erzählte er denn so?«

»Ach, nur wirres Zeug, *Maresciallo*. Er war geistig nicht mehr ganz auf der Höhe.«

Zur Verdeutlichung seiner Worte tippte er sich an die Schläfe. Rizzitanos Lieblingsgeste.

»Ich möchte aber wissen, was er gesagt hat, *Direttore*«, beharrte Boskovic.

Cattini fuhr mit dem Finger unter seinen Hemdkragen.

»Er sagte, die Hand sei für ihn gedacht gewesen. Als Warnung. *Das* hat er gesagt.«

»Als Warnung? Wovor?«

»*Das* kann ich Ihnen nicht sagen. Wie schon bemerkt: wirres Zeug. Ich weiß nur, dass er seit dem Fund der Hand einfach unerträglich geworden ist. Aufgeregt wie nie zuvor: Wir mussten ihm zu seinem eigenen Wohl Beruhigungsmittel verabreichen.«

Der *Maresciallo* musste unwillkürlich an das Bild denken, wie Davoli auf seinem Bett in der Villa Celeste gesessen und mechanisch mit dem Kopf gewackelt hatte.

Als Rizzitano den nächsten Zeugen holen sollte, konnte er sich eine spöttische Bemerkung nicht verkneifen.

»Wer weiß, wie oft der schon verarscht wurde …«, bemerkte er.

Boskovic befahl ihm, zu schweigen und Signor Quarto Potere hereinzuholen. Ein sprechender Name: die vierte Macht. Vermutlich war er das vierte Kind der Familie Potere gewesen.

Mit Orson Welles' berühmtem Film *Citizen Kane – Il quarto Potere* hatte es sicher nichts zu tun.

Quarto war klein und rüstig, hatte ein zahnloses Lächeln und einen Schopf weißer, glatter Haare, die ihm in die runzlige Stirn fielen. Außerdem war er stocktaub. Um zu ihm durchzudringen, musste man aus voller Kehle brüllen.

»Ist Ihnen in letzter Zeit etwas Besonderes an Spinelli aufgefallen?«, donnerte der *Maresciallo*, nachdem der Alte Platz genommen hatte.

»Er war unruhig wie ein Sack Flöhe. So hab ich ihn noch nie gesehen. Seit er den Namen in der Zeitung gelesen hatte, sprachen wir über nichts anderes mehr. Er war völlig außer sich.«

»Welchen Namen?«

»Den deutschen: Mader, Maver, Ma…« Der Alte spuckte beim Sprechen auf den Schreibtisch.

»Mayer«, korrigierte der *Maresciallo* und wischte mit einem Taschentuch die Spucke weg.

»Ganz genau. Er sagte ständig, der Brief wäre an den Korporal adressiert, aber für ihn gedacht.«

»Was ist dann passiert?«

»Was dann passiert ist? Sie haben ihn mit Pillen vollgestopft. Ich hab's ihm ja gesagt: Attilio, sag ich, sei still, halt den Mund, sonst … Aber er wollte nicht hören. Hat ständig wiederholt, der Brief wäre für ihn, weil er diesen Mader, Maver, ach, wie auch immer, gut kennen würde.«

Mehr konnte er dazu nicht sagen. Als sich die Tür hinter Potere schloss, zog der *Maresciallo* ein weiteres Papiertaschentuch hervor und wischte den Tisch ab.

Die dritte Zeugin war Cinzia Ricci, die Altenpflegerin, die die Leiche entdeckt hatte. In der Aufregung am Vorabend hatte Boskovic keine Zeit gehabt, sie näher zu betrachten. Betrübt, dass ihm dieser Anblick entgangen war, holte er es jetzt nach. Cinzia Ricci war etwa fünfunddreißig, sportlich schlank gebaut und hatte dunkle Haare, die ihr auf die Schultern fielen. Ihre grünen Augen waren leicht geschminkt, sie hatte jedoch keinen Lippenstift aufgelegt. Glücklicherweise trug sie einen schrecklichen blauweißen, kuttenähnlichen Kittel, denn wenn man sich vorstellte, sie wäre wie die Rotkreuzschwestern in kurzem Rock und Dekolleté erschienen, dann hätten die Senioren vor lauter Aufregung das Luftholen vergessen. Garantiert.

»Dies ist eine Kureinrichtung, *Maresciallo*, kein Altenheim«, korrigierte die Frau.

»Nennen Sie es, wie Sie wollen, vom Prinzip ändert sich nichts. Arbeiten Sie schon lange hier?«

»Im Dezember vier Jahre, seit wir hierhergezogen sind.«

»Wir?«

»Ja wir, mein Mann und ich. Er arbeitet als Ingenieur in der Kühlschrankfabrik Agostini. Man hat ihm einen verantwortungsvollen Posten angeboten, daher sind wir hierhergezogen. Ich bin examinierte Krankenschwester, und da es hier kein Krankenhaus gibt, habe ich mich in dieser Kureinrichtung vorgestellt.«

Der *Maresciallo* stellte sich das Gesicht des Leiters vor, als dieses Prachtweib bei ihm um eine Stelle gebeten hatte. Dann wechselte er das Thema. »Sprechen wir über gestern Abend.«

Die Miene der Frau verfinsterte sich. Sie war noch immer erschüttert von dem, was sie gesehen hatte. Gewiss, bei ihrer Arbeit war sie an den Anblick von Toten gewöhnt, aber doch nicht an Erschossene.

»Gegen halb elf habe ich ihn allein gelassen, um mich um einen anderen Patienten zu kümmern. Lombardi. Ich habe ihn in sein Zimmer im ersten Stock begleitet und ihn für die Nacht zurechtgemacht. Dann bin ich wieder hinuntergegangen und …«

Der Krankenschwester brach die Stimme, und plötzlich ließ eine wahre Tränenflut ihr Make-up verlaufen. Boskovic ließ sie sich ausweinen.

Drei Minuten später deutete Cinzia bereits wieder ein Lächeln an. Die Tränen waren zusammen mit der Schminke von einem Papiertaschentuch abgetupft worden, das der *Maresciallo* ihr liebenswürdigerweise angeboten hatte.

»Wie lange sind Sie weg gewesen?«, fragte dieser, als hätte es keinerlei Unterbrechung gegeben.

»Das weiß ich nicht genau; etwa zwanzig Minuten, vielleicht auch weniger.«

»War Spinelli währenddessen die ganze Zeit allein? Was ich sagen will: Befand sich zu diesem Zeitpunkt noch jemand im Garten?«

Wieder war die Antwort der Krankenschwester eher unbestimmt.

»Das kann ich auch nicht sagen, *Maresciallo*. Es gibt viele Patienten, die bis Mitternacht aufbleiben. Sie spazieren im Garten oder auf den Gängen herum. Natürlich nur die, denen es gutgeht und die keine Hilfe brauchen. Um die anderen kümmern wir vom Personal uns.«

»Erinnern Sie sich, ob Sie jemanden gesehen haben, bevor Sie mit Lombardi hinaufgingen? Einen Patienten oder jemanden vom Personal?«

»Lassen Sie mich nachdenken. Vielleicht war da jemand in der Nähe. Ja, jetzt meine ich mich zu erinnern, dass Juri eine Zigarettenpause machte …«

»Juri?«

»Jemand von den Reinigungskräften.«

»Die arbeiten nachts?«

»Sehen Sie, *Maresciallo*, bei uns gibt es immer etwas sauber-
zumachen. Die alten Leute sind wie Kinder, wenn sie zum Beispiel essen, dann lassen sie alles auf den Boden fallen. Die Reinigungsfirma schickt uns daher jemanden, der die ganze Zeit
zu unserer Verfügung steht. Sie arbeiten in drei Schichten zwischen sechs Uhr morgens und Mitternacht.«

»Verstehe. Wann haben Sie Juri gesehen? Als Sie gingen
oder als Sie zurückkamen?«

»Als ich ging.«

»Und als Sie zurückkamen?«

»War da niemand mehr.«

»Sind Sie sicher?«

»Nein.«

Es gab nichts weiter zu fragen. Die Frau stand auf und
strebte zur Tür. Boskovic sah ihr nach. Bei diesem Kittel
konnte man wirklich nichts sehen; ganz sicher hatte der Leiter
ihn ihr aufgezwungen.

»Rizzitano!«

Der *Brigadiere* war sofort zur Stelle. Mit Sicherheit hatte er
die ganze Zeit an der Tür gelauscht. Da ihm die Gabe des Se-
hens verwehrt war, hatte er seine anderen Sinne geschärft.

»Zu Befehl!«

»Hol mir einen Typen her, der hier saubermacht. Er heißt
Juri. Dann versuche herauszufinden, ob man in einem Altersheim einen anständigen Kaffee bekommt.«

Der *Brigadiere* verschwand.

Der *Maresciallo* erhob sich und ging zum Empfang. Ihm war
eine Idee gekommen. Er ließ sich von einer der Schwestern das
Telefonbuch aushändigen und fing an, darin herumzublättern.

Es dauerte nicht lang, denn die Einwohnerzahl von Capo di Ponte Emilia hielt sich in Grenzen. Er umkringelte einen Namen mit Rotstift: Attilio Spinelli, Via Carducci 14. Darauf folgte die Telefonnummer. Der *Maresciallo* lächelte zufrieden.

»Signorina, ich muss noch mal mit dem *Direttore* sprechen. Könnten Sie ihn bitte rufen?«

Drei Minuten später betrat Cattini ein zweites Mal das Zimmer. Besorgt und schweißgebadet.

»Gibt es ein Problem?«

»Nur eine Frage: Haben Sie hier einen Briefkasten?«

Verwirrt schüttelte der Heimleiter den Kopf.

»Nein, die gesamte Korrespondenz wird persönlich am Empfang abgegeben.«

»Also gibt es auch keinen Kasten am Gittertor vorne?«

»Wie ich schon sagte: Der Briefträger händigt die Post persönlich aus.«

»Nun gut. Das wäre alles, danke.«

Erleichtert ging Cattini hinaus.

Rizzitano hatte ihnen zwei Tassen Kaffee besorgt. Allerdings ohne Schuss. Im Heim war kein Alkohol erlaubt; man befürchtete, die alten Leutchen würden sonst regelmäßig einen heben.

Mit einem Ausdruck tiefsten Widerwillens trank Boskovic seinen Kaffee. Dann berichtete er von seiner Entdeckung über Spinelli und von dem Gespräch mit dem Heimleiter.

»Wenn ich das richtig verstanden habe«, fasste Rizzitano zusammen, »dann glauben Sie, die Hand sei eigentlich für Spinelli gedacht gewesen?«

»Das ist nur eine Arbeitshypothese. Aber der Mörder hatte eindeutig einen guten Grund, sie nicht hierher zu schicken: Man hätte ihn sicherlich gesehen und vielleicht gar erkannt.

Abgesehen davon, dass die Schwester am Empfang in Ohnmacht gefallen wäre.«

»Ein ganz schönes Durcheinander.«

»Zusätzlich zu dem Umstand«, fügte der *Maresciallo* hinzu, »dass der Brief an diesen Rudolph Mayer und nicht an Attilio Spinelli gerichtet war.«

»Was für ein Durcheinander!«, sagte der *Brigadiere* noch einmal.

»Was kannst du mir über diesen Juri sagen?«, fragte der *Maresciallo* dann.

»Wen? Den Albaner?«

»Er ist Albaner?«

»Ja, das hat mir die Schwester am Empfang gesagt.«

»Alles klar, fahr fort.«

»Er kommt dreimal die Woche zum Putzen hierher. Morgen hat er die Schicht ab achtzehn Uhr.«

»Wissen wir, wo er wohnt?«

»Na klar. Schließlich sind wir die Polizei.«

»Erspar mir deine Witze und geh ihn holen. Ich bleibe hier und hör mich noch ein bisschen um.«

Juri Mokus war fünfundzwanzig Jahre alt und konnte höchstens zwanzig, dreißig italienische Wörter, von denen zwanzig für offizielle Gespräche ungeeignet waren. Er setzte sich vor den *Maresciallo* und nickte zur Begrüßung. Aus seiner Aufenthaltserlaubnis war zu ersehen, dass er seit zwei Jahren in Capo di Ponte Emilia lebte. Boskovic fragte sich, wieso er nach diesen vielen Monaten immer noch keinen vollständigen Satz bilden konnte. Die Antwort lieferte ihm Rizzitano: Sein Bruder Bardhok, ein blonder Siegfried, mit dem er sich die Wohnung teilte, übersetzte für ihn, wann immer es nötig war. Allerdings waren Zweifel mehr als angebracht, ob die beiden wirklich Brüder waren, da sie sich nicht im Geringsten ähnelten.

Boskovic musterte den Mann, der vor ihm saß. Er war klein, hatte dunkle, traurige, eingesunkene Augen, schwarze, kurz geschorene Haare und Hände, so klein wie von einem Kind. Er trug die graugelbe Arbeitsuniform der Reinigungsfirma Splendor. Der *Brigadiere* hatte ihn von einer anderen Firma abgeholt, wo er gerade die Fenster putzte. Splendor hatte viele Kunden im Ort.

Die Befragung war die reinste Qual. Mit beträchtlicher Mühe und unter Zuhilfenahme von Gestik und Mimik rekonstruierte Boskovic, dass Juri am Abend des Mordes seine berühmte Zigarette geraucht hatte und danach wieder ins Haus zurückgekehrt war, um den Speisesaal zu wischen. Er erinnerte sich nicht daran, jemanden bemerkt zu haben. Aber ein paar Patienten hatten ihn mit einem Schrubber in der Hand gesehen. Als Erster Giacomo Bin, der gegen zehn nach zehn auf dem Weg zur Küche vorbeigekommen war, um sich etwas zu trinken zu holen; als Zweite Ada Marangoni, gegen halb elf, weil sie Eis brauchte.

Das war zwar nicht viel, reichte aber für ein Alibi. Juri durfte gehen.

12

Hast du meine Flecken geprüft?«

Radeschi antwortete nicht sofort. Er hatte die Augen vor noch nicht mal einer Sekunde geöffnet, war schweißgebadet, und seine Kehle war wie ausgetrocknet. Mirko saß auf seinen Füßen und miaute.

Er war auf dem Sofa eingeschlafen, das Laptop lag angeschaltet auf seinem Schoß.

»Wie viel Uhr ist es?«, fragte er.

»Zwei Uhr nachmittags«, antwortete Sebastiani trocken. »Also?«

Der Journalist gähnte.

»Du hast ja keine Ahnung, was hier los war«, beschwerte er sich und entfernte den Kater mit einem Tritt. »Ich war die ganze Nacht auf, um einen Artikel zu schreiben.«

»Das weiß ich. Zeitung lese ich noch. Aber meiner Meinung nach hast du den Alten um die Ecke gebracht.«

»Tut mir leid, wenn ich dich enttäuschen muss, aber ich habe ein gusseisernes Alibi. Ich war mit dem *Maresciallo* des Orts zusammen. Übrigens, ich habe erfahren, dass ihr befreundet seid …«

»So könnte man sagen. Wir haben uns gegen dich verbündet. Geteiltes Leid ist halbe Freude.«

»Ich sehe, ihr seid auf der gleichen Wellenlänge. Allerdings hält er es eher mit lateinischen Bonmots. Du bist wohl noch nicht bei Cicero angelangt.«

»Was ist das für ein Geräusch?«

»Rate doch mal«, gluckste Radeschi und betätigte die Wasserspülung.

Sebastiani hatte keine Lust, das Thema zu vertiefen.

»Du bist ja ekelhaft!«, knurrte er. »Ich rufe dich in einer Stunde noch mal an, dann will ich alles über diese Flecken hören, verstanden?«

Carabiniere Patierno kam schweißgebadet von seiner Erkundungstour der Rettungsdienste im Umkreis zurück.

»Was gefunden?«, fragte Boskovic.

Sein Untergebener schüttelte den Kopf.

»Keine verstümmelte Hand.«

Die Schlagzeilen in den Zeitungen hoben auch nicht gerade die Stimmung. *Ein* Wort prangte in Punktzahl Siebzig auf allen Titelseiten: Serienkiller. Und das Schlimmste lag heute noch vor ihnen: Die Horde Medienkannibalen, die vor dem Altersheim kampierte, wirkte, als würde sie keine Gefangenen machen.

Boskovic versuchte, Ruhe zu bewahren. Er zündete sich eine MS an und fing an zu lesen. Die Überlegung, die zur Schlussfolgerung »Serienkiller« führte, basierte auf rein arithmetischer Logik. Das Theorem war höchst simpel: Nur weil bis jetzt lediglich eine Leiche gefunden worden war, hieß das noch nicht, dass nicht weitere folgen würden. So weit die Hypothese. Konkreter dann die These: Der Mann, der seine Hand hatte lassen müssen, konnte nicht mehr am Leben sein. Die Journalisten hatten, mit einem gewissen Vorsprung vor den *Carabinieri*, sich an das mühsame Unterfangen gemacht, bei allen Krankenhäusern im Umkreis von fünfzig Kilometern nachzufragen. Keine verstümmelte Hand. Logische Schlussfolgerung: Der Mann mit dem fehlenden Gliedmaß war tot, und seine Leiche würde früher oder später auftauchen.

Besonnene mochten einwenden, dass die Amputation überall hätte durchgeführt worden sein können, auch in hundert Kilometern Entfernung, aber dies erschien den Journalisten, aus welchem Grund auch immer, kaum wahrscheinlich. Radeschi noch weniger als den anderen und Boskovic überhaupt nicht.

Das Schrillen des Telefons unterbrach den *Maresciallo* in seinen Überlegungen, aber es war keine willkommene Unterbrechung. Denn am anderen Ende der Leitung befand sich *Capitano* Matteo Foschi, Kommandant der Kompanie in Gonzaga, der der Posten in Capo di Ponte Emilia unterstand. Also Boskovics Vorgesetzter.

Die längste Unterhaltung, die der *Maresciallo* mit diesem Offizier geführt hatte, fand ein paar Monate zuvor statt, als ein Wachmann im Ort mitten in der Nacht seine Familie hingerichtet hatte.

Nachdem er sieben Stunden in Nebel und Finsternis herumgeirrt war und niemanden zum Reden gefunden hatte, war er nach Hause gekommen. Seine Frau und sein fünfjähriger Sohn schliefen. Er machte kurzen Prozess. Er hatte sie ins Bad geschleppt, in die Wanne gesteckt und dann beide mit einer Kugel in die Stirn erledigt. Dann hatte er das Wasser einlaufen lassen, das Blut abgespült und beide Leichen sauber ins Bett gelegt, so als schliefen sie. Daraufhin war er in die Küche gegangen, hatte sich einen Kaffee gemacht, eine Zigarette geraucht und jeden Zug tief inhaliert, während er auf die *Carabinieri* wartete. Zwei Schüsse um fünf Uhr morgens erregen

Aufmerksamkeit, vor allem in einem verschlafenen Nest wie Capo di Ponte Emilia. »Ich hab das alles nicht mehr ausgehalten«, hatte er gesagt, als Boskovic ihn verhörte. Mehr nicht.

Am folgenden Tag hatte Foschi ihn angerufen und um einen Bericht des Vorfalls gebeten. Genau wie in diesem Augenblick: Er wollte sich über den Stand der Untersuchung informieren. Wenn die Presse schreit, brennt den hohen Tieren der Hintern; und er wollte sich nicht verbrennen.

Boskovic berichtete. Der *Capitano* hörte schweigend zu, befahl ihm brummend, ihn ständig auf dem Laufenden zu halten, und beendete das Gespräch.

Genau in diesem Moment trat Rizzitano ein. Er war so taktvoll gewesen, das Ende des Telefonats abzuwarten.

»Ich habe die gewünschten Informationen«, verkündete er.

Boskovic nickte und öffnete den Umschlag, den er ihm entgegenhielt. Darin befanden sich einige maschinenbeschriebene Seiten und ein paar Fotos. Die amtlichen Lichtbilder von Annibale Reggiani und Italo Gorreri, den Freunden, die Spinelli ins Altersheim verfrachtet hatten.

Als Radeschi sich einloggen konnte, stand der Satellit bereits etwa eine Stunde über Mailand und bewegte sich schon ostwärts. Die Verbindung war recht schnell, obwohl sie mit Glasfaserkabel noch besser gewesen wäre. DSL ist nicht ideal, um sich auf der Website der NASA einzuhacken, aber für Radeschi musste es genügen. Das System ermöglichte, sich nach Belieben ein Gebiet vergrößern zu lassen. Es dauerte ziemlich lange, weil die Satellitenfotos erst vom lokalen Server und dann vom Computer verarbeitet werden mussten. Während der Computer arbeitete, hatte Radeschi genügend Zeit, mit seinen Eltern zu telefonieren.

Seine Mutter erkundigte sich nach dem Kater: ob er genügend fresse, ob es ihm gutgehe und so weiter und so fort. Sein Vater begrüßte ihn und kündigte dann gleich an, dass sie den Urlaub vielleicht verlängern würden.

»Weißt du«, erklärte er, »wir haben hier ein paar sehr nette Pärchen kennengelernt, die bis September bleiben. Ist das ein Problem für dich?«

Enrico verneinte. Als er sich wieder zum Satelliten einloggte, hatte der seine Arbeit gerade beendet.

Sebastianis Anruf kam auf die Sekunde genau.

»Und?«

»Ich habe das Satellitenbild, Loris.«

»Schieß los.«

»Du wirst es nicht glauben.«

»Dann überrasche mich, Drugo.«

Also überraschte Radeschi ihn. Mit wenigen, gut gewählten und wirkungsvollen Worten.

Sebastiani dankte ihm und beendete das Gespräch.

Endlich hatte er etwas Konkretes in der Hand.

Gegen Abend, als die Sonne bereits lange Schatten über das umliegende Land warf, war Boskovic zu der Überzeugung gelangt, dass die Hand ein Hinweis gewesen war. Eine Warnung.

»Der Mörder wollte Spinelli warnen, dass die Rechnungen in Kürze beglichen würden«, erklärte er Rizzitano.

»Welche Rechnungen?«

»Ich habe keine Ahnung. Was hast du da?«

Der *Brigadiere*, der ziemlich aufgeregt ins Büro geplatzt war, hatte nach den Ausführungen seines Vorgesetzten völlig vergessen, dass er ein Fax in der Hand hielt.

»Den Bericht der Spurensicherung.«

»Und?«

»Das Fleisch ist aufgetaut worden.«

»Was zum Teufel soll das heißen, Rizzitano? Bilde einen vollständigen Satz!«, bellte Boskovic, obwohl ihm bewusst war, dass der Satz grammatikalisch tadellos gewesen war.

Sein Gegenüber wurde rot.

»Die Hand, die wir in Spinellis Briefkasten gefunden haben, ist aufgetaut worden.«

»Aufgetaut? Bei allen Heiligen!«

»Aber das war noch nicht alles.«

»Wir sind doch hier nicht in der Seifenoper. Los, rede!«

»Die Hand ist mindestens sechzig Jahre alt!«

Boskovic war fassungslos. Jetzt begriff er gar nichts mehr. An seinen Schläfen fing es an zu pochen.

»Rizzitano!«, brachte er schließlich hervor.

»Zu Befehl!«

»Mach mir einen Kaffee und dann geh los und kaufe …«

»… eine Stange MS und eine Flasche Montenegro, jawohl.«

13

Niemand denkt je an ein Monster. Alle Welt überlegt sich nur, was ein normaler Mensch tun würde, einer, der noch alle Tassen im Schrank hat. An ein Monster denkt man erst, wenn es bereits zu spät ist.

Sebastiani jedoch neigte dazu, immer vom Schlimmsten auszugehen. Das tat er nicht bewusst, aber in diese Richtung gingen seine Gedanken jedes Mal, wenn er die Schwelle zum Leichenschauhaus überschritt.

Ohne große Umschweife ließ *Dottor* Ambrosio die Rollbahre vom Kühlhaus kommen, dann erschien der nackte Körper der jungen Frau vor den Augen des *Vicequestore* und des *Ispettore* Sciacchitano. Die drei Männer befanden sich in einem sterilen Untersuchungsraum, der nach Desinfektionsmittel und Formalin roch.

Der Pathologe hatte gerade die Autopsie beendet; jetzt war der Augenblick gekommen, das Fazit zu ziehen.

»Klären Sie uns auf, *Dottore*«, forderte Sebastiani und wischte sich den Schweiß ab.

Daraufhin spulte Ambrosio wie ein Tonband ab:

»Das Opfer erstickte, wurde, wie man an den Druckstellen am Hals sieht, erwürgt. Der Mörder trug keine Handschuhe.«

Diese Information überraschte keinen der beiden Polizeibeamten.

»Haben Sie feststellen können, wann genau der Tod eintrat?«, fragte der *Ispettore*.

»Im Magen fanden sich noch Essensspuren, außerdem Insekten ...«

»*Dottore*«, unterbrach ihn Sebastiani, »ersparen Sie uns die Einzelheiten, und sagen Sie uns einfach wann.«

Ambrosio verzog missmutig das Gesicht. »Vergangenen Freitag.«

»Ist sie vergewaltigt worden?«

Der Gerichtsmediziner schüttelte den Kopf. Jetzt war er beleidigt, und durch sein Verhalten wurde alles nur noch komplizierter.

»Entschuldigung, aber das verstehe ich nicht«, sagte Sebastiani mit betont ruhiger Stimme. »Sie ist nicht vergewaltigt worden? Aber wir haben sie doch ohne Unterhose gefunden ...«

»Ich habe ja nicht gesagt, dass kein Geschlechtsverkehr stattgefunden hat«, erklärte Ambrosio, »sondern nur, dass ihr keine Gewalt angetan wurde. Zumindest nicht, als sie noch lebte.«

Sebastiani bemühte nun seinen einschüchternden Gesichtsausdruck, den er immer bei Verhören annahm.

»Erklären Sie das näher«, sagte er schroff.

»Eigentlich ist die Sache ganz einfach. Die Frau ist erst erwürgt worden, dann hat ihr der Mörder die Unterhose ausgezogen und mit ihr Geschlechtsverkehr gehabt. Allerdings war er so umsichtig, vorher ein Präservativ überzustreifen, wir haben keinerlei Samenspuren gefunden.«

Der *Vicequestore* nickte und ließ seine Toscanello von einem Mundwinkel zum anderen wandern.

»Es ist ausgeschlossen, dass der Geschlechtsakt vor Eintritt des Todes stattgefunden hat?«

Ambrosio nickte. »Ausgeschlossen. Nach dem zu urteilen, was ich festgestellt habe, fand die Penetration ein paar Stunden nach ihrem Tod statt.«

Sciacchitano verdrehte die Augen.

»Noch mal ganz deutlich«, sagte der *Vicequestore*. »Wie genau hat man sich Geschlechtsverkehr mit einer Toten vorzustellen? Müsste da nicht bereits die Totenstarre oder etwas in der Art eingetreten sein?«

Der Pathologe seufzte, bevor er antwortete. »Sie haben recht, erlauben Sie mir jedoch, etwas ausführlicher darauf einzugehen. Wie Sie sicher wissen, besteht das Phänomen der Totenstarre darin, dass die willkürliche und unwillkürliche Muskulatur sich nach und nach versteift und allen passiven Bewegungen widersetzt. Die Starre tritt vorübergehend überall ein, allerdings in den kleineren Muskeln mit weniger Masse früher. Im Uterus ist der Prozess viel langsamer. Als ich die Genitalien des Opfers untersucht habe, konnte ich feststellen, dass die Muskeln der Vagina während des Geschlechtsverkehrs bereits teilweise versteift waren, aber noch nicht so sehr, dass eine Penetration unmöglich war, vorausgesetzt wohl verstanden, man benutzte ein dick mit Gleitmittel versehenes Präservativ.«

»Also kann man sagen, dass der Mörder quasi gezwungen war, ein Kondom anzulegen?«

Der *Dottore* nickte.

»Wie kommt einer überhaupt auf so was?«, fragte Sciacchitano angewidert.

Der *Vicequestore* zuckte die Achseln. Darauf eine Antwort zu finden, war genau ihre Aufgabe.

Ambrosio hatte in der Zwischenzeit ein Vergrößerungsglas geholt und reichte es Sebastiani.

»Werfen Sie mal einen Blick unter die Fingernägel.«

Der Polizeibeamte gehorchte, ohne lange nachzudenken.

»Sieht aus wie Stoff-Fasern.«

»Genauer gesagt«, antwortete der Mediziner, »ist es Alcantara. Ich habe es analysieren lassen. Ein mittlerweile ziemlich verbreiteter Stoff. Man benutzt ihn für Kleidung, Möbelbezüge und neuerdings auch für die Innenverkleidung von Autos.«

»Verstehe. Gibt es sonst noch was?«

»Ja, ein ziemlich merkwürdiges Detail: Die Wunde an der Stirn wurde ihr erst nach ihrem Tod durch einen Schlag beigebracht.«

»Das heißt also, jemand hat sie verletzt, nachdem sie bereits tot war?«

»Exakt. Deshalb hat die Wunde nicht geblutet.«

Sciacchitano sah den Pathologen kopfschüttelnd an.

»Aber das ergibt doch keinen Sinn! Wozu sollte er das gemacht haben?«

»Da bin ich überfragt«, antwortete Ambrosio gereizt. »Diese Frage sollten Sie dem Mörder stellen!«

Dem Monster.

14

Zeitungsredaktionen sind auch nicht mehr das, was sie mal waren. Man hört weder das Klackern von den Tastaturen der Zeichensetzer oder das Rattern ihrer Maschinen, noch riecht man Blei oder die giftigen Ausdünstungen der Druckerschwärze. Heutzutage sind Journalisten eher wie Bankangestellte. Und Redaktionen wie Postämter. Keine Hektik, kein Herumgefuchtel. Aufregung kommt nur auf, wenn man sich nach Feierabend gemeinsam ein Pokalspiel im Fernsehen ansieht.

Der Redakteur von heute entfernt sich fast nie mehr von seinem Schreibtisch. Den ganzen Tag sitzt er mit einem Kaffee vor seinem Monitor, Telefon oder Handy ständig ans Ohr geklemmt. Er verbringt Stunden damit, E-Mails oder Verlautbarungen der Nachrichtenagenturen zu lesen.

Radeschi sagte sich immer wieder, dass er sicher schon tot wäre, wenn er bei dieser perversen Maschinerie mitmachte. Er brauchte den Geruch der Straße, das Adrenalin, das ihn durchströmte, wenn er das Krächzen des Polizeifunks hörte. Er hatte einen Instinkt für Storys und das Bedürfnis, als Erster vor Ort zu sein. Vor allen anderen.

Nur die Verlautbarungen der Nachrichtenagenturen ANSA oder AFP auszuschmücken, wie so viele seiner Kollegen, hätte ihn unendlich deprimiert. Er hätte sich des Rechts beraubt gefühlt, sich Reporter zu nennen. Leere hätte sich in ihm ausgebreitet. Daher reihte er sich auch nicht in die Schlange derer ein, die sich vor Gittertoren postieren und jedem Passanten ihr Mikrofon vors Gesicht hielten. So entdeckte man keinen Knüller, sondern käute nur die Berichte seiner Kollegen wider. Dafür war er nicht geschaffen.

Calzolari wusste das. Radeschi war sein Spürhund, den er von der Kette ließ. Er konnte ihm befehlen, die Beute aufzuspüren, aber nicht, sie zu apportieren, nachdem sie geschossen war. Dafür war dann ein anderer Hund aus der Meute zuständig.

Leider hatte dieser Trüffelsucher seine eigenen Ideen, die mit denen des Chefredakteurs oft nicht konform gingen.

»Ein Knüller, Beppe, das garantiere ich dir.«

»Jajaja«, schnaubte Calzolari.

»Aber wenn ich es dir doch sage!«

»Noch mal von vorn, Enrico, ich verstehe nur *Bahnhof*. Was genau hat dir dein Freund, der *Brigadiere*, gesagt?«

»Dass die abgetrennte Hand alt ist. Ungefähr fünfzig Jahre.«

»Bist du dir denn sicher, dass er dich nicht verarschen will?«

»Absolut sicher. So schlau ist der nicht.«

»Du aber auch nicht.«

Calzolari lachte, worauf Radeschi den Kopf senkte und noch mal angriff.

»Erspar mir deinen Sarkasmus. Wie viel Platz räumst du mir ein?«

»Überhaupt keinen.«

»Was denn? Bei so einem Ding lässt du mich nicht mal eine Zeile schreiben?«

Der andere schnaubte.

»Du kennst meine Meinung dazu: Nur mit Gerüchten kommt man nirgendwohin. Ich riskiere nicht mal einen Absatz für so eine widersinnige Story, bloß weil ein *Brigadiere* dir in der Dorfbar, wo er gerade eine Flasche Amaro kauft, im Vertrauen steckt, und zwar ausgerechnet, nachdem du ihn am Vortag hereingelegt hast, dass die Hand *aufgetaut* wurde. Hast du verstanden?«

Radeschi hörte ihm schon nicht mehr zu. Sein Motorola-Akku hatte schlappgemacht, und er war fuchsteufelswild.

Er würde die nötigen Beweise finden.

Wenn Calzolari nur alte Geschichten aufwärmen wollte, sollte er sich jemand anderen suchen.

Der Anruf kam im Morgengrauen. Giovanni Altomare, der Staatsanwalt, der mit dem Mord an Spinelli beauftragt war, wollte sich mit Boskovic treffen, um den Stand der Untersuchung zu besprechen.

Auf dem Weg machten der *Maresciallo* und Rizzitano einen Zwischenstopp, um sich die Zeitungen des Tages zu kaufen. Die Presse ging hart mit ihnen ins Gericht: Der tote Altenheimbewohner hatte mühelos die Titelseiten sämtlicher lokaler und nationaler Tageszeitungen erobert. Einziger schwacher Trost: Der Aasgeier Radeschi hatte nichts geschrieben. Der Hintergrundartikel war einem anderen Journalisten anvertraut worden, der nicht viel von Ausgewogenheit hielt und ohne große Umschweife die zuständigen *Carabinieri* vor Ort der Inkompetenz bezichtigte, wenn auch nur zwischen den Zeilen. Langsam wurde ihnen klar, warum der Staatsanwalt sie zu sich zitiert hatte.

Sie erreichten ihr Ziel auf die Minute pünktlich. Obwohl die Hitze um acht Uhr morgens bereits kaum erträglich war, empfing Altomare den *Maresciallo* recht kühl. Das Büro war der reinste Backofen, und der Staatsanwalt schwitzte aus allen Poren, obwohl er das Sakko ausgezogen hatte.

»Also?«, fragte er schroff, ohne den Blick vom Bericht zu heben.

Also machte Boskovic sich daran, die Fakten zu rekapitulieren. Er erklärte den Tathergang des Mordes, fasste die Ergebnisse der Befragungen zusammen und schloss mit der Aussage, seiner Meinung nach müsse der Mörder die Räumlichkeiten und die Gewohnheiten des Personals gut gekannt haben. Es konnte entweder jemand sein, der selbst im Altenheim wohne, also einer der Alten, oder einer, der oft vorbeikam und viel Zeit hatte, die Abläufe zu studieren. Also einer vom Pflegepersonal, von den Hausangestellten oder von der Putzkolonne.

»Genau!«, unterbrach Altomare ihn und fing an zu strahlen. »Der Albaner, den Sie hier in Ihrem Bericht erwähnen! Wie zum Teufel hieß der noch?«

»Mokus.«

»Was können Sie mir über ihn sagen?«

Tatsächlich war die Lage dieses Mannes recht prekär. Er kannte die Räumlichkeiten und die Gewohnheiten der Bewohner, und wenn man es genau betrachtete, hatte er auch die Gelegenheit zur Tat gehabt. Als die Pflegerin Spinelli verließ, hätte er ohne weiteres mit einem Schrubber in der Hand in den Speisesaal gehen können, um sich dort sehen zu lassen, um dann in den Garten zurückzukehren, dem Alten eine Kugel in den Kopf zu jagen und danach schnell wieder seine Tätigkeit aufzunehmen. Dafür hätte er maximal zwei Minuten gebraucht. Also eine plausible Erklärung bis auf ein unwesentliches Detail: Warum hätte er es tun sollen?

»Spinelli war nicht reich, und wir konnten keinerlei Verbindung zwischen ihm und dem Albaner erkennen. Warum also hätte Mokus ihn umbringen sollen?«

Doch Boskovics Einwände fielen nicht auf fruchtbaren Boden. Die Miene des Staatsanwalts verriet mehr als deutlich seine Absicht. Auch wenn der *Maresciallo* eine Anklage aufgrund der Beweislage nicht für berechtigt hielt, dachte Altomare genau in diese Richtung. Er brauchte einen sogenannten Sündenbock, und Mokus eignete sich perfekt dazu.

»Lassen Sie ihn verhaften«, ordnete er an. »Es wird sich schon keiner beschweren. Dann geben die Journalisten Ruhe, und Sie, *Maresciallo*, stehen auch gut da, weil Sie den Fall in so kurzer Zeit gelöst haben. Und der ganze verdammte Aufruhr hat ein Ende!«

Das war es, was ihn vor allem interessierte. Ob Mokus wirklich schuldig war, stand auf einem ganz anderen Blatt.

Boskovic schmeckte diese Lösung gar nicht, auch, weil damit die Sache mit der Hand noch nicht geklärt war. Also brachte er vorsichtig diesen Einwand vor.

»Verschonen Sie mich mit diesen Kinkerlitzchen, *Maresciallo*«, erwiderte Altomare im Ton eines Mannes, der schon viel gesehen hat. »Das wird eine Warnung oder so was gewesen sein. Vielleicht hat Spinelli ihm aus irgendeinem Grund Geld geschuldet. Finden Sie's heraus! Sie werden sehen, wenn Sie ein bisschen nachbohren, wird alles ans Licht kommen, denken Sie an meine Worte, ich kenn mich in solchen Sachen aus. Vielleicht hat das Opfer gerne Spielchen mit Männern getrieben, wenn Sie verstehen, was ich meine ... Vielleicht hat sich ja Mokus gegen Geld zur Verfügung gestellt, wer weiß? Aber eines schönen Tages hat der Alte vergessen zu zahlen, oder sich auch geweigert, das ist ein und dasselbe, und da hat unsere Schwuchtel ihm eine Warnung geschickt. Spinelli hat weiterhin nicht gezahlt, und Mokus hat ihn um die Ecke gebracht. Ende der Geschichte.«

Der *Maresciallo* schwieg.

»Die Hand wird von irgendeinem Illegalen gewesen sein. Es war der Albaner«, schloss der Staatsanwalt strahlend.

Boskovic wagte nicht den Mund aufzumachen, aus Angst zu explodieren. Überflüssig zu erwähnen, dass die Hand über fünfzig Jahre lang eingefroren war, das wäre vergebliche Liebesmüh gewesen. Dafür hätte Altomare wieder irgendeine absurde Erklärung aus dem Hut gezaubert.

»Mein lieber *Maresciallo*, der Fall ist gelöst! Spinelli ist von Mokus ermordet worden. Lassen Sie ihn verhaften. Ich kümmere mich darum, Ihren Vorgesetzten Bericht zu erstatten, vor allem *Colonello* Raimondi.« Raimondi war der Kommandant der Provinz, dem auch *Tenente* Foschi unterstand.

Als Boskovic das Büro des Staatsanwalts verließ, murmelte er: »Zu Befehl« und fühlte sich wie Garibaldi bei Teano, obwohl es da wesentlich fairer zugegangen war.

An diesem Abend herrschte ein Gedränge in der Bar *Binda*, das selbst das bei der Fußballweltmeisterschaft 1990 in Italien übertraf, als Torschützenkönig Schillaci auf der Riesenleinwand mit irren Blicken um sich geworfen hatte. Die Nachricht von Juri Mokus' Verhaftung war wie ein Lauffeuer durchs Dorf gegangen. Ganz Capo di Ponte Emilia hatte sich um die Tischchen der Bar versammelt, um alles wieder und wieder durchzukauen. Mario, der Besitzer, hatte sogar eine Hilfe für die Bedienung an den Tischen einstellen müssen: Dank des Ermordeten liefen die Geschäfte großartig.

Bei Weißwein und Granita wurde das Ereignis gedreht, gewendet und von allen Seiten betrachtet. Radio *Binda* berichtete, dass Mokus gegen sechs Uhr abends in der Wohnung festgenommen wurde, die er sich mit seinem Bruder Bardhok teilte. Dieser hatte eine derartige Szene gemacht, dass man ihn fast auch noch eingesperrt hätte. Vom dritten Albaner, der dort wohnte, fand man jedoch keine Spur: Ein paar Wochen zuvor hatte er seine Zelte abgebrochen. Von offizieller Seite hieß es, seine Papiere seien nicht in Ordnung gewesen.

Die *Carabinieri* hatten das gesamte Apartment auf den Kopf gestellt, um die Tatwaffe zu finden, aber nicht die geringste Spur entdeckt. Aus den Schränken hatten sie nur Kleider, Wein und ein paar Tausend Euro zutage gefördert, in Scheinen zu zwanzig und fünfzig – vielleicht etwas viel Taschengeld für zwei Reinigungskräfte.

In der Bar *Binda* waren die beiden Brüder gut bekannt, genau wie der dritte Albaner, der Pellumb hieß. Da dieser Name für die alten Stammgäste, die nur Dialekt konnten, etwas schwierig auszusprechen war, hatten sie ihm den Spitznamen *al Mut* verpasst, *il Muto – der Stumme*, weil er niemals etwas sagte. Drei ruhige junge Männer, die niemanden belästigten, hieß es. Angestellte der Reinigungsfirma Splendor, die ein halbes Dutzend Einrichtungen in der Gegend sauberhielt. Seit einiger Zeit jedoch war ihre Gemeinschaft um einen dezimiert worden: *Il Muto* war verschwunden.

»Er musste geschäftlich nach Mailand«, hatten die Brüder Mokus erklärt.

Keiner der alten Stammgäste hatte nachgefragt, um welche Art Geschäfte es sich denn handelte. Sie mochten Arteriosklerose haben, aber verkalkt waren sie noch nicht. Also: *Omertà*. Auf die Schweigepflicht der Mafia verstand man sich auch in Norditalien.

Als der Abend anbrach, war Boskovic in übelster Laune, und die Nachricht, die Rizzitano ihm brachte, munterte ihn auch nicht auf.

»Man hat bei Mokus den Schmauchspurentest gemacht«, verkündete er. »Er ist sauber.«

»Natürlich, schließlich ist schon viel zu viel Zeit vergangen. Dieser Test muss innerhalb von vierundzwanzig Stunden gemacht werden, danach verschwinden die Schmauchspuren. Sonst noch was?«

Für den Bruchteil einer Sekunde zögerte Rizzitano. Dann wagte er sich mit gesenktem Kopf vor:

»Sie erinnern sich doch noch an unsere Verabredung heute Abend, oder?«

Der *Maresciallo* verzog den Mund. »War das heute?«

»Ich hab schon alles vorbereitet; Sie können jetzt keinen Rückzieher mehr machen!«

Boskovic schnaubte. Er wusste, dass es kein Entrinnen gab. Die Einwohner der Bassa sind einfache Leute, aber dickköpfig. Sie haben ihre ganz eigenen Vergnügungen, und an diesem Abend, in dieser Nacht, sollte der *Maresciallo* an einer ganz speziellen teilnehmen: am Welsfischen.

Um Mitternacht brachen sie mit Autan und Räucherspiralen im Gepäck auf. Sie ließen sich in einer kleinen Bucht kurz vor der Brücke von Borgoforte nieder, an einem Platz, den Rizzitano für ideal erklärte. Dann bereiteten sie die Ausrüstung vor.

Der *Brigadiere* holte zwei Bierflaschen aus der Kühltasche und reichte eine seinem Vorgesetzten. Dann begann er, die Köder aus einem Eimerchen zu ziehen.

»Was ist das denn?«, fragte der *Maresciallo* angewidert.

»Kanadische Würmer.«

Boskovic beäugte sie. Sie sahen aus wie Wasserschlangen. Wirklich eindrucksvoll und lang wie ein Unterarm.

»Man könnte auch Calamari aus dem Fischgeschäft nehmen«, erklärte Rizzitano und befestigte einen Wurm am Angelhaken. »Offenbar hat der Wels eine Vorliebe dafür, aber sie kosten auch einiges.«

»Diese Ungetüme gehen bestimmt auch sehr gut«, bestätigte Boskovic und nahm sich einen.

Die Größe des Köders entsprach im Übrigen der des zu erwartenden Fangs. Die Ausrüstung war fürs Hochseefischen geeignet, und das mit gutem Grund. Welse, die im Po geangelt werden, erreichen ein Gewicht von über hundert Kilo. Diese Monstren werden seit ihrem plötzlichen und geheimnisvollen Auftauchen in den Siebzigerjahren als Feind sowohl der Angler als auch aller anderen Einwohner der Po-Ebene betrachtet. Sie gelten als eine Art Fluss-Hai, sind in Wahrheit aber noch viel schlimmer als Haie, denn sie verschlingen alle anderen Fische und tragen zusammen mit der Wasserverschmutzung zur endgültigen Zerstörung des Ökosystems im Fluss bei. Sogar Enten und kleine Vögel sind nicht sicher vor ihren Angriffen.

Außerdem sind Welse, trotz gegenteiliger Behauptungen, nicht genießbar. Sie schmecken den Anwohnern der Bassa einfach nicht und wurden daher nicht mal zu Zeiten gegessen, als man das, was man im Po angelte, noch essen konnte.

Wenn heutzutage eines dieser Monstren gefangen wird, endet es in der Regel in der Bratpfanne eines der hiesigen chinesischen Restaurants. Für einen Euro pro Kilo. Offenbar gilt der Wels in der asiatischen Küche als genießbar, daher war Rizzitano bereits mit dem Betreiber eines chinesisch-thailändischen Restaurants in Ostiglia übereingekommen, der sich glücklich schätzte, ihnen jeden eventuellen Fang abzunehmen.

Sie warfen die Angeln aus und warteten.

Sie wussten, dass sie lange warten mussten. Aber es gefiel Boskovic, einfach schweigend dazusitzen. Für ein paar Stunden mussten seine Gedanken nicht mehr um die Untersuchung kreisen. Er konnte sich auf etwas anderes konzentrieren. Er hatte sich mit einer Stange MS, einer Thermoskanne Kaffee und einer Flasche Monte eingedeckt. Also würde er es stundenlang aushalten können. Und so kam es auch.

Sie fingen nichts. Nicht das Geringste. Offenbar gehörten die Würmer doch nicht zur bevorzugten Kost der Welse. Leicht enttäuscht begann Rizzitano, die Ausrüstung einzupacken.

Um sechs Uhr morgens, als auch Boskovic kaum noch die Augen offenhalten konnte und Kaffee und Amaro fast aufgebraucht waren, hörte er hinter sich Schritte. Er drehte sich instinktiv um und nahm eine Gestalt wahr, die sich ihnen näherte. Mit einem Hund. Einem kleinen Hund, der vorauslief. Der Mann war vornübergebeugt und bewegte sich verstohlen.

Boskovic griff nach einem knotigen Stock.

Noch währenddessen bemerkte er aus dem Augenwinkel, dass Rizzitano große Steine herbeischaffte und alles für ein Lagerfeuer vorbereitete.

Der *Maresciallo* verstand nicht, was das sollte. Da die Gestalt immer näher kam, schwang er den Stock.

»Was machen Sie denn da?«, fragte Rizzitano.

Boskovic kam in der Gegenwart an: Der Mann, der aus dem Wald herankam, war Radeschi, und dieser kleine Hund war in Wirklichkeit ein großer Verräter – Gatsby nämlich, der neben dem Journalisten hertrippelte wie ein zu klein geratener Terrierwelpe.

Radeschi brachte ein Rost mit, das er in Zeitungspapier gewickelt hatte.

»Heh, was soll das, *Maresciallo*? Hat dir Rizzitano nicht erzählt, dass wir grillen?«

Boskovic sah den *Brigadiere* an.

»Das war eine Überraschung. Hier in der Bassa ist das so üblich. Nach einer nächtlichen Angeltour gibt es frühmorgens schönes Grillfleisch.«

»Um sechs Uhr morgens?«

Die anderen beiden zuckten die Achseln.

»Ist doch der beste Zeitpunkt. Denken Sie doch mal nach. Das letzte Mal hat man gegen acht Uhr am Vorabend gegessen. Also sind zehn Stunden vergangen, der Magen ist vollkommen leer und wartet auf einen leckeren Schmaus. Eine so gute Gelegenheit zu essen wird es am folgenden Tag nicht geben, wenn man wie üblich das Mittagessen überspringt.«

»Ihr beiden seid ja wahnsinnig!«

»Kann sein, aber Sie werden uns am Ende recht geben müssen.«

Da bemerkte Radeschi den Ast, den Boskovic immer noch in der Hand hielt, und fing an zu lachen.

»Wolltest du mich etwa mit dem schlagen? Aber das ist doch Pappelholz, also viel zu weich.«

Die Würstchen und Koteletts brutzelten auf dem Feuer. Dazwischen schmorte auf Stanniol die in Scheiben geschnittene Polenta im Grillfett.

Das Brot kam frisch vom Bäcker und war noch warm.

Boskovic langte mit Appetit zu.

»Also hatten wir doch recht, oder?«

Der *Maresciallo* grunzte zustimmend, während er Gatsby ein halbes Würstchen zuwarf, das das Gürteltier in zwei großen Happen verschlang.

Boskovic zündete sich eine Zigarette an.

108

»Kann ich auch eine haben?«, fragte Radeschi.

Boskovic hielt ihm seine Schachtel hin.

»Ich gehe davon aus, dass du bereits deine Lobrede auf unsere brillante Auflösung des Falls geschrieben hast«, sagte er in übertrieben ironischem Tonfall zu Radeschi.

»Du kannst wohl niemals abschalten, oder?«

Er erntete nur einen frostigen Blick.

»Wie auch immer, ich werde nichts darüber schreiben«, fuhr der Journalist fort. »Den Artikel über die Festnahme des Albaners wird jemand anders übernehmen müssen.«

»Im Ernst? Aber doch nicht, weil du so weichherzig bist, oder?«

»Keineswegs. Du kannst mich einen Sturkopf nennen, aber diese Lösung überzeugt mich einfach nicht.«

Nach diesem Geständnis suchte er Zustimmung im Blick des anderen, doch Boskovic wirkte weiterhin distanziert.

»Ich habe so meine eigenen Ideen«, fuhr er daraufhin fort und schluckte einen großen Bissen herunter. »Aber denen durfte ich nicht nachgehen, denn mein Chefredakteur traut meinen Informanten nicht.«

Boskovic wandte sich unwillkürlich zu Rizzitano.

Rizzitano streichelte angelegentlich Gatsby.

Alle taten so, als wäre nichts.

Auf dem Grill brutzelten die Würstchen.

15

Die Fotos, die die Parkleitung dem Polizeipräsidium zur Verfügung gestellt hatte, erwiesen sich als wertvolle Informationsquelle. Vor allem für *Vicequestore* Loris Sebastiani, dem jener hellere Fleck in der Vegetation schon zur fixen Idee geworden war. Das zeigte auch der Umstand, dass *Ispettore* Mascaranti just an diesem Abend im ausgetrockneten Bett eines Bewässerungsgrabens kauerte. Er lag auf der Lauer, nur wenige Meter von der Stelle entfernt, an der Debora Verganis Leiche gefunden worden war. Dort war alles wieder normal: Die Absperrbänder der Polizei waren entfernt, die Grube wieder aufgeschüttet, die Spuren der Tragödie verwischt worden.

Keine Menschenseele war zu sehen; der Polizist fluchte. Dieser verdammte helle Fleck hatte in Sebastiani nebulöse Zweifel ausgelöst und ihn kopflos werden lassen, und zwar derart, dass er diesen verhassten Radeschi eingeschaltet hatte, der seinerseits, wie immer, einen Weg gefunden hatte, ihm, Mascaranti, das Leben schwerzumachen. Ergebnis: Er lag schon seit Stunden mit gefühllosen Gliedmaßen in diesem Graben und ließ sich bei lebendigem Leib von den Mücken aussaugen, nur um diesen Spezialauftrag auszuführen.

Eine Ewigkeit lang geschah nichts. Nur die Grillen zirpten, und die Insekten stachen. Gegen Mitternacht jedoch, gerade als Mascaranti eine Position gefunden hatte, in der er schlafen konnte, nahm er ein Geräusch wahr. Ein fernes Quietschen, das immer lauter wurde: ein Fahrrad!

Der Polizist wartete, bis der Radfahrer an seinem Versteck vorbeigefahren war, und nahm dann lautlos die Verfolgung auf. Die Dunkelheit war fast undurchdringlich, aber seine Augen hatten sich während des stundenlangen Wartens daran gewöhnt. Der Radfahrer erreichte die Lichtung, hielt an und zog einen Gegenstand vom Gepäckträger, den er mit einem Gummigurt befestigt hatte. Da hatte Mascaranti keinerlei Zweifel mehr. Mit katzenartiger Geschmeidigkeit stürzte er sich, die Waffe im Anschlag, auf die Gestalt. »Halt, Polizei«, schrie er.

Der junge Mann war vollkommen überrumpelt, schrie vor Schreck auf, ließ den Gegenstand fallen und rannte, ohne lange nachzudenken, los. Einen Moment lang blieb der Polizist reglos stehen: Schließlich konnte er nicht auf jemanden schießen, der noch kurz zuvor eine Gießkanne in der Hand gehalten hatte! Dann setzte er sich in Bewegung und verfolgte den Flüchtigen, der schon nach fünfzig Metern aufgab. Nicht, weil er sich der Staatsgewalt ergeben wollte, sondern weil seine Raucherlunge ihn dazu zwang.

Ispettore Sciacchitano drohte gerade auf seinem Stuhl einzuschlafen, als Mascaranti anrief. Es war gegen zwei Uhr nachts. Er hatte sich ans Fenster gestellt, um eine Zigarette zu rauchen und die Stille zu genießen. Nur in den frühen Morgenstunden wirkte Mailand wie jede andere Stadt. Wenig Verkehr, der Geräuschpegel auf ein Minimum reduziert, die Luft fast erträglich. Doch diese Ruhe wurde jäh gestört: Zehn Minuten später saß im Verhörraum ein Mann vor ihm: mager, etwa zwanzig Jahre alt, Rastalocken, dunkle Augen, Akne auf den Wangen und Tätowierungen, die unter dem Metallica-T-Shirt durchschienen. Er hieß Simone Leonardi und musterte den *Ispettore* mit müdem Blick. Neben ihm stand nicht nur Mascaranti, sondern auch das Corpus Delicti: eine bläulich schimmernde Aluminiumgießkanne, wie man sie früher benutzt hatte, schwer und sperrig.

Sciacchitano beschloss, nicht gleich zur Sache zu kommen.

»Was haben Sie zu dieser Zeit mit einer Gießkanne im Park gemacht?«

Der junge Mann verzog den Mund.

»Ich glaube, es ist noch nicht verboten, mit einer Gießkanne spazieren zu gehen.«

»Nur spazieren gehen nicht, nein. Es kommt ganz darauf an, was man gießen will.«

Der Jüngling rutschte auf seinem Stuhl hin und her, schwieg aber. Der *Ispettore* seufzte, dann öffnete er den weißen Umschlag, der auf dem Tisch lag, und holte ein paar Fotos heraus. Es waren die Satellitenfotos, die Radeschi ein paar Stunden zuvor auf Drängen des *Vicequestore* besorgt und per Express zum Präsidium geschickt hatte. Er selbst, Sciacchitano, war mit Hilfe eines tragbaren GPS-Systems aus seinem Wagen und den Koordinaten, die ebenfalls von Radeschi zur Verfügung gestellt worden waren, losgezogen und hatte die Stelle zu Fuß erkundet. Und war fündig geworden. Nun gab es keinen Zweifel mehr.

Der Polizeibeamte legte die Fotos in einer Reihe vor dem Jüngling aus.

»Weißt du, was diese helleren Flecken in der Vegetation bedeuten?«

»Ist das ein Test für Farbenblinde, nach dem Motto: Finde die verborgene Zahl?«

»Nichts dergleichen.«

»Dann vielleicht ein Rorschachtest?«, spöttelte der junge Mann.

»Ich werde dir sagen, was das ist«, schaltete Mascaranti sich ein. »Das sind deine Marihuana-Pflanzen.«

Leonardi erbleichte plötzlich.

»Simone«, setzte Sciacchitano wieder an, »wie du sicher in der Zeitung gelesen hast, ist neulich nachts in der Nähe deines Hanffelds die Leiche einer jungen Frau gefunden worden.«

»Aber Sie glauben doch wohl nicht, dass ich …«

»Wir glauben gar nichts«, unterbrach ihn der Polizist. »Wir halten uns nur an die Fakten. Zum Beispiel, dass wir in der Nähe die Reifenspuren eines Fahrrads gefunden haben, die, da möchte ich wetten, mit deinen übereinstimmen.«

Loris Sebastiani hatte sich ganz klar ausgedrückt: Sollte sich etwas Neues ergeben, wollte er unverzüglich benachrichtigt werden. Auch mitten in der Nacht.

Um drei Uhr morgens klingelte sein Telefon.

»Es war genau, wie Sie geahnt haben. Dieses hellere Grün in dem Feld waren Cannabispflanzen. Ein Junge, Politikstudent, hat sie dort angepflanzt. Etwa zehn Pflanzen, die mittlerweile schon ziemlich groß sind. Die hat er jede Nacht gegossen. Mascaranti hat ihn vor einer Stunde erwischt.«

»Hat er was Nützliches erzählt?«

»Das weiß ich nicht genau.«

»Sciacchitano! Du rufst mich zu nachtschlafender Zeit an, um mir zu sagen, du wüsstest es nicht genau?«, donnerte Sebastiani.

»Tatsache ist, dass dieser Simone Leonardi behauptet, er hätte in der Nacht von dem Fund der toten Vergani einen Wagen gesehen.«

»Das ist doch eine Spur. Wo ist also der Haken?«

»Der Haken, wie Sie es nennen, ist, dass er meint, es sei der Wagen von Fantozzi.«

»Was zum Teufel soll das heißen?«

»Ich hab keine Ahnung. Ich habe mehrfach nachgefragt, aber er hat mir immer wieder dieselbe Antwort gegeben. In der betreffenden Nacht hat er auf dem Heimweg einen Wagen gesehen. Das Modell kannte er nicht, aber für ihn sah es aus wie der Wagen, den der Komiker in seinen Filmen gefahren hat.«

Der *Vicequestore* seufzte. Das Ganze sollte wohl ein Scherz sein. »Also gut, *Ispettore*, ist sonst noch was, oder kann ich weiterschlafen?«

»Ja, es gibt tatsächlich noch etwas. Die Spurensicherung hat die Resultate von der Untersuchung der Reifenabdrücke an der Lichtung geschickt.«

»Schieß los.«

»Wie Sie wissen, ist jeder Reifenhersteller gesetzlich verpflichtet, uns Muster aller Reifenprofile zur Verfügung zu stellen.«

»Das weiß ich, komm zum Punkt. Hat man herausgefunden, um welches Modell es sich handelt?«

»Es sind zwei verschiedene Abdrücke. Bei einem konnte jedoch nicht das Modell bestimmt werden.«

»Und bei dem anderen?«

»Handelt es sich um einen Pirelli P3000 Energy, Profil 165/70. Die werden serienmäßig auf verschiedene Kleinwagen aufgezogen, zum Beispiel auf alle Puntos.«

»Na großartig! Das heißt also, hier in Mailand fahren mindestens hunderttausend Autos mit diesen Reifen herum!«

»Optimistisch geschätzt. Es könnte auch die doppelte Menge sein.«

»Na gut, wir besprechen das morgen früh weiter.«

»Nur einen Moment noch. Direkt nachdem Sie nach Hause gegangen sind, hat sich eine Frau bei uns gemeldet, eine Japanerin mit Kimono und allem Drum und Dran. Sie konnte kein Wort Italienisch, und es war ziemlich schwer herauszukriegen, was sie wollte.«

»Komm zum Punkt.«

»Es scheint, dass ihr Mann seit ein paar Tagen verschwunden ist.«

»Schön, tut mir leid für sie. Aber kannst du mir vielleicht sagen, was das mit unserem Fall zu tun hat?«, knurrte Sebastiani.

»Vielleicht gar nichts. Aber es ist doch ein merkwürdiger Zufall.«

»Was denn?« Sebastiani stand kurz vor dem Explodieren.

»Der Mann, ein gewisser Daisuke Nakatomi, hat eine Sushibar in der Via Plinio, und zwar genau gegenüber von der Versicherungsagentur, in der Debora Vergani gearbeitet hat.«

Sebastiani dachte nach. »Damit können wir arbeiten«, brummte er dann und legte auf.

Kaum war Radeschi in sein Bett geschlüpft, da klingelte das Telefon. Nicht sein Handy, das war seit Stunden tot und stumm, sondern der Festanschluss seiner Eltern. Also musste er rangehen. Es konnte sich um einen Notfall handeln.

Doch kaum hörte er die Stimme am anderen Ende, bereute er seinen Entschluss.

»Woher hast du diese Nummer?«

»*Big brother is watching you.*«

»Du wüsstest doch gar nicht, wo du hingucken müsstest, Loris. Von Technik hast du nicht die geringste Ahnung.«

»Ist ja schon gut. Ich hab die Nummer von dir. Für den Fall, dass ich dir etwas Wichtiges mitteilen müsste. Weißt du nicht mehr?«

»Gibt es denn was Wichtiges?«

»Nein, aber ich habe ein Problem: Lonigro, mein technikbesessener Chefinspektor, mit dem du ein Herz und eine Seele bist, weilt bis Mitte August bei seiner Familie in Kalabrien und …«

»Wo?«, unterbrach ihn Radeschi.

»In Capo Rizzuto.«

»Im Ferienclub Valtur?«

»Was willst du denn, er ist mit seiner ganzen Verwandtschaft bei seinen Eltern. Drei Brüder mit Frauen und Kindern, das sind dreißig Leute in einem Haus mit vier Schlafzimmern und einem Bad. Danach wird er gestresster sein als vorher.«

Radeschi lachte. Er und Lonigro waren nicht gerade Freunde.

»Also gut, und was habe ich damit zu tun?«

»Das weißt du doch. Du könntest ein paar kleinere Aufträge für mich erledigen.«

»Schon wieder? Für meine Spielchen mit den Satelliten hätte ich schon in Guantanamo landen können.«

»Enrico!«

»Ich kann nicht. Ich bin gerade an einem Fall.«

»Immer noch der ermordete Alte im Altersheim?«

»Ich sehe, du interessierst dich leidenschaftlich für die Ereignisse hier im Ort … Aber jetzt musst du mich entschuldigen, ich muss auflegen. Du hast ja keine Ahnung, wann ich ins Bett gekommen bin.«

»Hör auf zu jammern. Ich liefere dir eine Rechtfertigung. Der Wilde Westen wird es schon aushalten, wenn du dich ein paar Tage entfernst.«

»Wir sind hier doch nicht im Wilden Westen!«

»Aber ja doch: Sonne im Zenit, nichts als Staub und tausend Meilen weg von der Zivilisation. Und irre ich mich, oder hält sich dein Freund, der *Maresciallo*, nicht ein Gürteltier?«

»Also gut, fehlst also nur noch du mit deiner ewigen Zigarre, dann können wir *The good, the bad and the ugly* spielen.«

»*Zwei glorreiche Halunken?* Wer ist denn der Böse?«

»Natürlich der, der sich anbietet.«

»Und der Hässliche?«

»Lassen wir das, Loris.«

»Einverstanden, Ramon.«

»Nein, der ist aus *Für eine Handvoll Dollar.*«

»Ach so. Aber jetzt schwing dich in den Zug, und komm schleunigst her. In ein paar Tagen spätestens kannst du wieder zu deinen Kuhfladen zurück.«

»Welch poetische Vorstellung. Vergil hätte sich vor deiner Bildmacht verneigt.«

»Red keinen Unsinn und begib dich zum Bahnhof. Ich schick dir einen Wagen, der dich von der Station Lambrate abholt.«

»Und was mach ich mit dem Kater?«

»Welchem Kater?«

»Mit Mirko, dem Kater meiner Mutter.«

»Das wird schon gehen. Füll ihm ordentlich den Napf, doppelte Portion und von mir noch mal einen Nachschlag. Du wirst sehen, er wird schon nicht verhungern.«

16

Der Zug hatte zwanzig Minuten Verspätung. Radeschi, der von der Reise und der durchwachten Nacht erschöpft war, stieg mit entnervender Langsamkeit die Stufen zum Vorplatz des Bahnhofs Lambrate hinunter. Er trug einen Invicta-Rucksack aus seiner Zeit am Gymnasium auf dem Rücken und hielt eine ausgebeulte braune Tüte in der Hand.

Trotz seiner Müdigkeit machte sich ein zufriedenes Lächeln auf seinem Gesicht breit, kaum dass er den Gehweg betrat. Sebastiani hatte Wort gehalten: Ein Streifenwagen erwartete ihn. Darin saß *Ispettore* Mascaranti und zog ein langes Gesicht, weil es ihm gar nicht schmeckte, den Chauffeur zu spielen und das auch noch für den verhassten Radeschi.

So bemühte er sich, ihm die Fahrt so unangenehm wie möglich zu machen. Er versuchte auch, die einzige Bitte seines Fahrgasts abzuschlagen. Vergeblich. Angesichts seiner Hartnäckigkeit musste er kapitulieren.

»Bevor wir zum Präsidium fahren, möchte ich kurz nach Hause, um meine Freundin zu überraschen.«

»Das können Sie vergessen!«

»Dann kannst du mich direkt wieder zum Zug bringen. So erweise ich deinem *Vicequestore* keinen Gefallen. Und du bist schuld!«

Der Wagen fuhr mit quietschenden Reifen los.

Innerhalb von drei Minuten waren sie am Ziel.

»Ich brauche nicht lang«, sagte der Journalist beruhigend, als er ausstieg.

»Ach, Sie sind wohl einer von der schnellen Sorte. Weiß der Himmel, wie das die Dame zufriedenstellen kann …«

Radeschi ignorierte ihn einfach. Er freute sich, nach Hause zu kommen und Stella wiederzusehen.

Sie waren gut sechs Monate zusammen und teilten sich seit drei Monaten eine Wohnung. Er hätte nicht sagen können, ob sie die Dinge überstürzt hatten. Zumindest nicht, bis er den Schlüssel im Schloss seiner Wohnungstür drehte. Erst dann wurde ihm klar, dass sie die Dinge zu sehr vorangetrieben hatten. Nun fiel ihm auch der gute Rat ein, den Sebastiani ihm gegeben und den er einfach missachtet hatte: Statte deinem Partner niemals einen Überraschungsbesuch ab, vor allem nicht, wenn er nicht im Geringsten mit deiner Rückkehr rechnen kann. Es ist immer besser, sich vorher anzumelden. Wenn er dies befolgt hätte, wäre ihm der Anblick von Stella erspart geblieben, die dort, auf ihrem blauen Sofa, nackt und schwitzend auf einem anderen Mann herumturnte.

Buk, der miese Verräter, sah bei dem Ganzen auch noch ohne einen Mucks zu! Dabei hatte er in Wirklichkeit schon ein paar Minuten zuvor die Ankunft seines Herrchens im Treppenhaus gespürt und angefangen zu bellen, doch da die beiden Liebenden ihn in ihrem Eifer ignorierten, hatte er sich in sein Körbchen am Kamin zurückgezogen.

Radeschi fuhr der Gedanke durch den Kopf, dass das Bild vor seinen Augen eigentlich ein vertrautes Szenario gewesen wäre, wenn er und nicht dieser Typ der Mambopartner des Mädchens gewesen wäre.

Wenigstens sah der Ficus gut aus. Stella hatte nicht vergessen, ihn zu wässern. Die Wohnung war aufgeräumt, das Parkett glänzte. Sehr schön.

Wie angewurzelt stand Radeschi da und konnte sich erst wieder rühren, als die beiden seiner gewahr wurden und plötzlich erstarrten. Stella schrie auf und brach in Tränen aus. Der Mann sprang vom Sofa und suchte seine Unterhose, und Buk raffte sich endlich auf und sprang an seinem Herrchen hoch.

»Na, das ging aber schnell.«

Radeschi zog heftig die Autotür hinter sich zu. Mit finsterer Miene. Mascaranti hakte nach: »Und, wie war es?«

»Du hattest recht: Ich hätte besser nicht vorbeigeschaut.«

Der Polizist lachte hämisch und schoss so plötzlich los, dass er fast zwei Kinder auf dem Zebrastreifen angefahren hätte.

»Was machst du für ein Gesicht? Ich dachte, du würdest dich freuen, wieder in die Stadt zu kommen: weg von der Schwüle, von Kühen und abgehackten Händen …«

Auch in Mailand konnte man nicht durchatmen, aber Radeschi war so niedergeschlagen, dass er nicht widersprach. Er ließ sich auf den einzigen, unbequemen, Stuhl vor Sebastianis Schreibtisch fallen und antwortete nicht.

Mascaranti hinter ihm lachte immer noch in sich hinein.

»Warum ist dein Freund hier denn so gut gelaunt, Enrico? Hast du ihm einen Witz über die *Carabinieri* erzählt?«

Als der Journalist immer noch nicht reagierte, begann der *Vicequestore*, sich Sorgen zu machen. Er entließ den *Ispettore*, schloss die Tür und holte aus seiner Schreibtischschublade zwei Gläser und eine Flasche Pampero Reserva heraus.

»Okay, Enrico. Zuerst erzählst du mir, was dir die Petersilie verhagelt hat, und dann bringe ich dich auf den neuesten Stand der Untersuchungen, einverstanden?«

»Nicht hier.«

»Wie bitte?«

»Nicht hier. Ich muss an die Luft.«

»Aber hier im Präsidium gibt es nichts, wo wir uns an die Luft begeben können.«

Radeschi lachte höhnisch auf.

»Aber ich wüsste schon ein Plätzchen.«

Sebastiani nickte. So hatte er Radeschi noch nie erlebt. Die Besprechung der Untersuchungsergebnisse würde warten müssen.

Der Naviglio Pavese war fast ausgetrocknet, so dass sich der große Kahn, der vor dem *Scimmie* vertäut war, mit dem Kiel in den Schlick bohrte und gefährlich zu einer Seite neigte. Die Tischchen der Stammgäste standen voller Aperitive. Sebastiani, dem die Dekadenz der Happy Hour zutiefst zuwider war, beobachtete, wie Radeschi sich kalte Pasta Nervetti einverleibte. Er hatte bereits drei Negroni gekippt, einen nach dem anderen, während er selbst noch beim ersten Bier saß.

Sie befanden sich im Movida, einem der vielen Szenelokale, die neuerdings auf dem dunklen Wasser des Naviglio auftauchten. Großes Buffet an der Theke, Menschenmassen an den Tischchen im Freien, leicht bekleidete Mädchen, die man in aller Ruhe anstarren konnte.

Als Radeschi die vierte Runde orderte, wurde Sebastiani endgültig klar, was sein Freund im Sinn hatte: einen kosmischen Rausch. Daher beschloss er, Klartext zu reden, solange der andere noch in der Lage war, klar zu denken und Entscheidungen zu treffen. »Ich habe Nachforschungen betrieben und herausgefunden, mit wem Stella dich betrügt«, verkündete er.

»Herrgott noch mal, Loris: Woher weißt du das? Ich habe

es doch selbst gerade erst entdeckt und kein Wort davon erzählt! Doch vor allem: Wie konntest du nur die Mittel des Staates für die Bedürfnisse eines Privatbürgers einsetzen? Polizeibeamte, die sich in die Niederungen schmieriger Privatdetektive begeben, um untreuen Partnern hinterherzuschnüffeln? Na, das würde Calzolari aber gefallen!«

Es war bereits zu spät. Er nuschelte und gab nur noch wirres Zeug von sich.

»Spar dir den Scheiß«, unterbrach ihn der *Vicequestore*. »Direkt nachdem du aus der Tür warst, hat Stella mich angerufen. Sie hat gesagt, nur ich könnte dich zur Vernunft bringen. Was soll man dazu sagen! Sie hat mich angerufen, weil sie meinte, du würdest nicht ans Handy gehen. Als du bei mir im Büro ankamst, wusste ich schon alles. Du wirst es zu schätzen wissen, dass ich mich ganz korrekt verhalten habe und gesittet geblieben bin.«

»Du brauchst mir keine Predigt zu halten.«

»Das fehlte auch noch!« Der Polizist steckte sich eine Zigarre in den Mund. »Wie ich bereits sagte, hat sie mir alles erzählt. Sie war sogar derart durcheinander, dass sie mir den Namen ihres Stechers genannt hat. An deinem Blick erkenne ich, dass du den nicht kennst. Gut, der Name des Bastards lautet … da-da-da-da, Trommelwirbel …«

»Hör auf und sag mir den Namen!«, platzte es aus Radeschi heraus.

»Stefano Rolli.«

»So wie ich dich kenne, hast du bereits polizeiliche Erkundigungen eingezogen …«

»Was willst du«, sagte der andere und gab sich bescheiden, »ich habe lediglich Sciacchitano gebeten, ihn mal zu überprüfen. Normales Routineverfahren.«

Radeschi hätte ihm gerne eine passende Antwort gegeben, war aber zu neugierig.

»Und?«

»Er hat mich eben angerufen, als du auf dem Klo warst. Dieser Typ ist verdorben bis ins Mark. Er hat ein ellenlanges Vorstrafenregister.«

Der Journalist verschluckte sich fast an seinem Getränk.

»Soll das ein Witz sein?«

Der andere brach in Gelächter aus.

»Ja. Er ist sauber. Arbeitet als Regisseur für Werbefilme.«

»Geh zum Teufel, Loris!«

Sein Gegenüber lächelte und ließ langsam seine Zigarre von einem Mundwinkel zum anderen wandern.

»Sein letzter Spot war für zuckerfreie Bonbons. Ein Streifen, wo alle singen und tanzen und nur die Hintern schöner Frauen im Pool gezeigt werden. Wenn ich es jetzt genau betrachte, meine ich, auch Stellas gesehen zu haben …«

Plötzlich landete sein Bier auf seinem Sakko. Seine Zigarre konnte man auch vergessen.

Aber Sebastiani reagierte nicht darauf. Er hatte es herausgefordert.

Radeschi bestellte ihm ein neues Bier und beruhigte sich.

»Was hat dir Stella noch erzählt?«, fragte er.

»Dass sie auszieht. Zumindest bis sich alles zwischen euch geklärt hat«, antwortete der Polizeibeamte und wischte sich die Jacke mit einer Serviette ab.

Radeschi trank sich einen gewaltigen Rausch an. Vier Negroni, zwei Cuba Libre und drei Wodka ohne Eis auf ex. Aber er musste sich nicht übergeben. Er taumelte lediglich zwischen den Tischen des Lokals umher und belästigte mit systematischer Verbissenheit die Damenwelt, die sich dort drängte. Verlockende Düfte, glänzende Busen und Beine zogen ihn an wie der Honig die Bienen. Sebastiani musste ihn mit Gewalt zum Wagen zerren.

Enrico ließ sich schwer auf den Beifahrersitz fallen und verlegte sich auf beharrliches Schweigen.

Erst als sie in der Nähe des Bahnhofs Lambrate waren, kam wieder Leben in ihn.

»Lass mich an der Piazza Gobetti raus. Ich gehe die paar Schritte bis nach Hause, um einen klaren Kopf zu bekommen.«

»Aber das ist doch noch ein ganzes Stück …«

»Ich weiß, aber ich bin noch nicht müde.«

»Wie du willst. Ich erwarte dich morgen früh in der *Questura*, damit du mir deinen kleinen Dienst erweisen kannst. Einverstanden?«

Radeschi nickte, stieg aus dem Wagen und hob die Hand zum Gruß.

Er hatte nicht die geringste Lust, nach Hause zu gehen. Mit der Erinnerung an Stella, die fröhlich ein Nümmerchen mit dem Regisseur schob, hätte er kein Auge zumachen können.

Es gab nur einen Ort, um diesen Abend würdig zu beschließen. Und der war wirklich nur ein paar Schritte entfernt.

17

Radeschi taumelte langsam durch die Straßen. Ihm war eingefallen, dass Buk wahrscheinlich längst Gassi gehen musste. Doch tat er diesen Gedanken mit einem Achselzucken ab. Der Hund würde sich schon auf die übliche Art und Weise zu helfen wissen – indem er einfach aufs Parkett pisste. Mit dieser Vorstellung im Kopf überschritt er die Schwelle zum Lokal: Er war am Ziel.

Einrichtung in dunklem Holz, Bier von kleinen Mailänder Brauereien und üble Gesellschaft. Genau das brauchte er im Moment. Meine Damen und Herren: die Minibrauerei von Lambrate.

Die ganze Zeit hatte sein Motorola geklingelt. Stella suchte ihn, aber er sah keinen Sinn mehr zu reden. Das Thema war durch.

An der Theke sah er den Mann, den er gesucht hatte: Antonio Sciamanna, mit einem leeren Bierglas vor sich. Sciamanna war Gelegenheitsgauner und eingefleischter Bewunderer von Renato Vallanzasca, dem Banditen, den er seit seiner Jugend als Helden und Vorbild betrachtete.

Dieses Lokal diente Sciamanna als Büro. Von hier aus führte er seine Geschäfte. Radeschi wusste mit Gewissheit, dass er Hasch mit den Marokkanern und Computer mit den Serben vertrieb, auch wenn er als offizielle Beschäftigung ›Immobilienhandel‹ angab. Diese Aktivität erlaubte ihm, ständig mit neuen Leuten in Kontakt zu kommen, und bot ihm gleichzeitig die Möglichkeit, seine anderen Geschäftsfelder auszuweiten. Seine Vorzugskunden waren Nutten, die nach Wohnungen suchten, wo sie ihrer Tätigkeit nachgehen konnten. Barbezahlung und steuerfreie Provision.

Er war seit Urzeiten ein Bekannter von Radeschi und sein direkter Kontakt zur Mailänder Unterwelt.

An diesem Abend jedoch suchte Enrico keine Informationen, sondern nur Gesellschaft. Verständnis. Jeder klar denkende Mensch hätte sofort begriffen, dass Sciamanna nicht die ideale Person dafür war. Aber nachdem er geduldig das Lamento des gehörnten Radeschi ertragen hatte, fiel dem Mann eine ganz eigene Lösung ein, um ihn aufzumuntern.

Der Club *Afrodite* war ein Lokal nicht weit vom Bahnhof Lambrate entfernt, das nur selten von Honoratioren oder VIPs aufgesucht wurde. Vom Eingang aus sah man auf die Gleise und Scharen brasilianischer Transvestiten, die direkt hinter dem *Politecnico* auf den Strich gingen. Radeschi und sein Freund begaben sich zu Fuß dorthin. Am Ziel konnte Sciamanna sich nicht mehr den Fragen seines Schützlings entziehen, wie es ihm während des Weges gelungen war, sondern musste erklären, was er vorhatte.

»Sieh mal«, sagte er, »normalerweise müssten wir zweihundert Euro pro Kopf rausrücken und unsere Pässe vorzeigen. Für eine Art Mitgliedsausweis, denn das hier ist ein Club.«

»Ein Verein?«

»So könnte man sagen«, räumte der andere ein, bevor er in sein typisches, gutturales Lachen ausbrach, in dessen Rhythmus sein über hundert Kilo schwerer Körper wie Wackelpudding schwabbelte. Erst als er zu husten anfing, hörte er auf.

»Da du in meiner Begleitung bist«, fuhr er fort, »darfst du mit rein.«

»Ohne zu bezahlen?«

»Nun übertreib's nicht gleich. Wir brauchen schon keinen Mitgliedsausweis. Außerdem gibt's noch Rabatt. Hundert Euro pro Person, die natürlich du übernimmst.«

»Das sind dann ja immer noch zweihundert für mich!«, protestierte Radeschi.

»Das kannst du sehen, wie du willst …«

»Aber was genau wollen wir denn da drin?«

»Tauschen.«

»Was denn?«

»Ach, Enrico, Ehefrauen und Verlobte, kapierst du nicht?«

»Aber was zum Teufel sollen wir dann tauschen? Wir sind doch hier, eben weil ich keine Verlobte mehr habe.«

»Lass mich mal machen.«

»Nimmt man hier auch EC-Karten?«

»Hier nimmt man alles«, antwortete er und brach wieder in sein Bulldozer-Gelächter aus.

Radeschi war zu voll und zu verzweifelt, um sich auch noch Sorgen um den desaströsen Niedergang seiner Finanzen zu machen. Abgesehen davon war er in einem Lokal wie diesem noch nie zuvor gewesen. Sein Instinkt, so sehr er auch von Alkohol umnebelt sein mochte, sagte ihm, dass er daraus einen Reißer – wie Calzolari es nannte –, machen konnte, einen Artikel mit einem Titel wie: *Die heißen, verbotenen Nächte in Mailand.*

Drinnen gab es gedämpftes Licht, eine minimalistische Bar, die nur aus Spiegeln und Flaschen bestand, einen Billardtisch und vollbesetzte Sofas und gut gekleidete Menschen. Die Treppe ließ vermuten, dass sich im oberen Stock die Beischlafzimmer befanden.

Enrico bombardierte seinen Begleiter sofort mit Fragen.

»Und die da? Von wem sind das die Frauen?«

Seine Bemerkung bezog sich auf zwei Blondinen, die nur aus Beinen, Busen, Schminke und Minikleidchen bestanden. Helle Augen, slawische Gesichtszüge.

»Von niemandem. Das da sind Nutten.«

»Entschuldige, aber hattest du nicht gesagt, dass …«

Radeschi ging Sciamanna langsam auf die Nerven. Er zog ihn beiseite.

»Hör mal, Encrico, hör jetzt mit der Klugscheißerei auf. Haben wir beide hier was zum Tausch anzubieten?«

Radeschi schüttelte den Kopf.

»Genau. Der größte Teil der Gäste kommt aus demselben Grund wie wir. Männer, die mal den Bohrer ölen wollen. Natürlich gibt es auch ein paar Idioten, die ihre hässliche Alte mitschleppen, damit die es mal besorgt bekommt; oder auch reiche Tattergreise mit ihrer derzeitigen Kleinen im Schlepptau, die sich nur noch mit Zuschauen begnügen müssen. Aber für die anderen ist es wie im Puff. Sie rücken ein bisschen Geld raus, und kaum sind sie drinnen, schnappt sich eine dieser Nutten ihr Ding und macht damit Party. Alles klar?«

»Ganz klar. Ich kann doch davon ausgehen, dass das alles hier legal ist, oder?«

»Aber sicher doch: das sind alles Erwachsene, freiwillige Mitglieder in einem Swingerclub.«

Ein weiteres Lachbeben endete mit einem Hustenanfall.

Sie begaben sich zur Bar. Um sie herum herrschte Hochbetrieb. Männer, fast alle über vierzig, Mädchen, höchstens halb so alt, und reifere Damen in langer Robe.

Die Atmosphäre heizte sich auf, als ein paar Animateurinnen auf einen Wink des Barmanns hin die Kleider ablegten.

Dann fing ein bärtiger Typ an, sich mit dem Queue und einer stöhnenden Wasserstoffblondine zu vergnügen.

Sciamanna verschwand mit der Entschuldigung, er müsse ein paar Bekannte begrüßen. Radeschi begab sich zu einem der Sofas. Nicht weit von ihm entfernt gab sich eine üppige Schwarze einer doppelten Fellatio hin.

Ein Mädchen mit einem hellblauen *Mini*minikleid näherte sich ihm in unmissverständlicher Absicht. Sie wechselten ein paar Worte: ausgeprägter Akzent, bulgarische Herkunft. Aber selbst wenn Enrico gewollt hätte, gekonnt hätte er nicht. Er hatte zu viel getrunken. Die Blonde ließ sich neben ihm nieder, und noch während sie sich anschickte, ihn zu umarmen, schlief er ein und fing an, laut und rhythmisch zu schnarchen.

Da erschien Sciamanna aus dem Nichts und nahm sie beim Arm.

»Lass mal. Jetzt sind wir zwei dran, und danach bring ich den da nach Hause.«

Trotz der ziemlich unruhigen durchzechten Nacht schlief Radeschi gut und wachte früh auf.

Sciamanna hatte ihn gegen halb vier nach Hause gebracht und es sich nicht nehmen lassen, ihm detailliert zu schildern, wie großartig die Nummer mit der Bulgarin gewesen war.

Doch damit erreichte er nur kurzzeitig, dass Radeschis Gedanken nicht um Stella kreisten. Nämlich nur so lange nicht, bis er seine Wohnung betrat, wo alles von ihr zeugte. Die Laken rochen noch nach ihr. Dann ihre Kleider, die schwarzen Schuhe mit den hohen Absätzen, das Päckchen Philip Morris, das sie auf dem Tisch vergessen hatte. Um ihn aufzumuntern, sprang Buk an ihm hoch und leckte ihm das Gesicht ab. Dann allerdings zog er sich mit gesenktem Kopf zur Balkontür zurück. Wie erwartet, hatte er es nicht geschafft, die ganze Zeit durchzuhalten. Auf dem Parkett breitete sich ein großer Urinsee aus. Radeschi streichelte den Hund und machte sich mit Eimer und Aufnehmer ans Werk.

Am nächsten Morgen erwachte er in tiefster Depression. Er brauchte Stella wie die Luft zum Atmen, aber verzeihen konnte er ihr nicht.

Radeschi igelte sich in seiner Wohnung ein und führte sich Paolo Conte zu Gemüte, wie immer ein und denselben Song. Wenn er glücklich war, wenn er nachdenken musste, wenn er traurig war, lief *Blue Tango*.

Buk schlich um ihn herum wie eine gepeinigte Seele, während er lang hingestreckt auf dem Sofa lag, an die Decke starrte und mit den Dämonen in seinem Kopf rang. Das Telefon hatte er ausgestöpselt, um auch wirklich von niemandem gestört zu werden. Es war ein Tag, den man einfach streichen konnte. Was er auch tat.

Am folgenden Morgen, nach einem erfrischenden Schlaf und einem ultrastarken Kaffee, hatte er jedoch nur einen Gedanken im Kopf: Rache. Ein reines und nobles Ansinnen.

Er bereitete alles dafür vor. Eine Flasche eisgekühltes Mineralwasser, eine ausreichende Menge holländischen Tabak in Reichweite, um sich so viele Zigaretten zu drehen, wie er wollte, Buk *freiluftbewegt und entleert*, wie einer seiner Freunde aus Rom gesagt hätte, Kaffee nach Belieben und der PC hochgefahren.

Er ging ins Internet, um sich die Website von Stefano Rolli, dem Arschregisseur, anzusehen. Die Grafik war ansprechend, eine reiche Auswahl von Auszeichnungen und Weibern bei jedem Klick, Hintergrundmusik, Effekte à la Hollywood. Auf der Kontaktseite bekam er die E-Mail-Adresse des Typs. Jetzt konnte er seine Rache starten.

Er richtete sich einen falschen E-Mail-Account ein, der eine exakte Kopie von Stellas war, damit der Empfänger glaubte, die Mail käme von der Süßen, die ihn zwei Tage zuvor bestiegen hatte. Eine Sache von fünf Sekunden für jeden, der ein bisschen was von Informatik verstand. Radeschi hatte das schon etliche Male gemacht. Dann schickte er die Mail über einen Dritte-Welt-Server, um seine Spuren zu verwischen.

Betreffzeile der Mail ein anzügliches *For your eyes only*. Im Anhang ein Foto von einer spärlich bekleideten Stella, das er, Radeschi, selbst aufgenommen hatte. So wurden beide bestraft. Denn mit dem Foto schickte er noch eine Überraschung. Unsichtbar.

Das in der Mail versteckte und mit den bösen Tasten versandte Geschenk hieß *Spyware* und war ein Programm, das in den Computer des unglücklichen Empfängers eindringt und sich dort breitmacht. Sein Ziel ist es, überall die Nase hineinzustecken und, in diesem Fall Radeschi, eine Reihe von Informationen zu liefern, die auf dem Computer seines Opfers gespeichert sind: Dokumente, Mailadressen, Verzeichnisse von Kontakten und besuchten Websites et cetera. Außerdem zeigt *Spyware* deutlich wie eine Schreibmaschine die in die Tastatur eingegebenen Buchstaben- und Zahlenfolgen. Wenn man mit solchen Programmen erwischt wird, landet man ohne Umwege im Kittchen San Vittore, aber sie sind bereits so verbreitet, dass man kaum nachkommt. Ein Antivirenprogramm hilft in solchen Fällen nur bis zu einem gewissen Punkt.

Für solche Programme sind aus gutem Grund die medizinischen Begriffe *Virus* und *Antivirus* gewählt worden: Infektion und Kur verlaufen in der Informatik genau wie im richtigen Leben. Erst breitet sich die Seuche aus und rafft Teile des Computers dahin, und dann, wenn die Anzahl der Toten nicht mehr hinnehmbar ist, setzt sich eine Equipe kluger Köpfe zusammen, bis sie ein Gegengift gefunden hat. Die vorliegende *spyware* jedoch war brandneu, von Radeschi selbst erfunden und eigens für besondere Gelegenheiten aufgespart. Eine kleine SARS, die den Computer seines Rivalen infiziert hatte und für die noch kein Impfstoff im Umlauf war.

Zehn Minuten nach Eindringen des Krankheitserregers ins feindliche System lachte Radeschi das Glück. Nach Betrachtung der verschämt-gewagten Mail von Stella loggte sich Rolli in die Website seiner Bank ein. Erst Sex, dann Geld.

Mit dem Homebanking waren für Hacker goldene Zeiten angebrochen. Seit die Bankkunden verlangten, bequem von zu Hause aus ihre Geldgeschäfte zu regeln, mussten die Kreditinstitute virtuellen Angriffen die volle Breitseite bieten. Girokonten, Aktienfonds, Kreditkarten – alles zur freien Verfügung. Ein Schlaraffenland.

Radeschi befand sich im siebten Himmel: Er stieß ein Indianergeheul aus, dem Buk wildes Bellen folgen ließ.

»Jetzt hab ich dich an den Eiern«, brüllte er, während er sich den Geheimcode für das Girokonto seines Opfers notierte.

Natürlich stand es außer Frage, das gesamte Guthaben seinem eigenen Konto gutschreiben zu lassen. So schön es auch gewesen wäre, so verbot es doch der gesunde Menschenverstand. Jeder, der kein geheimes Konto auf den Cayman-Inseln besaß, wäre anderenfalls früher oder später geschnappt worden.

Nicht Habgier war es, die Radeschi antrieb. Dieser Höflichkeitsbesuch galt nicht seiner Bereicherung, sondern der Verarmung seines Opfers.

»Für karitative Zwecke«, verkündete er.

Das Guthaben belief sich mit Wertpapieren und Fonds auf die respektable Summe von über neunzigtausend Euro. Dafür hätte Radeschi jahrelang arbeiten müssen.

Er verlor keine Zeit, sondern gab unverzüglich die Order, alle Wertpapiere und Fonds zu veräußern. Dann teilte er die Gesamtsumme in drei gleiche Teile und überwies das Geld, kaum dass es flüssig war, an drei verschiedene gemeinnützige Organisationen, die sich der Krebsbekämpfung widmeten.

Als edlen Spender gab er Stefano Rolli höchstpersönlich an; so würde es schwieriger, wenn nicht gar unmöglich werden, zu beweisen, dass nicht er selbst den Knopf gedrückt hatte. Radeschi lächelte.

»Auch aus dem Bösen kann noch Gutes erwachsen.«

18

Beim zweiten Mal erschrak Ruini zwar nicht mehr so sehr, doch ganz beherrschen konnte er sich immer noch nicht.

»*Cat vegna un cancher!*«, schrie er.

Er befand sich vor dem Haus Nr. 81 auf der Strada Pasine im Bezirk Ca' Nove. An einem gottverlassenen Ort mitten auf dem platten Land. Daher musste die Hupe seiner Califfone auch ziemlich lange plärren, bis endlich jemand mit einer anständigen Flasche Prosecco zu Hilfe eilte.

Es war wie beim ersten Mal: eine abgehackte Hand in einem aufgebrochenen Briefkasten. Ein leerer Umschlag, handschriftlich adressiert an den schon bekannten Deutschen.

Alles genau wie beim ersten Mal, mit Ausnahme einer merkwürdigen Kleinigkeit: Das Haus, in dessen Briefkasten die Hand gefunden worden war, wurde seit Jahren schon nicht mehr bewohnt. Und zwar diesmal wirklich nicht. Es handelte sich um einen heruntergekommenen Besitz der Gemeinde Capo di Ponte Emilia, ein Gehöft vom Anfang des Jahrhunderts, das nicht mehr zu retten war. Für seinen Wiederaufbau wären eine Unmenge Vorschriften zu beachten, unzählige Architekten und Restauratoren zu befragen, eine Reihe bürokratischer Hürden zu überwinden gewesen, doch vor allem waren die Kassen der Gemeinde leer. Es gab schlicht kein Geld, um es wieder in Ordnung zu bringen.

Alle Gemeinderäte, die sich in den letzten Jahren formiert und wieder aufgelöst hatten, hatten sich dieses Problems angenommen, ohne je eine Lösung zu finden. Alle wussten, dass das Gebäude eines nicht allzu fernen Tages einfach zusammenbrechen würde und man dann ein schönes Einkaufszentrum darauf errichten könnte. In der Zwischenzeit wurden darin vorübergehend die Saisonarbeiter für die Gemüseernte untergebracht. Doch jetzt, während der Hundstage, war dort keine Menschenseele. Nur Ratten, Tauben und streunende Katzen.

Ruini schwor sich hoch und heilig, von diesem Tage an niemals mehr irgendwo einen Brief zuzustellen.

Und daran hielt er sich.

In nicht mal einer halben Stunde war *Sottotenente* Piccinini mit seiner Mannschaft vor Ort. Sie machten Fotos, sammelten Indizien, nahmen Fingerabdrücke und stellten Beweisstücke sicher.

Boskovic hatte bei all diesen Aktionen nervös zugesehen. Als der Stab der RIS endlich abgezogen war, hatte er sich in seiner Kaserne verschanzt, um dem Ansturm der Reporter zu entgehen.

Nachdem er eine Stunde lang auf dem Kunstledersessel seines Büros gesessen und über den Fall gegrübelt hatte, war seine Flasche Monte bereits halb leer. Allerdings hatte er sie mit dem Kaffee verdünnt, den Rizzitano ihm dank einer neapolitanischen Kaffeemaschine unermüdlich servierte.

Als er zum vierten Mal ohne besondere Aufforderung nachgeschenkt hatte, schnappte er sich ebenfalls einen Stuhl und ließ sich vor seinem Vorgesetzten nieder.

Die drückende Hitze, die jedes Nachdenken erschwerte, staute sich derart in der Kaserne, dass die beiden *Carabinieri* trotz surrenden Ventilators aus allen Poren schwitzten.

»Woran denken Sie?«, wagte sich der *Brigadiere* vor.

Daraufhin sprach Boskovic einfach laut aus, was ihm durch den Kopf ging.

»Angenommen, auch diese Hand soll eine Warnung darstellen: Wem gilt sie dann? Dem Bürgermeister? Das wäre doch absurd; dann hätte man sie ihm besser ins Rathaus oder direkt nach Hause schicken sollen.«

»Für wen war sie dann gedacht?«

»Ich habe keine Ahnung.«

In diesem Moment schrillte das Telefon. Es war der Untersuchungsrichter. Boskovic hörte ihm schweigend zu und legte dann entnervt auf.

»Und?«, fragte Rizzitano zaghaft.

»Mokus ist auf freien Fuß gesetzt worden.«

»Der Albaner? Warum denn?«

»Weil die Hand nicht auf sein Konto gehen kann. Schließlich war er im Gefängnis. Er ist sauber!«

»Glauben Sie das wirklich?«

»Das glaubt der Untersuchungsrichter.«

»Und jetzt?«

Der *Maresciallo* zündete sich mit finsterer Miene die letzte MS aus dem Päckchen an. Seine Gesichtszüge waren angespannt.

»Nichts und jetzt«, sagte er mit dünner Stimme. »Schick Patierno los, er soll noch mal in allen Krankenhäusern nach einer fehlenden Hand fragen.«

»Zu Befehl!«

Rizzitano verschwand mit den leeren Tassen, während Boskovic die gerade angerauchte Zigarette im Aschenbecher zerdrückte.

Gegen Mittag klingelte das Telefon des *Maresciallo* erneut.

Es war Piccinini. Auch er spürte den heißen Atem der Autoritäten im Nacken.

»Ich hab Neuigkeiten«, verkündete er in seinem charakteristisch gewichtigen Ton.

»Gute oder schlechte?«

»Das können Sie selbst beurteilen, *Maresciallo*. Zunächst einmal ist die zweite Hand nicht das Pendant zur ersten, sondern die linke Hand eines etwa fünfundzwanzigjährigen Mannes. Außerdem dürfte es Sie interessieren, dass sie nicht im Gefrierschrank war.«

»Das interessiert mich in der Tat. Sonst noch was?«

»Ja, die Schrift auf dem Umschlag ist auch nicht identisch, sondern stammt diesmal von einem Mann, der mit der rechten Hand geschrieben hat.«

Der Fluch war klar und deutlich zu hören. In Fällen wie diesen konnte man den Respekt vor höheren Dienstgraden außer Acht lassen. Piccinini wartete, bis Boskovic sich Luft gemacht hatte.

»Haben Sie sich beruhigt?«

»Tut mir leid, aber in diesem Fall gibt es mir einfach zu viele ungeklärte Aspekte. Zum Beispiel die erste Hand: Ist es wirklich sicher, dass sie all die Jahre eingefroren war?«

»Ein genaues Datum kann man natürlich nicht festlegen, aber vom Verwesungsgrad des Fleischs zu urteilen, von der Anzahl der Mikroorganismen im Eis und ihrem raschen Wachstum nach dem Auftauen ...«

So genau hatte Boskovic es auch nicht wissen wollen.

»Wenn es nicht sechzig Jahre waren«, schloss der *Sottotenente*, »waren es fünfundfünfzig. Oder fünfundsechzig. Warum, *Maresciallo*, haben Sie etwa Zweifel? Glauben Sie nicht, dass unser Verdächtiger Mokus, der meines Wissens nach gerade freigelassen wurde, einen menschlichen Handstumpf gefunden haben könnte, der zig Jahre alt ist?«

»Lassen wir mal meine Zweifel beiseite. Der Untersuchungsrichter, unser geschätzter Altomare, ist überzeugt, dass die Hand einfach aufgetaut wurde und gar nicht so alt ist.«

Piccinini antwortete nicht.

»Und die Waffe, mit der Spinelli ermordet wurde«, fuhr Boskovic fort, »was können Sie mir über die sagen?«

»Nichts Besonderes. Ein ganz normales Projektil Kaliber 7,65, aus kurzer Distanz abgefeuert, höchstens einen Meter, und zwar wahrscheinlich mit einer Beretta Modell 81 mit Schalldämpfer. Spinelli war auf der Stelle tot.«

»Gibt es Kampfspuren? Hat der Alte sich gewehrt?«

»Gewehrt? Der toxikologischen Untersuchung nach zu urteilen war er derart mit Beruhigungsmitteln vollgestopft, dass es schon ein Wunder war, wenn er aufrecht stehen konnte!«

Boskovic grunzte.

»Haben Sie die Tatwaffe gefunden?«, fragte Piccinini.

»Nein.«

»Wie wollt ihr dann diesen Typen anklagen? Zugegeben, er ist Albaner und es schert sich kein Mensch darum, aber ohne Motiv, ohne Tatwaffe und praktisch ohne Beweise …«

»Ich will gar nichts, *Signore.* Ich habe lediglich Anordnungen befolgt. Punkt.«

Piccinini schwieg. Dieser eine, entscheidende Satz hatte die Dinge endlich zwischen ihnen geklärt.

»Irgendwelche Vorschläge?«, fragte Boskovic abschließend. In seinem Tonfall lag keinerlei Ironie, und sein Gesprächspartner merkte das.

»Meiner Meinung nach ist die erste Hand der Schlüssel zur

Lösung. Wenn wir herausbekommen, welches Geheimnis sich dahinter verbirgt, haben wir den Fall aufgeklärt.«

Boskovic beendete das Gespräch und dachte über die letzten Worte des Kriminaltechnikers nach. Er hatte von »wir« gesprochen.

19

Was an Radeschi auffiel, war sein Akzent: Sobald er in Mailand den Mund öffnete, bekam er unweigerlich ein Etikett angeheftet.

»Du bist aber auch nicht von hier, oder? Aus Bologna vielleicht?«

Er nickte dann immer, um es schnell hinter sich zu bringen. Denn Mantua war für die Welt nicht existent. Es mochte manche geben, die wussten, dass es zwischen der Lombardei, dem Veneto und der Emilia Romagna lag, doch die gehörten zur Minderheit.

An diesem Morgen wurde ihm die unvermeidliche Frage von der neuen Wache vor der *Questura* gestellt, einem frisch aus Foggia eingetroffenen Grünschnabel. Obwohl Radeschi in der Via Fatebenefratelli praktisch zu Hause war, versäumte er es nie, dort auf ein Schwätzchen stehen zu bleiben, wenn er ein neues Gesicht sah. Nicht aus Menschenliebe, sondern zur Kontaktpflege, die er in seinem Beruf für unerlässlich hielt. Auch das kleinste Rädchen im Getriebe konnte sich eines Tages als nützlich erweisen. Sei es für ein Foto, für die Klärung eines Vorfalls oder ganz einfach nur dazu, ihm einen Blick in die Personalakte seines jeweiligen Opfers zu gewähren.

Als er mit einer Viertelstunde Verspätung in Sebastianis Büro eintraf, lehnte dieser sich gerade weit aus dem Fenster.

»Willst du Schluss machen, Loris?«, fragte er.

»Unsinn. Ich brauche nur ein bisschen frische Luft. Was willst du hier?«

»Ach, hör doch auf. Du erinnerst dich doch sicher, dass du mich dringend nach Mailand beordert hast. Ich wäre liebend gerne in der Bassa geblieben. Da hätte ich schön an meinem Fall weiterarbeiten und mir die großartige Erkenntnis ersparen können, dass ich betrogen werde.«

»Schon gut, schon gut. Hör auf mit dem Selbstmitleid.«

»Ich weiß nicht, wer netter zu mir ist: Calzolari oder du.«

»Ist nur gespielt, das weißt du doch«, sagte sein Gegenüber lächelnd und steckte sich eine Toscanello zwischen die Lippen.

»Sagst du mir jetzt endlich, warum du mich herbeordert hast?«

»Kannst du es nicht erraten?«

»Ich habe eigentlich gedacht, mit der Satellitensache hätte ich mein Soll erfüllt.«

»Da hast du falsch gedacht.«

»Was willst du denn noch: *War games*?«

»Mehr oder weniger. Ich zeig dir jetzt, worum es geht. Übrigens: Magst du Sushi?«

»Nein, ich hasse es.«

»Umso besser, denn das einzige Sushirestaurant, das ich kenne, hat geschlossen, weil der Besitzer verschwunden ist.«

Radeschi runzelte die Stirn.

»Klär mich bitte auf, du weißt ja, dass ich auf dem Land war, wo es keinen rohen Fisch gibt. Zwei Freunde von mir haben zwar versucht, Welse zu angeln, aber ohne Erfolg. Abgesehen davon hätte man die auch nicht essen können. Alles, was aus dem Po kommt, ist giftig.«

Dann brachte Sebastiani ihn auf den neuesten Stand seiner Ermittlungen.

Nachdem er zehn Minuten geredet hatte, ließ Radeschis Motorola ein Wimmern hören, das sofort erstarb. Auf dem Display war die Nummer der Zeitung zu sehen.

»Darf ich von deinem Apparat aus mal Calzolari anrufen?«

»Ich weiß schon, warum er dich sprechen will.«

»Im Ernst?«

»In deinem Kaff ist eine weitere verstümmelte Hand gefunden worden. Ihr seid echt Barbaren.«

Radeschi sprang auf.

»Wo willst du hin?«

»Was für eine Frage, zurück natürlich!«

Sebastiani nahm zwischen ihm und der Tür Aufstellung.

»Vorher musst du mir aber noch diesen Gefallen tun. Dann lasse ich dich zum Bahnhof fahren. Okay?«

»Was ist das für ein Gefallen?«

»Ein Ortstermin.«

Der Journalist ersparte sich die Frage nach weiteren Erklärungen. Sie stiegen in den Streifenwagen, dann brach Mascaranti wie üblich jeden Rowdyrekord, um sie ans Ziel zu bringen. Sebastiani zuckte dabei nicht mit der Wimper.

Der Fischgestank war überwältigend. Radeschi drückte sich ein Taschentuch vors Gesicht, als ihn die Polizeibeamten in die Sushibar *Nippon* führten. Zwar lief die Klimaanlage auf Hochtouren und es war entsprechend kalt, doch reichte dies nicht, um der Verwesung einer ganzen Reihe Fischfilets entgegenzuwirken, die offen auf ordentlich nebeneinandergestellten Platten auf der Theke lagen.

»Willst du mich etwa vergiften?«

»Dass ich daran noch nicht gedacht habe!«

Radeschi strebte bereits Richtung Tür, als ihm etwas ins Auge fiel.

»Jetzt wird dir wohl klar, warum ich dich persönlich dabeihaben wollte?«, fragte Sebastiani zufrieden.

Hinter der Theke, recht gut versteckt zwischen ein paar Flaschen Sake, befand sich ein kleiner elektronischer Apparat. Angeschaltet, wie ein winziges blaues Blinklicht anzeigte.

»Hier müsste auch irgendwo noch ein Computer sein«, bemerkte Radeschi und sah sich danach um.

Der *Vicequestore* lächelte. Sein Freund fing an, sich für die Sache zu interessieren.

»Ja, direkt unter der Kasse, in die Theke eingebaut. Wir haben schon einen Blick darauf geworfen, aber es gibt ein Problem.«

Der Journalist entdeckte ein schwarzes Notebook der neuesten Generation von Dell. Auch hier blinkte ein blaues LED-Lämpchen, es war also angeschaltet. Radeschi versuchte, etwas in die Tastatur einzugeben, hielt aber sofort inne.

»Verstehst du jetzt?«, fragte Sebastiani und trat näher.

Radeschi antwortete nicht. Nach kurzer Verwirrung begann er von neuem, vorsichtig die Tasten zu drücken.

Die beiden Polizisten stellten sich hinter ihn.

»Was ist das?«, fragte Mascaranti. »Chinesisch?«

»Wenn überhaupt: japanisch«, entgegnete Radeschi. »Seht ihr, dieses Betriebssystem wird in allen Sprachen der Welt vertrieben. Glücklicherweise ist die Anordnung des Menüs immer mehr oder weniger gleich.«

»Was willst du jetzt machen?«, fragte Sebastiani.

»Seht ihr die blinkende LED-Anzeige? Das bedeutet, die beiden Geräte kommunizieren miteinander. Über eine kabellose Verbindung, *Bluetooth* nennt die sich.«

»Was genau ist das für ein Teil hinter der Theke?«

Radeschi lächelte. Auf dem Monitor war ein Bild von ihnen erschienen. Mascaranti sprang einen Schritt zurück.

»Eine Kamera. Unser japanischer Freund hat in diesem Lokal ein einfaches Videoüberwachungssystem eingerichtet.«

»Was zum Teufel gibt es denn hier, was so etwas rechtfertigt?«, fragte Sebastiani sich laut.

Auf der Suche nach etwas Wertvollem ließen alle drei Männer ihren Blick durch die Bar schweifen, fanden aber nichts, was die Ausgaben für eine derartige Anlage lohnte.

Radeschi versuchte sich erneut an einigen Eingaben und fluchte hin und wieder, weil die Optionen, die er anwählte, nicht die waren, die er erwartet hatte.

Nach gut zehn Minuten jedoch löste er mit zufriedener Miene den Blick vom Monitor.

Sebastiani ließ seine Toscanello hektisch von einem Mundwinkel zum anderen wandern und erwartete ungeduldig seinen Orakelspruch.

»Unser Daisuke ist eine harte Nuss. Das System ist gut durchdacht. Die Bilder von dieser Kamera wurden aus zwei Gründen an diesen Computer gesandt. Erstens, um alles auf Festplatte zu speichern, was hier in diesem Lokal stattfindet; und zweitens, um die Bilder direkt ins Internet zu übertragen, auf eine geschützte Website; so kann unser Freund das Restaurant auch überwachen, wenn er nicht da ist.«

»Wozu denn das? Hier gibt es doch nichts zu klauen …«, sagte Sebastiani noch einmal.

»Fast nichts«, bestätigte Radeschi. »Aber sieh mal hier. Das ist die Aufzeichnung des Abends, an dem der Japaner vermutlich verschwunden ist.«

Sebastiani beugte sich über den Bildschirm. Dort sah man

einen Mann, der sich an einem großen Gemälde des Fudschijama zu schaffen machte, das an der Wand gegenüber der Theke hing. Hinter dem Gemälde befand sich ein Safe.

»Das erklärt die Überwachungskamera«, bemerkte der *Ispettore*.

In der Aufzeichnung sah man, wie Daisuke den Safe öffnete, eine Handvoll Banknoten hineinlegte, die er aus der Tasche gezogen hatte, dann die Safetür wieder schloss und das Bild an seinen Platz rückte.

Mascaranti schickte sich an, den Fudschijama von der Wand zu nehmen.

»Der Safe ist unversehrt. Keinerlei Anzeichen eines gewaltsamen Öffnens«, bemerkte er.

»Man sollte ihn vielleicht öffnen, um nachzusehen, ob das Geld noch drin ist«, schlug Radeschi vor.

»Bist du Arsène Lupin?«

»Nein, bin ich nicht, mein lieber Zenigata. In der Aufzeichnung hat Daisuke sorgfältig darauf geachtet, dass die Safekombination vor der Kamera verborgen bleibt. Ich bin mir ziemlich sicher, dass hier nur ein Schweißbrenner helfen kann.«

Während Sebastiani über diese Möglichkeit nachzudenken schien, lenkte Radeschi die Aufmerksamkeit der beiden Polizisten erneut auf die Aufzeichnung.

»Seht mal hier. Das hier passiert wenige Minuten, nachdem er das Geld in den Safe gelegt hat. Irgendwas scheint seine Aufmerksamkeit erregt zu haben.«

Jetzt sah man, wie der Japaner zum hinteren Teil des Lokals ging.

»Ist da noch jemand?«, fragte Mascaranti.

»Ich glaube ja, seht mal.«

Nach kurzem Zögern war Nakatomi in den hinteren Teil gegangen, und jetzt sah man an den Schatten, dass dort noch jemand war.

»Was machen sie da?«, fragte Sebastiani ungeduldig.

»Das ist nicht ganz klar.«

»Prügeln die sich? Ist das ein Kampf?«

»Was denn, die sind doch ganz ruhig.«

Die Szene im Gegenlicht dauerte ein paar Minuten. Danach gingen alle Lichter in der Bar aus, und Daisuke kehrte nicht in ihr Sichtfeld zurück.

»Spul mal schnell vor, um zu sehen, ob er wiederkommt.«

Radeschi gehorchte, aber der Japaner ließ sich nicht mehr blicken. Sie spielten auch die Aufzeichnungen der darauffolgenden Tage ab: nichts.

»Also müssen die Piepen noch an Ort und Stelle sein, richtig?«, fragte Mascaranti.

»Sieht so aus«, räumte Sebastiani ein.

Radeschi hatte sich unterdessen vom Computer entfernt und die Tür erreicht. Calzolari hatte ihn über Handy angerufen.

»Wo bist du?«

»In Mailand.«

»Was? Weißt du denn nicht, was in deinem gottverfluchten Kuhkaff passiert ist?«

Der Chefredakteur wurde ausfällig, wenn er aufgebracht war.

Enrico spürte, wie ihm flau im Magen wurde.

»Was denn?«

»Man hat noch eine Hand gefunden! Einen Stummel! Wen schick ich jetzt dahin?«

»Fährst du sofort?«, fragte Sebastiani.

»Ja, ich kehre in die Bassa zurück, um mein eigenes Rätsel zu lösen. Sonst trifft Calzolari der Schlag. Ich nehme Buk mit.«

Den stellvertretenden Polizeipräsidenten wunderte das nicht. Er wusste, dass der Journalist den Hund mehr liebte als sich selbst. Aber das war nicht das Einzige.

»Was ist mit dem Ficus? Was machst du damit, wo Stella nicht mehr da ist?«

Jetzt war es an Radeschi zu lächeln. Er holte einen Schlüsselbund hervor und warf ihn dem *Vicequestore* zu.

»Den gebe ich in deine Obhut.«

»Vergiss es«, erwiderte Sebastiani und ließ seine unangezündete Toscanello hastig von einem Mundwinkel zum anderen wandern.

»Ich hab heute Morgen ein paar Flaschen Pampero Reserva gekauft. Damit wollte ich mich eigentlich dem seligen Vergessen anheimgeben; doch jetzt könnten sie mir vielleicht zur Bestechung eines Staatsanwalts dienen, was meinst du?«

Sebastiani lächelte und ließ den Schlüsselbund in seine Tasche gleiten.

»Gute Reise wünsche ich.«

20

In der Bar *Binda* blieben an diesem Abend nur zwei Stühle unbesetzt: Ecktisch, mit Rücken zur Piazza, in gerade richtiger Entfernung zur Theke – die Plätze, die normalerweise vom *Maresciallo* und vom *Brigadiere* eingenommen wurden.

Boskovic hatte es den ganzen Tag immer wieder gesagt:

»Heute Abend ist nichts mit Bar. Wenn wir uns dort zeigen, werden wir massakriert.«

Rizzitano, der das eigentlich anders sah, hatte daher darauf bestanden, dass sein Vorgesetzter bei ihm zu Hause zu Abend aß. Dazu hatte sich Boskovic, nach halbherzigem Protest, überreden lassen. Denn im Grunde hatte auch er keine Lust, sich allein zu Hause hinzusetzen und über den Fall zu grübeln. Etwas Ablenkung würde ihm guttun.

Dass er in die Falle gegangen war, merkte er erst, als sie bei Rizzitano zu Hause ankamen, einem roten Backsteinhaus außerhalb von Capo di Ponte Emilia bei Luzzara, das von Äckern umgeben und von Mückenschwärmen umsummt wurde.

Denn der Tisch war für vier gedeckt.

Boskovic warf dem *Brigadiere* einen bösen Blick zu, der allerdings so tat, als sei nichts. Er war nicht im Dienst. Der vierte Gast kam fünf Minuten später.

Valeria war eine schöne Frau in den Dreißigern. Braune Haare, die ihr offen über die Schultern fielen, dunkle, fast ori-

148

entalisch wirkende Augen. Sie trug ein leichtes Blümchen-
kleid, das ihre Knie bedeckte und ihr üppiges Dekolleté her-
vorhob.

Der *Brigadiere* stellte sie einander vor. Das Gespräch bei
Tisch wurde geschickt von Rizzitanos Ehefrau gelenkt, die, da
war sich Boskovic sicher, die Drahtzieherin des Ganzen war.

Nach den Antipasti, bestehend aus Salami, Schinken und
Griebenschmalz, kam man zum Eigentlichen: wer wir sind,
woher wir kommen und wohin wir wollen. Dabei stellte sich
heraus, dass Valeria in einem Handelsbüro in Guastalla arbeitete und seit ein paar Monaten Single war. Wieder trafen sich
die Blicke des *Maresciallo* und seines Untergebenen. Ersterer
versuchte Letzteren mit seinem Blick zu durchbohren. Doch
Letzterer war nicht im Dienst.

Bei den Cappelletti wurde dann offenbar, warum »ein so
schönes Mädchen« – Zitat von Rizzitanos Frau – noch allein
war. Ihr Exverlobter hatte den Kopf verloren und war mit
einem Mädchen durchgebrannt, das kurz vor dem Abitur
stand, aber immerhin schon volljährig war. Auf diese pein-
liche Eröffnung folgte eine Minute noch peinlicheren Schwei-
gens, während der *Maresciallo* angelegentlich die Gläser auf-
füllte.

Boskovic fühlte sich seltsam entspannt, fast sogar wohl. Er
hatte seine Uniform abgelegt und trug eine verblichene Jeans
und ein blaues Polohemd. Die Geschichte mit der Abiturientin
hatte er schon tausend Mal – unter Gelächter – vernommen,
während Rizzitano Kaffee machte. Hatte das etwa auch zum
Plan gehört?

Während er sich das noch fragte, erhoben sich plötzlich der
Brigadiere und seine Frau so gleichzeitig, dass sie gut und gerne
in der Nationalmannschaft der Synchronschwimmer Auf-

nahme gefunden hätten, und verschwanden unter einem Vorwand in der Küche.

Valeria lächelte, der *Maresciallo* ebenfalls. Die Maschinerie war angelaufen. Boskovic vergaß, wenn auch nur für kurze Zeit, alle Untersuchungen, abgehackten Hände, Spinelli und Mayer. Er schob alles beiseite, um einen kleinen Winkel seines Herzens für Valeria freizuräumen.

Um Mitternacht, nachdem man einem Fasan und einigen Flaschen Lambrusco alle Ehre erwiesen hatte, bot Boskovic ritterlich an, die junge Frau nach Hause zu begleiten.

Rizzitano und seine Frau stießen sich lächelnd mit dem Ellbogen an. Boskovics erneuter böser Blick hatte wieder keinerlei Effekt auf den *Brigadiere*. Zum dritten und letzten Mal an diesem Abend genoss *il Calabrès* den Umstand, dass er nicht im Dienst war.

Um Punkt acht Uhr am nächsten Morgen betrat Rizzitano mit vergnügtem Lächeln und dampfendem Kaffee das Büro.

»Wisch dir das Grinsen aus dem Gesicht. Wenn du mir noch mal ohne meine Zustimmung ein Blind Date verschaffst, lass ich dich Wache schieben. Und zwar ohne das Flaschenglas auf deiner Nase!«

Da sein Ton jedoch ebenfalls vergnügt war, blieb Rizzitanos Miene unverändert.

Um Boskovic die gute Laune zu verderben, genügte allerdings ein Blick auf die Zeitungen und die Nachricht, dass Nello Ruini am Vorabend, während sie selbst aufs Schönste gespeist hatten, von einem Ehrenplatz im *Binda* und unter nie versiegenden, von den Anwesenden gesponserten Prosecco-Strömen sein Bestes gegeben hatte, um sich über den Fund der zweiten Hand zu verbreiten und es dabei nicht an entstellenden Übertreibungen fehlen zu lassen. Daraufhin war die Dorfbevölkerung buchstäblich in Panik ausgebrochen.

Der *Maresciallo* schob die Zeitungen von sich.

»Gibt's was, das mich aufmuntern könnte?«, fragte er den *Brigadiere*.

»Vielleicht. Der Bericht der RIS ist gekommen«, antwortete der und reichte ihm eine gelbe Akte.

»Nichts Neues von den Krankenhäusern?«

Rizzitano schüttelte den Kopf.

»Wie gehabt: keine abgetrennte Hand.«

Der *Maresciallo* begann den Bericht durchzublättern. Er las ein paar Zeilen, dann hielt er plötzlich inne.

Die Schrift auf dem Umschlag war, wie Piccinini bereits erwähnt hatte, nicht dieselbe wie beim ersten Mal; außerdem war sie von einem Rechtshänder geschrieben worden. Wirklich seltsam jedoch war die fehlerhafte Schreibung des Namens, oder besser gesagt, die *andere* Schreibung.

Boskovic stöberte in den alten Zeitungen, die am Rand seines Schreibtischs aufgestapelt waren. Rizzitano sah ihm reglos zu.

Der *Maresciallo* musste erst ein bisschen fluchen, aber schließlich fand er, was er gesucht hatte: die Zeitung vom 16. Juli, dem Tag nach der Ankunft des ersten Briefs. Er fing an, die Seiten zu sichten.

»Was suchen Sie denn?«, fragte der *Brigadiere* schließlich.

»Das hier«, antwortete er und zeigte ihm den ersten aller erschienenen Artikel. »Hier wird der Name ›Rudolph Mayher‹ angegeben, mit ›y‹. Die Journalisten haben sich vertan, das kommt schon mal vor. Meine Frage ist nun: Hat der Mörder sich jetzt auch vertan?«

»Das stinkt doch, oder?«

»Allerdings, verdammt noch mal! Hier ist ein Mythomane

am Werk!«, polterte der *Maresciallo* los und warf die Zeitungs-
seiten vor ihm in die Luft.

»Ein Mythomane?«

»Ja, Rizzitano, einer, der herumspaziert und die Verbrechen
anderer nachmacht.«

Der *Brigadiere* verstand zwar gar nichts, bat aber nicht um
Aufklärung. Es würde sicher noch mehr kommen.

Die aufgefundene Hand gehörte zu einem anderen und war
auch nicht eingefroren gewesen. Die Kriminaltechnik hatte
erklärt, es müsse sich um die Hand eines etwa fünfundzwanzigjährigen Mannes handeln, der seit mindestens einem Monat tot war.

Das Telefon klingelte: Piccinini.

»Seine Anrufe kommen mir etwas zu oft«, murmelte der
Maresciallo, während er das Telefon nahm, das Rizzitano ihm
hinhielt.

»Mir ist was eingefallen«, verkündete Piccinini. »Haben Sie
abgerichtete Hunde in Ihrer Kaserne?«

»Sie scherzen wohl! Ich hab doch Rizzitano, der ist wie ein
wildes Tier.«

»Lassen Sie das«, unterbrach ihn der andere schroff.

»Nein, ich habe keine«, antwortete der *Maresciallo* knapp.

»Also bringe ich meine mit. Das braucht zwar mehr Zeit,
ist aber vielleicht noch besser. Können Sie mir zwei Männer
zur Verfügung stellen, sagen wir in drei Stunden?«

»Selbstverständlich.«

»Sie sollen Gummistiefel anziehen.«

Er legte wieder auf.

»Was zum Teufel hat er sich jetzt ausgedacht?«, fragte sich
Boskovic mit lauter Stimme.

Zwei Stunden und fünf Minuten später erschien der *Sottotenente* der RIS mit Jägerkluft und zwei Deutschen Schäferhunden im Schlepptau.

Boskovic sah ihn verwirrt an; Rizzitano kicherte.

»Die sind in Uniform?«, fragte Piccinini und musterte Patierno und Tufani, die für diesen Auftrag abgestellt worden waren.

Jetzt begriff Boskovic gar nichts mehr.

»Ja was?«

»Wir müssen im Wald *auf die Jagd.* Sie sollen einen Overall anziehen und zwei Schaufeln mitnehmen.«

Jetzt ging dem *Maresciallo* ein Licht auf.

»Ich komme auch mit.«

»Wie Sie wollen, aber Beeilung«, erwiderte Piccinini knapp.

Zwanzig Minuten später stapften sie schon zwischen den Bäumen der *Golena* herum: Piccinini und Boskovic vorweg in Wildererkluft; die beiden *Carabinieri* mit Overall, Anglerstiefeln und geschulterten Schaufeln hinterdrein. Die Hunde schnüffelten mit der Nase am Boden durch das Unterholz.

Eine Zeitlang sagte der *Maresciallo* nichts, weil er nachdachte. Es war klar, dass sie etwas suchten, wahrscheinlich die Leichen zu den Händen. Aber warum ausgerechnet hier?

»Warum suchen wir ausgerechnet hier?«, fragte er schließlich.

»Wegen der Maden«, antwortete Piccinini lakonisch.

»Der Maden?«

»Ja.«

»Ja was?«

Piccinini konnte diesen Ausdruck, den der *Maresciallo* ständig von sich gab, schon nicht mehr hören.

»Insektenmaden«, erklärte er, »sind eine Fundgrube für Informationen. Von den Maden, die man in einer Leiche, in unserem Fall in der Hand, findet, kann man Rückschlüsse ziehen, wann ungefähr der Tod eintrat und in welcher Umgebung sich der Tote zum Zeitpunkt des Mordes befand. Die Maden in der zweiten, nicht eingefrorenen Hand zeigen deutlich, dass die Leiche sich in einem dieser Wälder befinden muss. Die Maden gehören zu einer Schabenart, die für diese *Golene* typisch sind. Außerdem«, schloss Piccinini, »haben wir Pollen von Pappeln gefunden, die hier, wie Sie wissen, weit verbreitet sind.«

Die vier Polizeibeamten streiften stundenlang durch die Auwälder des Po, ohne das Geringste zu finden. Das war keine Überraschung: Piccinini war von einer langen Suche ausgegangen. Bei der Rückkehr in die Kaserne wurde entschieden, die Suche auch an den folgenden Tagen fortzusetzen.

Das Gebiet war einfach zu groß, um an einem einzigen Tag bewältigt zu werden: Es war die gesamte *Golena*, die dem großen Fluss von Guastalla bis nach San Benedetto Po folgte.

»Wir werden sie finden«, verkündete Piccinini, als er in seinen Wagen stieg. »Wir werden diese verstümmelte Leiche finden.«

21

Boskovic schlief wenig und schlecht. Erst bei Tagesanbruch gelang es ihm einzunicken, um wenige Stunden später vom Klingeln an der Tür wieder aufzuschrecken. Er warf einen Blick auf den Wecker: halb acht. Was war mit William los? Hatte man ihm endlich den Garaus gemacht?

Er stieg aus dem Bett und ging zur Tür. So, wie er war, in Unterhose.

Patierno schlug die Hacken zusammen und war äußerst peinlich berührt, vor einem Mann in Boxershorts zu salutieren.

»Wieder einer umgebracht?«, fragte der *Maresciallo*.

Der *Carabiniere* riss die Augen auf.

»Woher wissen Sie, dass jemand umgebracht wurde?«

»Weil du, wenn du mich wegen irgendeiner unwichtigen Kleinigkeit geweckt hast, mit Radar auf der Landstraße landest, und zwar um ein Uhr mittags.«

Patierno schluckte. »Wie auch immer, ich wollte Ihnen tatsächlich melden, dass es einen Mord gegeben hat.«

»Ich komme sofort.«

Boskovic machte auf dem Absatz kehrt und fluchte leise.

Das Opfer war wieder ein alter Mann: dünn wie ein Strich mit einem überraschend dichten, weißen Haarschopf. Er hieß Annibale Reggiani und hatte einen Schuss ins Genick bekommen. Einen einzigen: eine Exekution wie bei Spinelli.

Der *Maresciallo* blickte von der Leiche auf. Außer den *Carabinieri* waren noch Mitarbeiter der RIS da und drängelten sich in der winzigen Küche des Opfers, dem Schauplatz des Mordes.

Der Boden war blutgetränkt; der Rest war makellos sauber und ordentlich.

»Es fand kein Kampf zwischen Opfer und Angreifer statt«, begann Boskovic. »Wahrscheinlich ist der Mörder unbemerkt durch die Hintertür eingedrungen; das Schloss wurde aufgebrochen. Er ist hinter ihn getreten, hat ihm die Pistole ans Genick gehalten und abgedrückt. Peng.« Er stellte die Szene nach.

Nach einer kurzen Pause fragte er: »Wer hat ihn gefunden?«

»Sein Sohn«, erklärte Rizzitano. »Er war ein paar Tage am Meer und ist gestern spätabends zurückgekehrt. Heute Morgen wollte er vor der Arbeit kurz hier vorbeischauen, weil sein Vater nicht ans Telefon ging. Er hatte einen Schlüssel. Als er hereinkam, fand er alles so vor.«

»Wo ist er jetzt?«

»Da drüben, aber er ist vollkommen durcheinander. Besser, man lässt ihn noch eine Weile in Ruhe.«

Boskovic nickte.

Währenddessen waren die anderen mit der Spurensicherung beschäftigt.

Plötzlich stieß ein Mann mit weißem Kittel und Gummihandschuhen einen Schrei aus.

»Seht mal hier!«

Als Rizzitano einen Blick riskierte, wären ihm fast Cappuccino und Hörnchen wieder hochgekommen, die er vor Dienstantritt in aller Eile in der Bar *Binda* zu sich genommen hatte.

Boskovic gesellte sich zu ihm und sah in den offenen Kühlschrank. Dort lag, in Ölpapier gewickelt, eine abgetrennte Hand.

Piccinini ging die Leiche inspizieren. Mit behandschuhten Fingern griff er in eine Hosentasche und zog etwas heraus. Einen Umschlag. Wunder über Wunder.

Der *Maresciallo* spürte, wie ihm kalter Schweiß den Rücken hinunterrann.

»Alles auf Anfang«, bemerkte er.

Es war wieder mal ein ganz normaler weißer Umschlag, wie man sie in jedem Schreibwarenladen bekam. Darauf stand in Schreibschrift die Adresse; der Adressat war ein gewisser Mayer.

»In der richtigen Schreibweise«, kommentierte der *Maresciallo*. Piccinini nickte.

Jede weitere Bemerkung war unnötig: Der Linkshänder, der die Adresse auf den ersten Umschlag geschrieben hatte, war auch Absender dieses Briefs. Das hatten beide erkannt.

»Er ist nicht frankiert«, sagte Piccinini.

»Was bedeutet das?«, fragte Rizzitano.

»Dass er nicht vom Briefträger zugestellt wurde: Das muss der Mörder selbst erledigt haben.«

Alle wandten sich an den *Maresciallo*. Der sprach laut aus, was er dachte.

»Wahrscheinlich ist was mit der Zustellung schiefgegangen. Wann geschah der Mord?«

»Ich würde sagen, vor ein paar Tagen«, antwortete Piccinini.

»Das bringt uns zum Dienstag, dem Tag, an dem Ruini die andere Hand fand. Das passt.«

»Ich sehe den Zusammenhang nicht.«

»Der Zusammenhang ist folgender: Als Ruini die zweite

Hand fand, verlor er den Kopf und warf den Postsack weg. Die restliche Post ist nie zugestellt worden.«

»Aber die Hand war doch im Briefkasten.«

»Genau. Der Mörder konnte sie nicht mehr herausholen, also hat er einen neuen Brief geschrieben und persönlich zugestellt.«

»Warum ist er dieses Risiko eingegangen? Reggiani hätte in jedem Fall die Hand gefunden, wenn er nach der Post gesehen hätte.«

»Stimmt, aber der Mörder legte Wert darauf, sich zu erkennen zu geben. Er wollte sein Opfer in Angst und Schrecken versetzen und ihn wissen lassen, dass und aus welchem Grund er ihm die Hand schicken würde. Und der Grund war Rudolph Mayer.«

Piccinini steckte das Beweisstück sorgfältig in eine Plastiktüte. Wie üblich würde er nach Fingerabdrücken suchen, jedoch ohne allzu große Hoffnungen. Auf dem aufgebrochenen Türschloss waren keinerlei Abdrücke gefunden worden. Genauso wenig wie auf dem Briefkasten, der ebenfalls mit Gewalt geöffnet worden war.

»Der Mörder trug Handschuhe«, verkündete der Kriminaltechniker.

Nach diesem Spruch löste sich die kleine Versammlung auf.

Eine Stunde später rief Patierno aufgeregt in der Kaserne an. Boskovic hatte ihn mit einem Auftrag losgeschickt. »Geh zur Post, und lass dir alle Postsendungen geben, die Ruini nicht zugestellt hat. Ich wette, dass darunter auch ein Brief ist, der an unseren geschätzten Rudolph Mayer adressiert ist«, hatten seine Anweisungen gelautet.

»*Maresciallo*, es ist genau, wie Sie dachten«, bestätigte der Polizist. »Ich habe hier einen an Mayer adressierten Brief.«

»Ist er frankiert?«

»Ja, für Eilpost. Aufgegeben Montag in Mantua. Was soll ich damit machen?«

»Tüte ihn ein, und schick ihn zur Kriminaltechnik.«

Boskovic beendete das Gespräch und sah Rizzitano an, der vor ihm saß. »Man hat den Brief gefunden«, erklärte er. »Im Sack mit der liegen gebliebenen Post.«

Rizzitano nickte. »Ich verstehe nicht, warum Reggiani nicht direkt nach dem Fund der Hand zu uns gerannt kam, sondern sie in den Kühlschrank gelegt hat. Jetzt konnte er sich doch denken, dass es eine Warnung war.«

Boskovic antwortete nicht.

Er zündete sich eine MS an und hüllte sich in finsteres Schweigen.

Die Steine der Piazza glühten in der Hitze. Wenn man den Blick zur Kirche wandte, sah man Hitzeschwaden zum Himmel aufsteigen wie bei Fernsehübertragungen von Formel-1-Rennen. Das Thermometer zeigte 34 Grad, und kein Lüftchen ging. Dennoch konnte das die Zeitungsreporter nicht abschrecken, die bereits seit dem frühen Nachmittag Ruhe und Ordnung in dem kleinen Dorf der Bassa störten. Scharen von Liefer- und Personenwagen strömten unablässig aus Mailand und Bologna herbei und verstopften den kleinen Parkplatz neben der Immacolata-Kirche.

Schwärme lärmender Journalisten und Kameramänner wimmelten ohne erkennbare Ordnung auf der Piazza umher. Ihre Order: Interviewen, recherchieren, den Mörder aufspüren. Und das möglichst live.

Jedem Ladeninhaber auf der Piazza wurde ein Mikrofon unter die Nase gehalten, und da man in der Bassa ganz gewiss nicht um Worte verlegen ist, hielt sich auch keiner zurück. Alle hatten ihre eigene Meinung, ihre eigenen Verdächtigen. Schuld waren die Zigeuner, die Albaner oder, noch besser, die illegalen Straßenverkäufer, die in der Ruine hausten ...

Auch die Berichterstatter des Reality-TV waren unterwegs, die ausschließlich live übertrugen. Stunden um Stunden viel Lärm um nichts, bestehend aus dem Geschwätz der Stammgäste in der Bar *Binda* und den Eindrücken der Passanten. Um diese Sendungen zu füllen, bemühte man sich, eine Kamera ständig auf das Haus des zweiten Opfers zu halten, nur für den Fall, dass der Mörder beschloss, noch mal zurückzukommen und einen Blick darauf zu werfen. Natürlich lag dem die Überzeugung zugrunde, dass der Täter immer an den Tatort zurückkommt – wer weiß: vielleicht konnte man ihn sogar zu einem Interview überreden!

In der Bar *Binda* herrschte, wie stets in den letzten Tagen, unglaubliches Chaos. Alle, die es nach Capo di Ponte Emilia verschlagen hatte, pendelten zwischen dem Haus des Opfers und der Bar hin und her, um sich etwas Kaltes zu trinken oder ein Brötchen zu holen. Mario, der Besitzer der Bar, konnte sich nicht erinnern, jemals so gute Umsätze gemacht zu haben.

Als die Dämmerung hereinbrach und das Dorf mehr den Studios der Cinecittà ähnelte als der Heimat des Grana Padano, bekam Boskovic die ersten Untersuchungsergebnisse.

»Ich habe die Analysen der Hand«, verkündete Piccinini übers Telefon. »Wollen Sie mal raten?«

»Sie war eingefroren.«

»Genau, und das ist noch nicht alles: Sie ist das linke Pendant von der ersten Hand.« Dramatische Pause. Piccinini, der Regisseur, passend zu dem, was im Ort vor sich ging.

Als der *Maresciallo* daraufhin nichts antwortete, sagte er ermunternd: »Aber das scheint mir doch eine gute Nachricht zu sein, oder nicht? Der Radius unserer Untersuchungen wird kleiner: Jetzt müssen wir eine Leiche finden, die fünfzig Jahre eingefroren war und keine Hände hat. Die andere, die nur eine Hand verloren hat, werden die Hunde aufspüren.«

»Ich muss einen Serienkiller finden«, knurrte Boskovic und knallte den Hörer auf die Gabel.

Sofort darauf schrillte das Telefon erneut.

»Ich war noch nicht fertig«, sagte Piccinini tadelnd.

Boskovic murmelte eine Entschuldigung.

»Die Pistole, mit der Reggiani getötet wurde, ist dieselbe, die bei Spinelli benutzt wurde, auch wenn man sich das vielleicht schon denken konnte. Ich habe außerdem noch eine Nachricht: In unserer Datenbank finden sich keine entsprechenden Fingerabdrücke. Also bleibt es ein Rätsel, zu wem die Handstummel gehören.«

»Sonst noch was?«

»Ich würde ja gerne ›nein‹ sagen. Doch leider habe ich die Untersuchungsergebnisse zu dem Brief, der in der Tasche des Toten war, und zu dem, der im Postsack lag: keine Fingerabdrücke.«

Jetzt konnte er auflegen, gute Nachrichten hatte er für diesen Tag genug.

22

Die junge Frau begann zu seufzen. Dann stöhnte sie leise. Sebastiani knabberte an ihrem Nabelpiercing. Sie wand sich, während sein Mund ihren Bauch erkundete.

An diesem Abend lief alles wirklich genau so, wie der *Vicequestore* erhofft hatte. Das Mädchen hieß Marina, war dreiundzwanzig Jahre und seine derzeitige Begleiterin. So bezeichnete er seine Abenteuer, seit seine Frau ihn verlassen hatte. Madame hatte sich von ihm getrennt und mit einem Mathematikprofessor eingelassen, weil der, wie sie sagte, ihr mehr Sicherheit gab.

Marina arbeitete als Verkäuferin in einem Schuhgeschäft auf dem Corso Venezia. Sie war sehr groß, hatte einen wilden Wust brauner Haare, der ihr auf die Schultern fiel, war immer wie ein Model gekleidet, und ihre Nägel und ihr Make-up waren stets perfekt, obwohl sie acht Stunden täglich damit verbrachte, die Füße ihrer Kunden zu riechen. Für den *Vicequestore* waren die Verkäuferinnen im Zentrum die liebste Beute. Schön, willig und vernarrt in die Dinge, die auch ihm gefielen: schöne Kleider, schöne Restaurants, guter Sex ohne große Komplikationen am Morgen danach.

Für ihr Diner hatte Sebastiani ein Restaurant in der Via Molino delle Armi gewählt, das sich auf Fisch spezialisiert hatte. Er hatte sich einen ruhigen Tisch und eine Flasche

Puilly Fumé, Jahrgang 2002 von der Kellerei Dagueneau reservieren lassen. Das war ein Weißwein mit komplexem Bouquet, das an exotische Zitrusfrüchte erinnerte.

Auch beim Wasser hatte er sich für Frankreich entschieden: Chateldon mit natürlicher Kohlensäure.

Das Essen war erlesen gewesen: Austern aus der Normandie, Meeresfrüchte, Langusten, und zum Abschluss Erdbeeren und Schlagsahne und Champagner.

Es war ihre zweite Verabredung. Bei der ersten hatte es, wie es der Etikette entsprach, nur einen Aperitif und einen flüchtigen Kuss gegeben. Um diesen Abend zu einem erfolgreichen Abschluss zu bringen, hatte Sebastiani alles aufgeboten: dunkler Anzug von Armani, der gut zu seinen graumelierten Haaren passte, Zigarre im Mundwinkel und glühender Blick. Die Gesprächsthemen geschickt gewählt und geprüft: seine Tauchgänge nach versunkenen Relikten im Roten Meer und seine Weintrips, der letzte im großartigen Südafrika. Gefolgt vom üblichen Repertoire an Komplimenten und Versprechungen, die er nie würde einhalten müssen.

Eine Banalität nach der anderen hatte sie schließlich hierher gebracht, ins Bett.

Das Mädchen hatte kleine, feste Brüste, lange, weiße Beine und einen wirklich winzigen schwarzen Spitzenschlüpfer. Als er ihn abstreifte, hatte Sebastiani plötzlich so etwas wie einen Flashback. Selbst hier ließ seine Arbeit ihn nicht in Ruhe. Das Unangenehme am Polizistendasein, das merkte man bei solchen Gelegenheiten, war, dass man nachts nicht vergaß, was man am Tage erlebt hatte. Nun erschien vor seinem inneren Auge das Bild der toten jungen Frau in der Grube. Sie war genauso enthaart gewesen wie die vor ihm. Selbst ihr Alter stimmte überein.

Es hätte auch Marina sein können.

Das Monster verfolgte ihn.

Sein Feuer erlosch. Als er innehielt, hörte sie auf zu stöhnen.

»Was ist? Gefalle ich dir nicht?«

Er brachte kein Wort heraus. Noch immer stand das Bild der Toten vor ihm.

Aber Marina war kein Mädchen, das sich so schnell entmutigen ließ. Wenn ein Kunde sich nicht entschließen konnte, musste man eben ein bisschen nachhelfen. Das kannte sie schon.

Ihr Haarschopf neigte sich sanft über seinen Unterleib.

Langsam löste sich das Bild der Toten in Sebastianis Kopf auf. Wie die letzte Einstellung eines Films, die langsam unscharf wird.

Oder so ähnlich.

23

Der Hahn war spät dran: einundzwanzig Minuten nach sieben. Boskovic duschte sich in aller Eile, zog sich an und warf einen Blick auf die Straße. Sein Dienstwagen wartete bereits. Rizzitano trommelte ungeduldig mit den Fingern auf das Lenkrad, denn *Capitano* Foschi erwartete sie um acht in seinem Büro in der Kompanie der *Carabinieri* von Gonzaga.

»Ich trink kurz einen Kaffee, dann komme ich runter«, rief Boskovic ihm zu.

Rizzitano nickte und stellte sich vor, wie sein Vorgesetzter einen großen Schuss Montenegro dazu gab.

Der *Brigadiere* war überzeugt, dass Boskovic seinen Amaro trank, weil er ihn an Bologna erinnerte, wohin er nur noch selten fuhr, und dann, um seine alten Eltern zu besuchen. Sein slawischer Nachname mochte einen zuerst in die Irre führen, aber sobald man nur ein paar Worte mit ihm gewechselt hatte, erkannte man an seinem verwischten ›Z‹, dass er unter den zwei Türmen geboren und aufgewachsen war.

Eine Minute später saß Boskovic im Wagen.

»Hast du irgendwo Gatsby gesehen?«

»Nein.«

Der *Maresciallo* nickte. »Gibt es Neuigkeiten?«

Der *Brigadiere* schenkte ihm ein resigniertes Lächeln und wies zu dem Labrador, der an der Tür seines Nachbarn lag.

»Radeschi ist wieder da. Und nicht allein: Das ist sein Hund.«

Boskovic runzelte die Stirn.

»Sonst noch was?«

»Ja. Herzlichen Glückwunsch zum Geburtstag, *Marescià*!«
Dann fuhr er mit quietschenden Reifen los.

Das Treffen mit dem Kommandanten ihrer Kompanie war nicht gerade ergiebig. *Capitano* Foschi zeigte sich ernstlich besorgt über das Vorgefallene, mahnte jedoch angesichts des Fehlschlags mit dem Albaner und des großen öffentlichen Interesses zur Vorsicht bei dem weiteren Vorgehen, um weitere Irrtümer zu vermeiden. Danach hörte er sich aufmerksam an, was Boskovic über den Stand der Untersuchungen zu berichten hatte.

Das Ganze ließ sich auf wenige Fakten reduzieren: drei Handstümpfe, zwei Mordopfer und keine konkrete Spur.

Nach nicht mal zwanzig Minuten entließ der Offizier seinen Untergebenen mit der üblichen Aufforderung, ihn auf dem Laufenden zu halten. Er selbst würde sich bei *Colonello* Raimondi darum kümmern.

Kaum war Boskovic wieder in seinem Büro, klingelte das Telefon. Aber diesmal war es nicht Piccinini.

»Papà?«

Es war die Stimme seiner Tochter. Wie lange hatte er sie schon nicht mehr gesehen? Vier Monate? Fünf?

»Herzlichen Glückwunsch zum Geburtstag, Papà.«

»Anna, mein Schatz. Wie geht es dir?«

Während sein Mädchen sprach, dachte er an ihr letztes Treffen zurück. Es hatte Anfang März in der Romagna stattgefunden, und zwar in der großen Villa, wo sie mit ihrer Mut-

166

ter und Dem Anwalt wohnte. So nannte er seinen Nachfolger – *Der Anwalt* –, da er es nicht über sich bringen konnte, seinen Namen auszusprechen. Er arbeitete am Gericht von Bologna, hatte aber auch in Riccione eine Kanzlei für zahlungskräftige Klienten. Boskovics Exfrau Serena hingegen arbeitete nur Teilzeit, mehr zum Zeitvertreib als zum Gelderwerb, in einer Boutique in der Viale Ceccarini.

Boskovic und Serena waren sich vor über zehn Jahren in den Fluren des altphilologischen Gymnasiums Galvani in Bologna begegnet. Es war Liebe auf den ersten Blick gewesen: die erste große Liebe mit Träumen und Versprechungen, mit Zelturlauben und unscharfen Fotos, mit filmreifen leidenschaftlichen Küssen im Regen. Kurz nach ihrem achtzehnten Geburtstag wurde sie schwanger. Er war damals bereits zwanzig. Sie hatten im Juli geheiratet, nachdem Serena hochschwanger ihr Abitur gemeistert hatte. Boskovic hatte die Militärakademie in Modena verlassen und sich in der Offiziersschule eingeschrieben. Im September war Anna geboren worden, und ein Jahr später wurde er *Maresciallo*, ohne dies groß zur Kenntnis zu nehmen. Denn Serena hatte ihm nicht gratuliert, sondern noch am Tag der Ernennung die Scheidung von ihm verlangt. Allerdings erst nach der Zeremonie, um ihn nicht zu verwirren, wie sie sagte.

Das Schlimmste an der Sache war, dass Serena sich in den Anwalt verliebt hatte, der ihre Scheidung regeln sollte. Ein toller Mann mit tollem Haus am Meer, hoher gesellschaftlicher Stellung, einem Haufen Geld, zweiundzwanzig Jahre älter als sie und bereit, die kleine Anna bei sich aufzunehmen.

So spielt das Leben.

Boskovic plauderte ein paar Minuten mit dem Mädchen, dann hörte er eine andere Stimme am Apparat.

»Ciao Giorgio.«

»Ciao Serena, geht's dir gut?«

»Ja, und dir?«

»So lala.«

»Kann ich mir vorstellen. Ich hab die Geschichte in der Zeitung gelesen. Überall spricht man davon: im Laden, am Strand, in den Kneipen. Und bei euch?«

»Auch.«

Das Gespräch dauerte nicht lang. »Wenn ich das alles hinter mir habe, möchte ich euch besuchen«, sagte er.

»Gern. Wann immer du willst.«

Danach trat peinliches Schweigen ein. Er versprach ständig, sie zu besuchen, hielt es aber fast nie ein.

»Ciao Giorgio. Und alles Gute zum Geburtstag.«

Dann saß Boskovic mit dem Hörer in der Hand reglos da und dachte an Anna. Jedes Mal, wenn er sie sah, kam sie ihm größer und anmutiger vor. Ganz die Mutter. Stupsnäschen, glatte, pechschwarze Haare.

Der *Maresciallo* wurde jäh aus seinen Gedanken gerissen, als Rizzitano und die anderen Männer der Kaserne buchstäblich in sein Büro einfielen. Patierno trug eine Torte mit dreißig brennenden Kerzen.

Sie fingen an zu singen: »Zum Geburtstag viel Glück …«

Eine ziemlich sentimentale Vorstellung für *Carabinieri*, aber Boskovic tat sie gut. Die Geschenke waren die gleichen wie zu Weihnachten: eine Flasche Montenegro und eine Stange MS.

Brigadiere Gennaro Rizzitano war das wandelnde Archiv der Kaserne von Capo di Ponte Emilia. Er kannte Leben, Werk und Tod aller Einwohner des Dorfs. Er wusste auswendig, wo sie wohnten, wo und für wen sie arbeiteten und ob sie eine Leiche im Keller hatten. Er konnte sogar die verschlungenen Verwandtschaftsbeziehungen zwischen den kinderreichsten Familien beschreiben. Kurz gesagt war er ein wandelndes Lexikon. Doch unglücklicherweise versiegten die Kenntnisse des informationssprühenden *Brigadiere* über Spinellis und Reggianis Leben vor 1945.

»Sie sind erst nach dem Krieg hierhergekommen«, erklärte er. »Vorher hat man weder sie noch Gorreri je hier gesehen.«

»Gorreri?«

»Noch ein alter Partisan. Der hat zusammen mit Reggiani dafür gesorgt, dass Spinelli ins Altersheim kam.«

»Ist er tot?«

»Aber nein, gesund und munter, und jetzt ist er in kühleren Gefilden in den Dolomiten, wo er eine Almhütte hat, während wir hier schwitzen.«

Der *Maresciallo* wedelte ungeduldig mit der Hand.

»Zurück zu Spinelli und Reggiani.«

»Da gibt's nicht viel zu sagen, *Marescià;* ich weiß mehr oder weniger nur, was in ihrer Personalakte steht. Sie sind nach dem Krieg hier im Dorf aufgetaucht. Sie hatten sich nach dem 8. September fast zwei Jahre lang im Apennin versteckt. Im Polizeiregister steht nichts: kein Bußgeld, keine Ordnungsverstöße, gar nichts. Zwei unbescholtene ältere Bürger.«

»Ach«, sagte der *Maresciallo.* »Und deshalb sind sie umgebracht worden?«

Darauf antwortete Rizzitano nichts.

»Weiß man denn, woher genau sie stammen?«

»Mehr oder weniger«, antwortete der *Brigadiere.* »Sie sagten, sie kämen aus dem Veneto.«

»Das ist schon klar, aber was steht denn in den Dokumenten?«

»In welchen Dokumenten, *Marescià*?«

»Herrgott, Rizzitano, manchmal kommen mir wirklich Zweifel bei dir. Und dann beschweren wir uns, dass Witze über uns gerissen werden ... Welche Dokumente? Die Geburtsurkunde, Abstammungsurkunde der Eltern, so was in der Art.«

»Darüber gibt es nichts, *Marescià*.«

»Nichts?«

»Gar nichts. Offenbar sind die beiden am 25. April 1945 zur Welt gekommen. Alles, was wir über sie wissen, stammt erst aus der Zeit nach diesem Datum. Das einzige Dokument, ihr Pass nämlich, wurde von unserer Gemeinde ausgestellt. Sie stammen beide aus Cismon del Grappa, einem kleinen Dorf in der Provinz Vicenza.«

»Kommt Gorreri auch daher?«

»Das hab ich noch nicht nachgeprüft, aber es ist ziemlich wahrscheinlich. Die drei sind zusammen hier aufgetaucht.«

»Gibt es eine Möglichkeit, mit ihm in Verbindung zu treten?«

»Ich versuche es, aber machen Sie sich nicht allzu große Hoffnungen. Auf seiner Almhütte gibt es nicht mal Strom, geschweige denn Telefon.«

Boskovic schwieg eine Weile.

»Es muss etwas im Krieg passiert sein«, sagte er schließlich.

»Und jetzt kommt es ans Licht.«

»Genau, wir müssen herauskriegen, was da war.«

»Ist gut, *Marescià*, aber wie sollen wir das machen? Wir können doch kaum in der Vergangenheit herumschnüffeln.«

»Aber ja doch, das können wir!«, entgegnete sein Vorgesetzter.

Mehr bekam der *Brigadiere* an diesem Nachmittag nicht

mehr von Boskovic zu hören. Beim Verlassen seines Büros sah er noch, wie er das Telefon nahm und eine Nummer wählte. Die Suche nach der verlorenen Zeit hatte begonnen.

Eine Stunde später erschien der *Brigadiere* mit einer dampfenden Kaffeetasse auf der Schwelle des Büros. Die Suche nach der verlorenen Zeit war zugunsten der Gegenwart verschoben worden. Auf dem Schreibtisch stapelten sich die Tageszeitungen.

»Dieser Druck nutzt niemandem«, bemerkte der *Maresciallo* und schob auch die Zeitungen beiseite. Es gab eine Pressekampagne in ganz großem Stil. Die Medien unternahmen alles nur Mögliche, um die Ermittler zu einer offiziellen Erklärung zu drängen. Mutmaßungen und Interviews mit angeblichen Augenzeugen erschienen auf allen Titelseiten. Sensationslust war ausgebrochen. Die Öffentlichkeit war begierig, die neuesten Entwicklungen zu erfahren. Aber aus der Kaserne der *Carabinieri* drang nicht das Geringste. Darüber hinaus wurden auch die Untersuchungsmethoden angeprangert.

Journalisten, Neugierige und Verrückte, die sich der Taten bezichtigten, legten die Telefonzentrale lahm. *Carabiniere* Patierno musste nicht nur Wichtiges von Unwichtigem unterscheiden, sondern Stunde um Stunde damit verbringen, allen zu erklären, dass *Maresciallo* Boskovic nicht zu sprechen war. Ein anderer *Carabiniere* legte eine Liste derjenigen an, die sich selbst anzeigten, und lud sie vor. Rizzitano befragte sie, doch das Einzige, was aus diesen Gesprächen resultierte, waren drei Zwangseinweisungen in die Psychiatrie. An diesem Morgen hatten sich schon sieben Verrückte und mehrere Dutzend Journalisten gemeldet. Und es herrschte bereits eine Gluthitze. Der *Maresciallo* warf die Zeitungen auf einen Haufen und brach sein zweites Päckchen MS an. Angesichts des Stapels Berichte, die Rizzitano ihm auf den Schreibtisch gelegt hatte, würde dieser Tag verdammt lang werden.

Es gab bereits ein ganzes Aktenbündel über den sogenannten »Serienkiller der Bassa«. Die aufgetaute Hand, der Mord an Spinelli, die zweite Hand und die Schriftstücke über den Mord an Annibale Reggiani, die dritte Hand und die Protokolle über die Befragungen der Selbstbezichtiger.

Boskovic richtete sich den Ventilator auf den Rücken und fing an, die Akte zum ersten Mord zu studieren.

Es gab Berichte der RIS, Niederschriften von den Zeugenbefragungen, in der ersten Person, wenn sie von ihm, in der dritten Person, wenn sie von Rizzitano verfasst worden waren. Der *Brigadiere* hatte einen ganzen Tag damit verbracht, sich die Versionen aller anderen Heimbewohner anzuhören, aber ohne großen Erfolg: Niemand hatte einen Unbekannten im Umkreis des Heims gesehen.

Zu guter Letzt kamen noch der Befund des Pathologen und das ballistische Gutachten.

Er öffnete die schwarze Mappe, die ihm Piccinini hatte zukommen lassen, und sah zuerst eine Reihe Fotos vom Opfer. Etwa zehn Aufnahmen hielten den Tatort fest, drei zeigten den Toten, nachdem man ihn auf den Rücken gedreht hatte. Das Mal auf der Stirn hatte wirklich große Ähnlichkeit mit dem von Gorbatschow. Boskovic zündete sich die dritte Zigarette des Päckchens an und begann, den Bericht zu lesen. Unter den persönlichen Sachen des Opfers hatte man nichts Interessantes gefunden. Es gab nur ein paar Bücher und Zeitschriften, Kleider und Schuhe. Insgesamt wenig.

Er widmete sich dem ballistischen Gutachten. Der Schuss war aus nächster Nähe, höchstens einem Meter Entfernung, von einer mit Schalldämpfer versehenen Pistole abgegeben worden. Wahrscheinlich einer Beretta. Das Kaliber war weit verbreitet: 7,65.

»Warum macht man sich so viel Mühe, einen alten Mann umzubringen, der schon allein wegen der vielen Beruhigungsmittel spätestens in einem halben Jahr abgetreten wäre?«, fragte er sich mit lauter Stimme.

Rizzitano hörte das und bezwang sich. Er klopfte an, bevor er eintrat – und das war so ungewöhnlich, dass der *Maresciallo* fast beunruhigt war.

»Radeschi ist an der Pforte. Soll er reinkommen?«

»Was will er?«

»Hat er mir nicht gesagt.«

»Dann nicht jetzt. Sag ihm, ich sei beschäftigt.«

Boskovic zündete sich eine weitere Zigarette an und machte sich an die Arbeit. Er hatte die Akte über Reggiani, das zweite Opfer, vor sich. Er studierte die Auflistung der Sachen, die in seinem Haus gefunden worden waren. Tiefkühlkost, stapelweise schmutziges Geschirr, überall alte Zeitungen. Nichts Besonderes: weder Drogen noch Geld noch Pornoaufnahmen von bekannten Bürgern des Orts. Nichts. Nicht mal ein Adressbuch mit Telefonnummern.

Wegen dieses verdammten Reggiani, Friede seiner Seele, würde er noch Lungenkrebs bekommen: Er zündete sich eine neue Zigarette an und las alles noch mal von vorne.

Radeschi entfernte sich niedergeschlagen von der Kaserne. Boskovic hatte ihn nicht empfangen wollen, und ein wenig konnte er ihn verstehen. Er hatte es zurzeit bestimmt nicht leicht.

Neben ihm trottete Buk, der glücklich war über das ganze Grün ringsherum. Nachdem Radeschi seinem Labrador zu Gefallen praktisch an jeder Platane stehen geblieben war, machte er Station in der Bar *Binda*, um einen Kaffee und ein Bier zu trinken. Buk hockte sich unter den Tisch in den Schatten und döste. Es war viel Betrieb in der Bar, vor allem Reporter und Kameramänner. Als Radeschi spürte, wie ihn jemand an der Schulter berührte, dachte er schon, man wollte ihn interviewen.

»Ciao Enrico.«

Er wandte sich zu der Stimme.

»Ciao, kennen wir uns?«

Vor ihm stand ein Mädchen, das trotz der Hitze ganz in Schwarz gekleidet war. Ihr Gesicht war voller Piercings, wohin man auch sah. Augenbraue, Nase, Lippen und natürlich auch die Zunge. Vervollständigt wurde das Bild von einem Tattoo am Hals, Springerstiefeln und braunen Haaren mit einer einzigen weißblonden Strähne, die zu zwei Zöpfen zusammengebunden waren. Sie trug ein schwarzes Top und eine schwarze, knielange Hose.

»Könnte man sagen«, antwortete das Mädchen, setzte sich neben ihn und streichelte Buk die Schnauze. »Ich bin ein paar Jahre jünger als du. Ich hab dich auf dem Fußballplatz gesehen, als du noch gespielt hast. Damals war ich zwölf, und dank meiner Mutter musste ich mich noch anders kleiden.«

»Deshalb habe ich dich wohl nicht erkannt. Also …«

»Jennifer.«

»Ausgefallener Name, wie der Rest, möchte ich anfügen.«

»Den habe ich auch meiner Mutter zu verdanken: Sie war ein Fan von *Dallas*.«

»Tja, dann hat dir diese Frau aber einiges zugemutet.«

Sie zuckte die Achseln.

»Ich weiß, dass du für den *Corriere* schreibst. Bist du hier, um den Mörder aufzuspüren?«

»Nicht nur. Ich spiele auch *Catsitter*.«

»Großartig.«

»Allerdings, wenn man bedenkt, dass ich Katzen hasse.«

»Hunde aber nicht, wie ich sehe. Wie heißt der Süße hier?«

»Buk.«

»Das ist doch kein Name für einen Hund.«

»Ich weiß, das höre ich ständig. Aber reden wir doch mal von dir: Was bist du denn? So eine Art Grufti?«

»Sehr scharfsinnig, Dickerchen. Jetzt bin ich überzeugt, dass du Reporter bist.«

»Okay, dumme Frage. Genau wie die nächste: Sind deine Lieblingsbands Metallica und Kiss?«

»Solche alten Säcke? Du lebst wohl hinterm Mond. Und was hörst du? Pausini und Ramazotti?«

»Paolo Conte.«

»Dann hätten wir aber Schwierigkeiten, wenn wir einen Ausflug zusammen machen würden und uns für eine CD entscheiden müssten.«

»Nicht so eilig, ich hab ja nicht mal ein Auto. Nur eine gelbe Vespa.«

Das Mädchen warf einen Blick auf die Uhr.

»Tut mir leid, aber jetzt muss ich gehen. Vielleicht nimmst du mich ja mal auf deiner gelben Vespa mit, okay?«, sagte sie und zwinkerte ihm zu.

»Na klar, wenn du willst.«

Das Mädchen drückte ihm einen Kuss auf die Wange. Das ließ sich Radeschi noch gefallen. Aber als er spürte, wie sie in den Schritt seiner Bermuda griff, riss er die Augen auf.

Sie lächelte.

»Keine Angst, Enrico. Ich will nur Sex und nicht, dass du mich heiratest. Du hast ja noch nicht mal deine alte Flamme geheiratet. Wie hieß noch mal die Seelenklempnerin, mit der du zehn Jahre zusammen warst? Cristina?«

»Nein, es ist nur …«

»Dass ich zu jung bin? Ach weißt du, ich nehme mir, was ich will, seit ich vierzehn bin. Ich kann schon nicht mehr zählen, wie oft ich in der Disko in irgendwelchen *Dark Rooms* war …«

Dieser Hinweis genügte Radeschi.

»Willst du jetzt gleich einen Ausflug mit der Vespa machen?«

»Aber nein, Dickerchen«, lachte sie. »Jetzt muss ich los. Aber früher oder später ergibt sich schon eine Gelegenheit.«

Sie drückte noch einmal fester zu, aber Radeschi zuckte nicht mit der Wimper. Damit hatte er gerechnet.

24

Die Großstadt erstickte an Feinstaub und Abgasen. Autofreie Sonntage und Fahrverbot für Fahrzeuge ohne Katalysator hatten nichts gebracht. Die drückende Hitze verschlimmerte alles nur noch.

Sebastiani bekam nur schwer Luft und kaute an seiner unangezündeten Zigarre.

»Hier ist es«, sagte Sciacchitano, als er den Wagen vor der großen Rauchglastür eines Mietshauses anhielt.

»Dann mal los.«

»Hat sie sich von dem Schock erholt?«, erkundigte sich der *Ispettore*, als sie aus dem Wagen stiegen.

»Noch nicht ganz. Ich versuche, behutsam vorzugehen.«

Maria Vergani war eine gepflegte Frau und sah aus wie Popeyes Olivia: Groß und dünn, mit schwarzen, zu einem Knoten gebundenen Haaren und strengen Gesichtszügen ähnelte sie ihrer Schwester ganz und gar nicht.

Sciacchitano hörte mit einer Tasse Kaffee in der Hand zu, während der *Vicequestore* mit einer Zigarre im Mund die Befragung durchführte. Das fiel ihm nicht ganz leicht, da die Frau, die sich an das rote Wohnzimmersofa klammerte, keine zwei Sätze herausbringen konnte, ohne in Tränen auszubrechen. Als sie eine Stunde später das Haus verließen, hatten sie ein ziemlich klares Bild vom Mordopfer: ein arbeitsames, häusliches Mädchen mit wenigen Freunden, das eine enge Bindung zur Schwester gehabt hatte.

Kaum saßen sie wieder am Steuer, wussten sie bereits, wem ihr nächster Besuch gelten würde: der Versicherungsagentur in der Via Plinio Nr. 16, wo das Opfer gearbeitet hatte. Im Notizbuch des *Ispettore* stand der Name ihres Hauptverdächtigen: Riccardo Meis, Kollege-Freund-Geliebter der Toten, wobei die Reihenfolge nicht ganz klar war.

Die Agentur war ein dunkles, heruntergekommenes Kabuff, in das kaum die drei Schreibtische, der Fotokopierer und ein laut schnaufender Wasser-Luftkühler von De Longhi hineinpassten. Der Angestellte hob den Kopf von seinen Unterlagen und kam den Neuankömmlingen entgegen.

»Die Klimaanlage ist kaputt«, erklärte er, »und da ein Reparateur zurzeit noch nicht mal gegen Gold zu finden ist, haben wir uns damit beholfen …«

Sebastiani nickte halbherzig und zeigte seine Dienstmarke; Sciacchitano war in Uniform.

»Ich hab mir schon gedacht, dass Sie nicht wegen einer Versicherung da sind«, sagte der Mann und lächelte gezwungen. »Ich bin Riccardo Meis, der Leiter dieser Filiale. Sind Sie wegen Debora hier?«

Die beiden Polizisten nickten.

»Nehmen Sie doch bitte Platz«, sagte er und zeigte auf zwei Stühle. Jetzt lächelte er nicht mehr. Sciacchitano holte sein Notizbuch hervor. Die Befragten wurden immer unruhig, wenn er alles mitschrieb, und das war auch beabsichtigt.

»Wie viele Angestellte arbeiten hier?«, fragte er.

»Normalerweise drei.« Er stockte kurz. »Jetzt sind wir nur noch zu zweit.«

Seine Stimme zitterte, als er das sagte.

»Wer ist der Dritte?«

»Luigi Gozzi, unser Buchhalter. Er hat sich heute nicht wohl gefühlt, deshalb ist er nicht im Büro.«

Der Polizist notierte sich Adresse und Telefonnummer des Angestellten.

»In welchem Verhältnis standen Sie zu Debora Vergani?«, fragte Sebastiani.

Meis versteifte sich. »Verzeihung, wie meinen Sie das? Wir haben zusammen gearbeitet, ich war ihr Chef.«

»Vielleicht doch noch etwas mehr«, erklärte der Polizist. »Zumindest laut ihrer Schwester.«

Meis biss sich auf die Lippe.

»Das ist wahr«, gab er zu und starrte auf seine Schuhe. »Wir waren befreundet.«

»Waren Sie auch *intim*?«

Der Mann zuckte die Schultern.

»Jedenfalls befreundet genug, um abends zusammen essen zu gehen«, hakte Sebastiani nach.

Meis wurde immer fahriger. Deboras Schwester musste ein nettes Bild von ihm skizziert haben.

»Ja«, murmelte er schließlich.

»Wann haben Sie sie zum letzten Mal gesehen?«

»Das wissen Sie doch wahrscheinlich auch schon …«, antwortete er ironisch. »Ich habe Debby vergangenen Freitag gesehen, da sind wir abends zusammen essen gegangen.«

Der *Ispettore* schrieb alles mit.

»Wo waren Sie?«

»Hier drüben, in der Sushi-Bar *Nippon*.«

Sebastiani drehte sich unwillkürlich zum Lokal. Das Rollgitter war immer noch heruntergelassen. Es war schwieriger als erwartet gewesen, jemanden zu finden, der den Tresor ›öffnete‹.

»Sie waren auch abends im *Nippon*? Aber hatten Sie nicht langsam genug von diesem Lokal? Schließlich sind Sie doch in jeder Mittagspause hingegangen!«

»Aber keineswegs. Mittags gehen wir … *gingen wir* immer in die Macchi-Bar nebenan. Ernesto, der Besitzer, ist … äh, war ein alter Freund von Debby.«

»Wie alt?«

»Das müssen Sie ihn fragen. Jedenfalls weiß ich, dass sie sich schon einige Zeit kannten.«

»Wir werden ihn später befragen.«

»Heute Vormittag hat er geschlossen.«

»Das ist jetzt unwichtig«, fuhr Sebastiani leicht gereizt fort. »Dann suchen wir ihn heute Nachmittag auf. Was haben Sie nach dem Essen gemacht?«

»Nicht viel. Sie war müde, daher habe ich sie sofort nach Hause gebracht.«

Der Beamte hakte erneut nach: »Sonst nichts?«

Meis wirkte nun ernst, fast finster. »Nein.«

»Wann sind Sie gegangen?«

Der Mann dachte kurz nach. »Etwa um halb elf. Direkt, nachdem wir gegessen hatten.«

»Sehen Sie, mein lieber Meis«, beharrte Sebastiani, »ich würde Ihnen ja gerne glauben, aber das Problem ist, dass Debora nie zu Hause angekommen ist.«

Meis wurde bleich und fing an zu stammeln. »Aber Sie denken doch nicht, dass ich es war, oder? Ich mochte Debora, wir waren Freunde … Vielleicht sogar noch etwas mehr. Wir haben zusammen gearbeitet, jeden Tag zusammen die Mittagspause verbracht und sind sogar abends oft zusammen ausgegangen.«

Er zitterte fast, als er das sagte, doch damit konnte er den Polizisten nicht erweichen.

»Vielleicht sind Sie ja auch zusammen ins Bett gegangen …«, bemerkte der *Vicequestore.*

Sciacchitano blickte geflissentlich auf seine Notizen; er wollte nicht in das aufgewühlte Gesicht des Befragten sehen.

»Ja, das auch«, gestand Meis. »Ich hätte ihr doch niemals weh getan.«

»Hatten Sie auch an diesem Abend Sex?«

Wenn Sebastiani loslegte, war er schlimmer als eine Dampfwalze. Er walzte alles und jeden nieder.

Meis brach unter diesem Druck zusammen. »Nein, das habe ich doch schon gesagt.«

Sebastiani nickte. Es war sinnlos, ihm weiter zuzusetzen.

»Erzählen Sie weiter, was Sie an diesem Abend gemacht haben«, forderte er ihn in einem ganz anderen Ton auf.

»Wie ich bereits sagte, habe ich Debby nach Hause begleitet. Sie wohnt an der Piazzale Agrippa, zusammen mit ihrer Schwester. Ich habe sie zur Tür gebracht und gewartet, bis sie im Haus war. Als sie die Tür hinter sich geschlossen hat, bin ich gegangen.«

Sebastiani schwieg eine ganze Weile. »Ihnen ist doch bewusst, Signor Meis«, sagte er dann, »dass Sie der Letzte waren, der Signorina Vergani lebend gesehen hat?«

Das seelische Gleichgewicht des Versicherers, das er ohnehin nur mühsam aufrechterhalten hatte, kippte plötzlich. Er fing an zu schwitzen und stammelte: »Ich war es nicht! Ich schwöre es!«

Jetzt kamen ihm sogar die Tränen. Der *Vicequestore* bekam Mitleid.

»Was meinen Sie«, sagte er in ruhigem Ton, »könnte Debora, nachdem sie sich von Ihnen verabschiedet hat, noch mal allein ausgegangen sein?«

»Das weiß ich nicht, *Ispettore*. Vielleicht hat jemand im Flur auf sie gewartet. Das ist schließlich ein Mietshaus.«

»Wohin sind Sie denn danach gegangen? Ich meine, nachdem Sie sich von Signorina Vergani getrennt haben. Nach Hause?«

»Nicht sofort, ich hab erst noch ein Bier im *Taxi Blues* getrunken, einem Pub in der Viale Bligny. Ich kenne den Barman dort, wir haben ein bisschen geplaudert.«

Der Polizeibeamte ließ sich den Namen des Barmanns geben. Auch dies würde er nachprüfen.

»Wie lange sind Sie dort geblieben?«

»Eine Stunde, vielleicht auch etwas kürzer. Ich habe ein Bier getrunken und bin dann nach Hause gegangen. Ich wohne nicht weit von dort. In der Viale Monte Nero.«

Sebastiani sah ihn mit einem seltsamen Ausdruck an.

»Eine letzte Frage, Signor Meis.«

Der andere spürte, wie ihn ein eiskalter Schauer überlief. »Nur zu.«

»Was für einen Wagen fahren Sie?«

Der Angestellte war überrascht. »Einen Lancia Ypsilon.«

»Sind Sie heute Morgen mit dem Wagen gekommen?«

Der Mann nickte. »Er steht da drüben«, sagte er und wies auf ein silbergraues Fahrzeug, das auf der gegenüberliegenden Straßenseite parkte.

Beim Hinausgehen sagte Sciacchitano zum *Vicequestore:* »Meiner Meinung nach hat er uns ein Märchen erzählt.«

»Wenn wir uns den Wagen angesehen haben, wissen wir mehr.«

Der *Ispettore* überquerte die Straße und beugte sich über die Reifen. Dann schüttelte er den Kopf.

»Stimmen nicht überein. Das sind Michelinreifen.«

»Vielleicht hat er sie gewechselt?«

»Das glaube ich nicht. Dem Profil nach fährt er schon eine Ewigkeit damit: Es ist ganz abgefahren.«

Der *Vicequestore* nickte.

»Das ist zwar ein Punkt zu seinen Gunsten, beweist aber noch gar nichts. Wir sind hier fertig. Jetzt nehmen wir uns den Typ im *Taxi Blues* vor.«

»Den Barmann?«

»Ja, ich möchte mich in einem Punkt vergewissern.«

»Und in welchem?«

»Kommt es dir wahrscheinlich vor, dass einer, der gerade seine Freundin umgebracht hat, erst mal in aller Ruhe ein Bier trinken geht, bevor er losfährt, sie in einen Park bringt, sie vergewaltigt, wenn sie schon kalt ist, und dann verscharrt?«

Sciacchitano zuckte die Achseln.

»Die Welt ist voll von Irren.«

Ein Neandertaler in Unterhose öffnete die Tür. Er hatte nicht mit Besuch gerechnet, und an seiner Miene war abzulesen, dass er gerade erst geweckt worden war. Es war halb elf Uhr morgens, und für jemanden, der nachts in einer Bar arbeitet, ist das wohl gleichbedeutend mit Tagesanbruch.

Allerdings unterdrückte er beim Anblick von *Ispettore* Sciacchitanos makelloser Uniform jeden Protest.

»Bin ich verhaftet?«, fragte er barsch.

»Verdienen Sie es, verhaftet zu werden?«, entgegnete der *Ispettore*.

Der Mann zuckte mit finsterer Miene die Achseln.

»Wenn, dann würde ich es Ihnen mit Sicherheit nicht sagen.«

Sebastiani reichte es. Genug des Vorgeplänkels. Er trat einen Schritt vor. »Können wir eintreten? Es dauert nicht lang.«

Der Mann in Unterhosen ließ sie herein und führte sie durch einen kurzen Flur in die Küche. Der Vicequestore sah sich um. Ein Berg schmutziges Geschirr stapelte sich in der Spüle, und der einzige Aschenbecher quoll über von Kippen. Man musste nicht mal nachsehen, ob im Klo die Brille hochgeklappt war: In diese Wohnung hatte schon lange keine Frau mehr ihren Fuß gesetzt.

Ihr Zeuge beschränkte sich auf knappste Pantomime. Als Sebastiani ihn fragte, ob er einen gewissen Meis kenne, nickte er, und als er sich erkundigte, ob er ihn am Tag von Verganis Verschwinden gesehen habe, nickte er noch einmal. Erst als man ihn fragte, wann er die Bar verlassen habe, sah er sich gezwungen, etwas zu sagen.

»Weiß ich nicht mehr genau. Könnte elf oder zwölf gewesen sein. Er hat nur ein Bier getrunken und ist dann wieder los.«

Es war sinnlos, von so einem Typen mehr zu verlangen; die nette Unterhaltung war beendet.

Auch der folgende Besuch war nicht besonders erfolgreich. Nachdem sie die Türklingel gedrückt hatten, erschien der kahle Kopf eines bebrillten Mannes mittleren Alters im Spalt zwischen Tür und Türpfosten.

»Kommen Sie von der Krankenkasse? Ich habe einen Krankenschein. Den können Sie sehen«, begann er. »Ich betrüge nicht, ich habe wirklich Fieber.«

»Die Krankenkasse schickt keine Polizisten, um Kontrollen durchzuführen«, unterbrach Sebastiani ihn. »Können wir Ihnen ein paar Fragen stellen?«

»Worüber?«

»Können Sie sich das nicht denken?«

Der Buchhalter Luigi Gozzi schien sich in sein Unterhemd zurückzuziehen, dann nickte er, löste die Türkette und winkte die beiden Beamten herein.

»An jenem Tag hatte die Klimaanlage den Geist aufgegeben, und wir mussten in der Gluthitze dasitzen. Da die Sonne genau auf das Schaufenster schien, war das Büro der reinste Backofen. Schlimmer als die Hitze in den Hundstagen.«

Gozzi saß jetzt am Küchentisch und erzählte mit dünner Stimme.

»In welchem Verhältnis standen Sie zu Signorina Vergani?«, fragte Sciacchitano.

Der Mann lächelte. »In rein beruflichem: Wir waren Kollegen.«

»Warum lächeln Sie dann?«

»Tja«, sagte der Buchhalter und legte den Kopf auf eine Seite. »Da gab es schon jemanden, dessen Verhältnis zur Vergani mehr als nur beruflich war ...«

Die beiden Polizisten sahen sich an. Das Techtelmechtel zwischen Meis und Vergani hatte sich wohl mittlerweile herumgesprochen.

»Könnten Sie das näher erklären?«

»Was gibt's da zu erklären? Die beiden sind zusammen ins Bett gegangen, auch wenn sie meinten, das bekäme niemand mit.«

»Ich verstehe«, sagte Sebastiani knapp. »Gab es an jenem Tag irgendetwas Besonderes im Büro? Hat sich Signorina Vergani vielleicht merkwürdig verhalten?«

Der Buchhalter saß eine Weile mit gerunzelter Stirn da und sagte nichts. Die beiden anderen warteten geduldig.

185

»Ja, tatsächlich«, setzte Gozzi an, »war da was. Es gab Streit mit einem Kunden, allerdings glaube ich nicht, dass dies etwas mit dem Fall zu tun hat.«

»Das überlassen Sie mal uns«, erwiderte der *Vicequestore*. »Wer hat sich mit einem Kunden gestritten, die Vergani?«

»Debby?«, sagte der Buchhalter erstaunt. »Lieber Himmel, nein! Sie ist zu allen freundlich, sie würde niemals derart die Stimme erheben.«

»Wer hat denn dann die Stimme erhoben, Signor Gozzi?«

»Meis«, antwortete er prompt, »er hatte einen riesigen Streit mit einem Kunden. Der Mann wollte sich beschweren, weil er ein paar Versicherungen unterschrieben hatte und später merkte, dass sie, sagen wir mal, nicht besonders vorteilhaft für ihn waren.«

»Erzählen Sie uns mal, wie das genau ablief.«

»Der Kunde kam am späten Vormittag wütend in die Agentur. Wir kamen vor Hitze fast um, und das trug sicher nicht dazu bei, vernünftig zu bleiben. Der Mann fing an zu brüllen, er sei betrogen worden, Meis habe ihn mit diesen Versicherungen hereingelegt, und er wolle alles rückgängig machen. Das war natürlich nicht möglich, und da wurde der Mann wirklich wild. Dann geriet auch Meis in Rage, und sie beschimpften sich gegenseitig. Ein Wunder, dass sie nicht handgreiflich wurden.«

»Wie endete es?«

»Ganz plötzlich und unversehens. Sie schrien sich ein bisschen an, dann ging der Mann, ohne etwas erreicht zu haben. Er war eine gute Stunde in der Agentur, aber gegen elf musste er los, um sein Lokal zu öffnen.«

»Sein Lokal?«, fragte Sciacchitano.

»Sicher, sein Lokal«, bestätigte Gozzi. »Deswegen hatte er

doch all die Versicherungen abgeschlossen. Gegen Einbruch, Diebstahl, Brand. Das Übliche eben.«

»Erinnern Sie sich noch an den Namen des Kunden?«

»Natürlich, ich kenne ihn doch gut. Er ist Japaner, heißt Daisuke Nakatomi und ist der Besitzer der *Nippon*-Bar direkt gegenüber von unserem Büro.«

Die beiden Polizisten wechselten erneut einen Blick. Sebastiani dachte an den immer noch verschlossenen Tresor.

»Hat Signor Nakatomi Sie danach noch einmal aufgesucht?«, fragte er.

Gozzi schüttelte den Kopf. »Nicht, dass ich wüsste. Nein, ich bin mir sogar sicher, und zwar deshalb, weil sein Lokal in den letzten Tagen durchgehend geschlossen war.«

Sebastiani nickte. »Das wissen wir. Sind die Versicherungen gekündigt worden?«

»Nein, das weiß ich mit absoluter Sicherheit.«

Kaum waren die beiden Beamten auf der Straße, gab der *Vicequestore* eine Nummer in sein Handy ein.

Sciacchitano sah ihn fragend an.

»Radeschi hat gerade eine zweite Reise nach Mailand gewonnen«, verkündete Sebastiani.

25

Der *Maresciallo* bekam langsam Kopfschmerzen, weil er so lange über die Morde nachgedacht und so viel Kaffee mit Schuss getrunken hatte. Er musste mal an die frische Luft, einen kleinen Spaziergang machen. Später wollte er zu Valeria nach Haus, um Mittag zu essen. Eine verlockende Aussicht. Er verabschiedete sich von Rizzitano und ging hinaus. Als er durch die Straßen schlenderte, achtete er sorgfältig darauf, im Schatten der Bäume zu bleiben. Auf der Piazza war zu dieser Stunde nur die Bar *Binda* geöffnet. Es hatte Tage gegeben, da er sie aus Angst vor den Reportern nicht betreten hatte. Aber im Moment hatte er nichts zu befürchten, denn sie befanden sich alle in der einzigen Osteria des Orts, im *Leoncino Rosso*, um sich den berühmten Hecht in Sauce von Signorina Lina schmecken zu lassen, die gleichzeitig Köchin und Eigentümerin des Lokals war.

Boskovic trat an die Theke und bestellte einen Kaffee, den Mario sofort mit einem Schuss Monte versah. Er wagte nicht, den Polizisten anzusprechen, denn der hatte eine Miene aufgesetzt, die alle im Ort nur zu gut kannten. Eine Miene, bei der sich jegliche Störung verbietet. Tatsächlich dachte der *Maresciallo* daran, was ihm Rizzitano ausgerichtet hatte, als er die Kaserne verließ. Es hatte jemand angerufen und verlangt, mit Detective Boskovic zu sprechen. Eine Nachricht hatte er nicht hinterlassen wollen, und der *Brigadiere* hatte ihn für einen weiteren Verrückten gehalten. Nicht so Boskovic: Nur ein Mensch auf Erden nannte ihn *Detective* – sein Vater. Das war ein Stichwort, das er sich ausgedacht hatte, um seinem Sohn auszurichten, er solle sich mal wieder melden. Der *Maresciallo* rechnete kurz nach und stellte fest, dass er seit Beginn des Falls nicht mehr seine Eltern in Bologna besucht oder auch nur angerufen hatte. Daher beschloss er, dass Valeria am nächsten Wochenende, Tote und herrenlose Hände hin oder her, in den Genuss der spektakulären Kochkünste von Mamma Boskovic kommen sollte. Er legte das Geld für den Kaffee auf die Theke und ging grußlos hinaus. Doch kaum hatte er sich zwei Meter von der Bar entfernt, hielt eine Stimme ihn auf.

»Ciao *Maresciallo*.«

An einem Tischchen mit einem halb leeren Glas Bier vor sich saß Radeschi. Zu seinen Füßen lag der Labrador, den er am Morgen kurz gesehen hatte.

»Bist du so beschäftigt, dass du mich erst nicht empfängst und dann einfach vorbeigehst, ohne mich zu sehen?«

Boskovic zeigte auf den Hund. »Wer ist das?«

»Darf ich dir Buk vorstellen?«

Der Hund wedelte mit dem Schwanz.

»Da hast du dir aber einen schönen Namen ausgesucht.«

»Immer noch besser als Gatsby.«

Boskovic hob die Hände.

»Gut, gut. Wir sind quitt. Bist du gestern Abend zurückgekommen?«

»Genau. Als Erstes bin ich bei dir vorbeigekommen. Nur mal so, nicht um Ärger zu machen.«

»Im Ernst?«

»Ich hab gehört, ihr seid ohne mich nicht weitergekommen.«

»Unsinn.«

»Kann ich dir was zu trinken ausgeben?«

»Ich darf nicht, bin im Dienst.«

»Nur die Ruhe, ich schreib auch nicht in der Zeitung darüber.«

Daraufhin setzte sich der *Maresciallo* und bestellte ein Bier.

»Warum hast du denn Lassie mitgebracht?«

Die Miene des Journalisten verfinsterte sich.

»Das ist eine lange Geschichte.«

»Ich hab Zeit. Es hat was mit einer Frau zu tun, stimmt's?«

Radeschi setzte schon an, von seinem Unglück in der Liebe zu erzählen, da gab sein vermaledeites Motorola einen Pfeifton von sich. Er warf einen Blick auf die Nummer: das Polizeipräsidium von Mailand.

»Sebastiani braucht mich. Entschuldige einen Moment.«

Er ging in die Bar zum Münztelefon.

»Was ist?«, fragte er ohne Umschweife.

»Du musst sofort kommen.«

»Kommt gar nicht in Frage.«

»Du hängst doch an deinem Ficus, oder? Ich werde es ja sehen, wenn ich ihn mit Chlor gieße und er eingeht.«

»Du Erpresser-Schwein.«

»Keine Komplimente bitte. Es gibt einen Mittagszug nach Mailand. Wenn du dich beeilst, kriegst du ihn noch. Ich schicke dir Mascaranti, der soll dich abholen.«

»Geht's um die Ermordete oder den Japaner?«

»Kein Kommentar.«

»Kannst du mir nicht jetzt schon was verraten?«

»Nicht am Telefon.«

»Ich komme nur unter einer Bedingung.«

Der *Vicequestore* seufzte.

»Einverstanden. Wenn wir was rausfinden, bekommst du das Exklusivrecht.«

»Genau das wollte ich hören.«

Als er zu seinem Tisch zurückkehrte, hatte Boskovic gerade sein Bier ausgetrunken und freundete sich mit dem Hund an.

»Ich muss wieder nach Mailand.«

»Stressig, so ein Reporterleben.«

»Ich möchte dich um einen Gefallen bitten«, sagte der Journalist und sah zu Buk.

»Meinst du, er verträgt sich mit Gatsby?«

»Sicher. Er verträgt sich mit allen. Selbst mit Waschbären.«

»Gatsby ist kein …«

»Das weiß ich doch, *Maresciallo*. War nur ein Scherz.«

Mit diesen Worten warf er ihm die Hausschlüssel auf den Tisch.

»Die brauche ich nicht«, sagte Boskovic.

»Nicht für Buk, aber für den Kater meiner Mamma. Er ist im Wohnzimmer eingeschlossen und muss auch mal was fressen, die arme Kreatur.«

26

Die drei Männer betraten am späten Nachmittag die Bar. Der Barmann sah, wie sie zur Theke kamen: einer in Uniform, einer mit der Dienstmarke in der Hand. Der dritte, jüngere, in Bermudashorts und Ledersandalen.

»Drei Kaffee?«

»Heute nicht. Sind Sie Ernesto Macchi?«

»Wie kann ich Ihnen helfen?«

»Kannten Sie Debora Vergani?«, fragte der *Vicequestore* unvermittelt.

»Natürlich. Sie ist seit Jahren zum Mittagessen hierher gekommen. Wir waren befreundet.«

»Wie sehr?«

Der Barman fing an, mechanisch mit dem Lappen über die Theke zu wischen. »Ziemlich. Wir haben telefoniert und sind manchmal abends zusammen ausgegangen. So was in der Art.«

»Verstehe. Wann haben Sie sie das letzte Mal gesehen?«

»Ich glaube, letzten Freitag zur Mittagszeit.«

Der *Ispettore* hielt alles in seinem Notizbuch fest.

»Ist Ihnen etwas Ungewöhnliches an ihr aufgefallen? War sie nervös?«

Der Barmann schüttelte den Kopf. »Sie war wie immer.«

»Kommen wir zu etwas anderem, Signor Macchi. Was haben Sie letzten Freitag gemacht, nachdem Sie die Bar geschlossen hatten?«

»Was denn, stehe ich jetzt auf der Liste der Verdächtigen?«

»Noch nicht. Könnten Sie bitte antworten?«

»An diesem Abend habe ich mir eine DVD ausgeliehen.«

»War jemand bei Ihnen?«

»Nein, ich war allein. Ich bin nicht verheiratet.«

Der *Ispettore* nickte und ließ sich zur Sicherheit den Namen und die Adresse der Videothek geben.

»Gut«, lächelte er. »Das war alles.«

»Könnte ich mal Ihre Toilette benutzen?«, meldete sich Radeschi.

Sie hatten ihn zehn Minuten zuvor am Bahnhof abgeholt, und er hatte bislang nicht die Gelegenheit gehabt, zur Toilette zu gehen.

»Hinten rechts«, sagte der Barmann und wies in die Richtung.

Der Journalist verschwand hinter der Tür. Sciacchitano ging auf die Straße, Sebastiani blieb an der Theke.

Die Befragung war noch nicht zu Ende.

»Gehen die Geschäfte gut?«

Ernesto zuckte die Achseln und spülte ein paar Tässchen.

»Ich kann mich nicht beklagen.«

»Seit der Japaner da drüben geschlossen hat«, stichelte der *Vicequestore*, »haben Sie sicher mehr Gäste ...«

Der Barmann hob fast unmerklich den Kopf, antwortete aber nicht. Der Polizist beschloss, seine Taktik zu ändern.

»Was für einen Wagen fahren Sie, Signor Macchi?«

Diese Frage überraschte den Barmann, aber er geriet nicht aus der Fassung. Es freute ihn sogar, darüber zu sprechen, denn wenn man einen Oldtimer hat, ist man auch stolz darauf.

»Einen Simca 1000 von 1966. Er ist von meinem Vater, und ich hüte ihn wie meinen Augapfel. Trotzdem fahre ich damit. Jeden Morgen komme ich damit zur Arbeit und parke ihn direkt hier, um ihn im Auge zu behalten. Da drüben steht er.«

Sebastiani folgte dem Fingerzeig des Barmanns und entdeckte einen weißen, äußerst gepflegten Wagen. Er war gewaschen und auf Hochglanz poliert, und die Stoßstangen zeigten nicht den geringsten Kratzer. Ein wahres Schmuckstück.

Als er noch jünger war, hatte er oft diese Fahrzeuge mit den unverwechselbaren runden Scheinwerfern und der eher eckigen Silhouette gesehen. Ein Wagen, der Geschichte gemacht hatte. Er betrachtete ihn aufmerksam.

»Wirklich ein schönes Auto, meinen Glückwunsch«, heuchelte er.

»Danke.«

Radeschi kehrte von der Toilette zurück, er war leichenblass.

»Was ist los, ist dir schlecht?«, fragte der *Vicequestore*.

»Möchten Sie einen Schluck Wasser?«

Der Journalist schüttelte den Kopf. »Nein, danke. Es geht schon.«

Die beiden verließen die Bar. Erst dann bekam Radeschi etwas Farbe und fand auch seine Sprache wieder.

»Ich habe das hier gefunden.«

Sebastiani nahm das Plastiktütchen, das der andere ihm hinhielt. Darin befand sich ein Damenschlüpfer.

»Bist du Fetischist geworden, seit Stella dich verlassen hat?«

Als der Journalist nicht antwortete, wurde der *Vicequestore* ernst.

»Wo war der?«

»Im Mülleimer der Herrentoilette, offen für alle zu sehen.

Ich weiß nicht warum, aber ich habe ihn ganz automatisch genommen und in eine der Tüten gesteckt, die ich immer bei mir habe. Normalerweise kommen Buks Häufchen da hinein.«

»Erspar mir bitte die Einzelheiten.«

»Was machen wir jetzt?«, fragte Sciacchitano, der hinter ihnen auftauchte.

Sebastiani zögerte einen Moment mit der Antwort.

»Du gehst sofort los und lässt das hier analysieren, dann lässt du dir einen Durchsuchungsbefehl für Macchis Bar, Auto und Wohnung ausstellen. Nur um ganz sicherzugehen.«

Radeschi hatte schon sein Notizbuch gezückt.

»Steck das weg«, mahnte Sebastiani. »Darüber wird noch nicht geschrieben.«

Radeschi fluchte.

»Den Schlüpfer hätte ich wohl besser gelassen, wo er war.«

27

Buk war ein braver Hund. Er vertrug sich gut mit Gatsby, aber weniger mit Mirko. Der trieb sich, seit Boskovic ihn aus dem dunklen Wohnzimmer befreit hatte, in das der Journalist ihn verbannt hatte, im Maisfeld herum und ließ sich nicht blicken. Er fraß nur heimlich und nachts, wenn der Labrador schlief.

Radeschi hatte angerufen, um zu melden, dass er ein paar Tage in Mailand bleiben musste. Die Untersuchungen dort ermöglichten ihm auch, sich in der Zeitung blicken zu lassen. Doch wie eine besorgte Mutter rief er jeden Abend an, um sich nach Buk und Mirko zu erkundigen.

»Dein Hund hat sich großartig eingelebt. Er verträgt sich nur nicht mit dem Kater deiner Mutter. Übrigens: Wann kommen denn deine Eltern zurück?«

»Das weiß ich nicht. Jedes Mal, wenn sie anrufen, verschieben sie ihre Rückkehr. Sie lassen es sich am Meer gutgehen.«

»Das kann ich mir vorstellen.«

»Kommen Buk und Gatsby miteinander aus?«

»Soll das ein Witz sein? Sie sind ein Herz und eine Seele. Gestern Abend habe ich gesehen, wie sie dicht aneinandergeschmiegt geschlafen haben …«

»Bist du dir sicher, dass Gatsby ein Männchen ist?«

»Das frage ich mich langsam auch.«

In Capo di Ponte schien die Zeit stillzustehen: Abgesehen von der großen Hitze, die wieder Schlagzeilen machte, herrschte das absolute Nichts. Kein Mord, kein Warnbrief, kein Handstumpf.

Stille Tage, in denen die Suche in den Auwäldern des Po ununterbrochen weiterging. Die *Carabinieri* Tufani und Patierno waren für diese Aufgabe abgestellt worden. Die beiden waren zuerst skeptisch gewesen, hatten sich aber angesichts der großen Hitze in ihr Schicksal gefügt, da es ihnen gestattete, nach Herzenslust durch die kühlen Wälder zu wandern. Außerdem war ihre Aufgabe leicht, man musste nur den beiden Schäferhunden folgen und darauf achten, wo sie zu graben anfingen.

Die Tiere gehörten zur Hundestaffel des Zivilschutzes von Mailand und waren eigens darauf abgerichtet, nach Leichen zu suchen. Es gab auch Hundestaffeln für die Suche nach Lebenden, nach Drogen und nach Sprengkörpern. In Capo di Ponte Emilia jedoch brauchte man eine Leiche, um einer Hand ein Gesicht zu geben.

Boskovic fand es widerlich, wie die armen Kreaturen abgerichtet wurden. Er hatte ein paarmal dem Hundetrainer zugesehen, den Piccinini eigens aus Mailand geschickt hatte. Es war wirklich ekelerregend gewesen.

Da man die Hunde nicht an echten Leichen abrichten konnte, hatte man sich mit Schweinefleisch beholfen, dem Leichengeruch oder Geruch nach amputierten Gliedmaßen anhaftete. Daher wurde täglich im Innenhof der Kaserne ein schönes Loch gegraben, wo man das Fleisch in verschiedenen Stadien der Verwesung versteckte, das zusätzlich auch noch mit Duftmarken versehen war, deren Name für sich sprach: *Kadaver* und *Verwesung*.

Nach ein paar Tagen Training stank die ganze Kaserne nach Leichenschauhaus, und in der Hitze wurde der Gestank schnell unerträglich. Als auch die Nachbarn protestierten, musste man die Strategie wechseln. Sehr zum Missfallen des Trainers, der die geringere Effizienz beklagte, ging man dazu über, Ampullen eines bestimmten amerikanischen Pharmaherstellers zu benutzen, welche eine Substanz namens *Pseudocorpo* enthielten, die zwar wesentlich teurer war, aber einen unzweifelhaften Vorteil hatte: Für Menschen war sie geruchlos.

Entnervt sah *Maresciallo* Boskovic dem Training von seinem Fenster aus zu. Die Hunde waren wirklich beeindruckend und irrten sich nie. Nach nur drei Minuten Herumschnüffeln fingen sie genau dort an zu graben, wo das verwesende Schweinefleisch versteckt worden war.

Sie würden die Leiche finden – wenn es denn eine Leiche zu finden gab.

28

Letzter Sonntag im Juli, ein glühend heißer Vormittag, die Ozonwerte lagen weit über dem erlaubten Limit. Das Polizeipräsidium wirkte wie ausgestorben. Alle Mitarbeiter standen in der Schlange zum Meer, außer Sciacchitano, Radeschi und der *Vicequestore*, die im Büro des Letzteren ins Schwitzen gerieten.

Der Ventilator war auf Maximum gestellt, das Fenster sperrangelweit geöffnet. Von der Amsel keine Spur.

Der *Vicequestore* ließ seinen Blick kurz auf dem Journalisten verweilen.

»Wir haben den Tresor des Japaners geöffnet«, verkündete er. »Dafür musste ich einen alten Bekannten bemühen, einen Panzerknacker. Er konnte kaum glauben, von der Polizei darum gebeten zu werden ...«

»War er voll Geld?«

»Genau. Fast zwanzigtausend Euro in bar und Restaurantcoupons für mindestens dreitausend.«

Radeschi stieß einen Pfiff aus.

»Dann würde ich sagen, dass man Mord aus Habgier ausschließen kann.«

»Genauso wie das Durchbrennen mit einer Striptease-Tänzerin«, ergänzte Sciacchitano ironisch. »Dann hätte er die Mäuse mitgenommen.«

Radeschi wandte sich zum *Vicequestore*.

»Was machen wir jetzt?«

Sebastiani lächelte unergründlich und ließ seine Zigarre von einem Mundwinkel zum anderen wandern.

»Es ist nichts angerührt worden. Keinerlei Bewegungen auf seinem Giro- oder seinem Kreditkartenkonto. Nichts. All sein Geld ist noch da, wo es sein sollte.« Das hatte Radeschi gesagt, ohne einmal Luft zu holen. Er verdiente sich seinen Lohn gerade dadurch, dass er die Bankgeheimnisse des Eigentümers der Sushi-Bar *Nippon* auskundschaftete. Neu war nur, dass er dies legal machte, vom Computer des Polizeipräsidiums aus und mit der Zustimmung der betreffenden Bank. Langweilig.

Im Gegenzug hatte Sebastiani ihm erlaubt, darüber für die Zeitung zu schreiben. *Eine Hand wäscht die andere.*

»Wie viel hat er auf dem Konto?«, fragte der *Vicequestore*.

»Wenig. Knapp tausend Euro. Aus den Kontenbewegungen der letzten Wochen ist zu ersehen, dass unser Nakatomi sein Geld woanders aufbewahrt. Auf dem Konto hat er nur das Nötigste, um Rechnungen von Lieferanten und anderen zu bezahlen.«

»Also sind seine gesamten Ersparnisse im Tresor?«

»Das würde ich meinen.«

»Aus welchem Grund denn?«

»Was weiß ich? Vielleicht traut er unseren Banken nicht.«

»Also lautet die Frage jetzt: Wer hat ihn umgebracht?«

»Meiner Meinung nach war es Riccardo Meis«, schaltete sich *Ispettore* Sciacchitano mit blitzenden Augen ein. Er hatte die ganze Nacht durchgearbeitet, um seine Theorie jetzt vorbringen zu können.

»Der von der Versicherung?«

»Genau. Ich habe mal seine persönliche finanzielle Situation und auch die seiner Versicherungsagentur durchleuchtet. Katastrophal, beide. Nakatomis Versicherungen haben ihm ein bisschen Luft gegeben. Denn der Japaner musste für Zusatzrente, Lebensversicherung und verschiedene Versicherungen für sein Lokal fast sechstausend Euro berappen. Für Meis Manna, das vom Himmel fiel.«

»Ganz genau«, meldete sich jetzt Radeschi. »Aber warum sollte er dann das Huhn, das goldene Eier legt, schlachten?«

»Weil ihm das Huhn die Eier nicht mehr geben wollte. Es wollte sogar die zurück, die es ihm schon überlassen hatte«, erklärte der Polizist. »Außerdem brauchte er mit seiner Videoüberwachung keine Versicherungen mehr, meinen Sie nicht?«

Sebastiani verstand langsam. Ihm fiel der schreckliche Streit zwischen Meis und Nakatomi wieder ein. Laut Aussage von Gozzi hatte Letzterer gedroht, seine Versicherungen zu kündigen, und das konnte Meis nicht zulassen.

»Ich habe mir eine Kopie der Policen besorgt, die Nakatomi unterschrieben hat, und sie von einem meiner Freunde, der sich mit so was auskennt, prüfen lassen«, fuhr Sciacchitano fort. »Es sind wahre Knebelverträge, voller Fallstricke und unverständlich abgefasst. Vor allem für einen Ausländer.«

»Wenn das stimmt«, sagte der *Vicequestore*, »wäre da noch eine andere Frage zu klären.«

»Welche?«

»Wenn du Meis gewesen wärst, wärst du am Abend nach dem Streit ausgerechnet dort mit deiner Freundin essen gegangen?«

Der andere schüttelte den Kopf. »Wer weiß, was man mir ins Essen getan hätte!«

»Eben. Das passt nicht«, schloss Sebastiani. »Dennoch lassen wir diese Theorie nicht gleich fallen. Nimm einen Wagen und bring mir Meis her. Dieser Mann schuldet uns einige Erklärungen. Wir hingegen nehmen mal den Barmann unter die Lupe. Schließlich profitiert er am meisten davon, dass das *Nippon* geschlossen hat, nicht wahr?«

Sciacchitano salutierte und ging.

»Kann ich mich jetzt auch verabschieden?«, fragte Radeschi.

Sebastiani schüttelte den Kopf.

»Noch nicht, du hast hier noch eine Kleinigkeit zu tun.«

»Und was genau?«

»Es geht um Triangulation.«

»Wenn das was Sexuelles ist, dann mal los. Vorausgesetzt, ich und zwei schöne Frauen sind dabei beteiligt. Wenn die Nachricht noch nicht zu dir durchgedrungen ist, möchte ich erwähnen, dass ich gerade mit meiner Freundin Schluss gemacht habe.«

»Triangulation mit Handys, Enrico! Das kannst du doch, oder? Es wird auch nicht allzu schwierig werden, weil ich mir bereits sämtliche Genehmigungen besorgt habe, genau wie beim Konto von Nakatomi. Nur heute ist mein Dienstcomputer berechtigt, sich in die Datenbanken der großen Telefongesellschaften einzuloggen.«

»Um welches Handy handelt es sich?«

»Das von Debora Vergani, der Toten aus dem Park. Ich möchte sämtliche Bewegungen nachvollziehen, die sie an ihrem Todestag gemacht hat. Das geht doch, oder?«

Radeschi saß bereits an der Tastatur.

»Na klar. Die Telefongesellschaften verfolgen sämtliche Aktivitäten und Ortswechsel ihrer Handys und speichern sie für Jahre. Wenn die Signale stark genug sind, kann man mittels Triangulation, wie du es nennst, die exakte Position eines

Handybesitzers ermitteln. Vorausgesetzt natürlich, er hat das vermaledeite Ding eingeschaltet. Jetzt sag mir den Tag und die Handynummer, die du brauchst.«

Sebastiani gab ihm die erforderlichen Informationen. Radeschi gab sie ein. Das Passwort hatte sich seit dem letzten Mal, als er, illegal natürlich, ins System eingedrungen war, nicht geändert. Er klopfte sich innerlich auf die Schulter: Niemand hatte sein Eindringen bemerkt.

»Hier ist es«, sagte er schließlich. »Ich habe die Spur ihrer Bewegungen zum Drucker geschickt. Die ganze Liste mit Ort und Uhrzeit.«

Sebastiani überflog den Ausdruck. Die Strecke von der Wohnung zum Büro, Mittagspause in der Nähe des Büros, Rückkehr zur Wohnung, von der Wohnung zum Restaurant und zurück. Der *Vicequestore* hob den Blick.

»Warum endet die Liste um elf Uhr abends?«

»Wahrscheinlich weil sie da das Handy ausgeschaltet hat.«

»Oder weil es zerstört wurde. Als wir es fanden, war es schließlich kaputt.«

»Möglich. Wo befand es sich da?«

»Bei ihrer Wohnung.«

»Also hat Meis nicht gelogen. Er hat sie nach Hause gebracht.«

»Scheint so«, murrte Sebastiani und knüllte wütend das Papier zusammen.

»Reg dich nicht auf, Alter. Ich finde die ganze Sache ziemlich eindeutig, obwohl es nicht so aussieht.«

»Wirklich? Dann klär mich mal auf.«

Der Journalist holte sein Notizbuch hervor und fing an, seine Aufzeichnungen durchzusehen.

»Nach den Befragungen ist der Kreis der Verdächtigen meiner Meinung nach noch kleiner geworden. Ich würde ihn auf zwei Personen begrenzen: Luigi Gozzi und Ernesto Macchi.«

»Der Buchhalter oder der Barmann? Das ist ja was ganz Neues.«

»Genau die beiden.«

Sebastiani fiel der Damenschlüpfer wieder ein, der in der Bar gefunden worden war. Er und Sciacchitano waren zusammen mit einer Streife und einem Durchsuchungsbefehl bei Macchi erschienen. Sie hatten seine Wohnung, die Bar und sogar seinen Wagen, den Simca 1000, gründlich durchsucht. Im Kofferraum hatten sie eine Schaufel gefunden, klein, mit abschraubbarem Griff und einem seltsamen Fleck an der Spitze, der noch analysiert wurde. Die Reifen des Fahrzeugs ließen ebenfalls alle Alarmglocken schrillen: Pirelli P3000 Energy. Das konnte jedoch auch reiner Zufall sein, da Tausende von Wagen solche Reifen hatten.

»Bei Macchi bin ich einverstanden; aber Gozzi überzeugt mich weniger. Warum verdächtigst du ihn?«

Radeschi blätterte ein wenig in seinem Notizbuch. »Ich habe den Bericht gelesen, den du mir geschickt hast; als ihr ihn befragt habt, hat er es so gedreht, dass ihr sofort von dem Verhältnis seiner Kollegen erfahrt. Sein erster Impuls war, seinen Chef auf allen Fronten anzugreifen. Erst hat er ihn als jemanden beschrieben, der seine Machtposition gegenüber einer Angestellten ausnutzt; dann war er sehr darauf erpicht, von seinem Streit mit Nakatomi zu erzählen und ihn in einem schlechten Licht dastehen zu lassen. Er wollte euch zu verstehen geben, dass Meis vor dem Ruin steht.«

»Ich weiß nicht, worauf du hinauswillst.«

»Ich glaube, dass Gozzi Groll gegenüber dem Paar hegte und es erledigen wollte.«

Sebastiani holte eine neue Zigarre aus seiner Schachtel und steckte sie sich zwischen die Lippen.

»Bemühst du jetzt deine Fantasie? Oder willst du unbedingt eine Story haben?«

»Möglich, aber hör mir mal einen Moment zu. Unser Buchhalter ist heimlich in die Vergani verliebt, die aber ihrerseits auf Meis steht. Die klassische Dreiecksgeschichte. Als Gozzi klar wird, dass er sich keine Hoffnungen machen kann, entwickelt er einen Hass auf die beiden. Dann hält er es nicht mehr aus und schmiedet einen Plan, um sie fertigzumachen. Er weiß, dass sie an jenem Freitagabend zusammen essen gehen wollen, deshalb bereitet er alles vor. Er versteckt sich im Hausflur des Mietshauses, wartet, bis sie zurückkommt, greift sie an und erwürgt sie. Ein perfekter Plan, weil der Verdacht unweigerlich auf Meis fällt.«

Sebastiani kratzte sich am Kinn.

»Es könnte so gewesen sein, ist aber ziemlich abgefahren.«

»Kann ich darüber schreiben?«

»Mach keinen Quatsch, Enrico! Wir müssen jetzt weitere Erkundigungen über Gozzi einziehen und vor allem herausfinden, welchen Wagen er fährt. Bist du schon mal in die Datenbank des Straßenverkehrsamts eingedrungen?«

Radeschi hatte sich bereits wieder an den Computer gesetzt.

»Das fragst du mich? Gib mir seine Daten, dann haben wir in zwei Minuten das Kennzeichen seines Wagens.«

29

Der große Exodus der Urlauber vollzog sich wie jedes Jahr chaotisch und geräuschvoll. Capo di Ponte Emilia verwandelte sich in eine Geisterstadt unter sengender Sonne wie aus einem Western von Sergio Leone. Doch auch wenn alle zur Küste gezogen waren, um sich am Strand zu aalen, blieben ihre Antennen doch auf den Ort gerichtet, der trotz aller Stockungen und Rückschläge immer noch Schauplatz des Sommerkrimis war.

Die Nerven der Ermittler waren seit Tagen zum Zerreißen gespannt, und die Stimmung war auf dem Nullpunkt. Schließlich saß ihnen die Presse im Nacken, die das Sommerloch stopfen musste und Seiten um Seiten zu füllen hatte.

Boskovic hegte mittlerweile ernsthaft Zweifel, dass die Hunde etwas finden würden, und selbst Piccinini war besorgt, obwohl er alles daransetzte, es nicht zu zeigen.

Mit einem Serienkiller auf freiem Fuß und der sensationshungrigen Presse konnte man keine Zeit mit Spielereien vertun. Ihre Nachforschungen mussten etwas ergeben. Ganz gleich was.

Endlich, am 4. August, kam Bewegung in die Untersuchung.

Die Nachricht erreichte sowohl Boskovic als auch *Sottotenente* Piccinini gegen fünf. Gemäß ihren genauen Anweisungen unterrichtete *Carabiniere* Patierno sie von einer Entdeckung in der Nähe von Guastalla.

Die Antwort beider lautete: »Nichts anrühren, bevor ich da bin.«

Zwanzig Minuten später trafen beide – wenn auch aus unterschiedlichen Richtungen – am Tatort ein.

»Wie viele Hände?«, fragte der *Maresciallo* etwas kurzatmig, da er das letzte Stück durch die *Golena* rennend zurückgelegt hatte.

»Wie bitte?«

»Die Hände, Patierno. Wie viele Hände hat sie?«

In diesem Moment tauchte auch Piccinini auf.

Es stank bestialisch: Hitze und Leichen sind keine günstige Verbindung, vor allem, wenn auch noch Fliegen und Würmer im Spiel sind. Der Magen des *Maresciallo* fing an zu protestieren.

Als er ihn entleert hatte, reichte ihm Rizzitano, der ihm in aller Ruhe gefolgt war, eine kleine Flasche Wasser, damit er sich den Mund ausspülen konnte. Der Beamte der RIS hingegen hatte sich einen Mundschutz übergestreift und begonnen, die Leiche zu studieren.

Als Boskovic zu ihm hinübersah, hielt Piccinini einen Finger in die Höhe. Also fehlte der Leiche eine Hand. Eine, nicht zwei. Und die Todesursache war ein Dolchstoß ins Herz gewesen.

Wie üblich wurde der Stand der Ermittlungen bei einer Tasse Kaffee mit Schuss in Boskovics Büro besprochen.

Die Leiche stammte von einem Mann in den Dreißigern, war jedoch vom langen Aufenthalt in der Erde schon fast unkenntlich. Dennoch konnte Rizzitano sie identifizieren. Die

Erleuchtung kam ihm, als er in aller Ruhe die Fotos der Spurensicherung betrachtete, die nicht nur von bester Qualität waren, sondern auch noch den unbestreitbaren Vorteil besaßen, nicht zu stinken. Als die Leiche frisch ausgegraben, erdbedeckt und umweht vom Pesthauch des Todes war, hatte der *Brigadiere* nichts mit ihr anfangen können. Aber jetzt, im Büro des *Maresciallo*, einem angemesseneren Rahmen, sahen die Dinge schon anders aus.

»Bist du dir wirklich sicher?«, fragte der *Maresciallo*.

Rizzitano war fast gekränkt. »Aber natürlich, das ist *Il Muto*. Darauf wette ich meine Dienstmarke!«

»*Il Muto?*«

»Aber ja doch, der Albaner, der bei den Mokusbrüdern wohnte.«

Der *Maresciallo* verzog krampfartig das Gesicht, denn ein Gedanke so aufrüttelnd wie ein Gong hatte ihn durchzuckt. Rizzitano hatte gelernt, diesen Gesichtsausdruck zu fürchten. Daher hütete er sich, seinen Vorgesetzten um eine Erklärung zu bitten, als dieser nach dem Telefon griff und die Nummer der RIS wählte.

»*Sottotenente*? Ich bin's, Boskovic.«

»Aber wir haben die Untersuchungen noch nicht abgeschl...«, sagte sein Gesprächspartner abwehrend.

»Nein, ich rufe wegen ein paar Fragen an.«

»Dann schießen Sie los.«

»Seit wann ist unser Freund tot?«

»Ungefähr einen Monat, über den Daumen gepeilt.«

»Alles klar. Dann etwas anderes: War die Leiche die ganze Zeit vergraben?«

Der andere brach in Gelächter aus, dann fragte er: »Wie meinen Sie das?«

»Ich will sagen: Könnte man vielleicht feststellen, anhand der Insekten und *Maden* und so weiter, ob die Leiche erst vergraben, dann wieder ausgegraben und dann noch einmal unter die Erde gebracht wurde?«

Piccinini antwortete nicht sofort. Er fragte sich, worauf zum Teufel Boskovic hinauswollte, doch am Ende sagte er einfach nur: »Geben Sie mir eine Stunde« und beendete das Gespräch.

Rizzitano sah den *Maresciallo* verwirrt an. Er brannte darauf zu erfahren, was er im Sinn hatte, wusste aber auch, dass er keine Antwort bekommen würde, wenn er jetzt nachfragte. Boskovic rückte erst mit seinen Theorien heraus, wenn sie bestätigt wurden. Jetzt zündete er sich eine Zigarette an und rauchte sie schweigend.

Der *Brigadiere* nutzte die Pause, um noch einmal Kaffee zu machen. Die Zubereitung erfolgte in der Kochnische der Kaserne, einem zwei Quadratmeter großen Kabuff, das nur von einem winzigen Fenster zum Innenhof Licht bekam. Es gab dort lediglich eine Spüle, eine alte Anrichte, die wahrscheinlich noch aus dem vorvorigen Jahrhundert stammte, und einen kleinen Gasherd. Es war so eng dort, dass nur eine Person darin Platz hatte: der *Brigadiere*. Jeder *Carabiniere*, der aus dem Urlaub zurückkam, brachte als eine Art Weihgabe ein Paket Kaffee mit. Die Mischungen aus aller Herren Länder wurden ordentlich auf der Anrichte aufgereiht. Das Ganze war wie ein Mausoleum, in dem Rizzitano gleichzeitig als Kustos und Druide fungierte.

Für seinen Kaffee wand er alle erdenkliche Sorgfalt auf: zerstieß mit einem Teelöffel penibel das dunkle Kaffeepulver in der Kanne und bohrte dann als zusätzlichen Trick drei kleine Löcher hinein, damit das Wasser problemlos gefiltert werden konnte. Zu guter Letzt gab er noch eine Prise Kakaopulver dazu, um den Geschmack abzurunden.

Als er mit den Tassen ins Büro zurückkehrte, hatte sich der *Maresciallo* bereits eine weitere Zigarette angezündet. Dann saßen sie schweigend da und tranken ihren Kaffee, bis das Telefon klingelte.

»Ich weiß nicht, wie Sie darauf gekommen sind, *Maresciallo*«, begann Piccinini ohne Umschweife, »aber Sie haben ins Schwarze getroffen. Ich habe einige Tests durchgeführt, und aus denen geht eindeutig hervor, dass die Leiche zum ersten Mal vor ungefähr einem Monat vergraben wurde, dann nach zehn Tagen ausgegraben und kurz darauf wieder eingegraben wurde.« Er klang verwirrt.

Boskovic dankte ihm und legte auf.

Rizzitano war verblüfft. »Warum hat man denn so was gemacht?«

»Um der Leiche die Hand abzuschneiden, das ist doch offensichtlich.«

»Offensichtlich?«

»Genau, *Brigadiere*, und wir sind auf den Leim gegangen wie die Stubenfliegen.«

Rizzitano schwirrte der Kopf. Jetzt kapierte er gar nichts mehr. Warum waren sie plötzlich Stubenfliegen?

»Und weiß man schon, wer es war?«, fragte er vorsichtig.

»Sagen wir mal: Ich kann es mir denken. Bardhok Mokus.«

»Der Bruder von Juri? Heißt das: angenommen, Mokus hat den Mann umgebracht, dann meinen Sie, er musste zurückkommen, ihn ausgraben und dann wieder eingraben? Hatte er vielleicht Angst, er wäre nicht mehr da?«

»Er hat es getan, um seinen Bruder aus dem Gefängnis zu holen.«

Er stieß eine Wolke Zigarettenrauch aus, um Rizzitano Zeit zu geben, sich die Szene vorzustellen.

»Sieh mal«, fuhr er dann fort, »als wir Juri Mokus verhaftet haben, waren alle von seiner Schuld überzeugt. Und wenn nichts weiter passiert wäre, hätte er wahrscheinlich ›lebenslänglich‹ bekommen.«

»Aber es ist etwas passiert ...«

»Genau. In dem verlassenen Haus auf der Strada Pasine wurde eine weitere Hand gefunden. Warum?«

Jetzt konnte Rizzitano ihm folgen. »Um die Ermittler zu täuschen.«

»Genau das. Die Schlussfolgerung war doch ganz einfach, so banal, dass wir sie sofort gezogen haben: Wenn der Schuldige im Gefängnis sitzt, wie kann er dann noch zuschlagen?«

»Das kann er nicht!«

»Ergo ist er unschuldig, und was macht dann der Staatsanwalt?«

»Der lässt ihn frei.«

»Eben. Bardhoks Trick hat reibungslos funktioniert. Ein Irrer läuft frei herum und verteilt abgehackte Hände in Briefkästen. Bardhok liest die Einzelheiten in der Zeitung und beschließt, es auch zu tun. Er imitiert den *modus operandi*, fährt nach Mantua und wirft dort den Brief ein. Aber da macht er seinen ersten Fehler.«

»Der Name.«

»Genau, *Brigadiere*, der Name. Er schreibt Mayher so, wie es in der Zeitung steht: mit ›Y‹. Aber der restliche Plan geht auf. Der Brief wird zugestellt, die Hand wird gefunden, die Anklage fallengelassen, und der Bruder kommt frei. Alles bestens, wenn es da nicht ein Problem gäbe.«

»Welches?«

»Diese Hand war nicht eingefroren. Außerdem hinterlässt sie eine so übelriechende Spur, dass die Hunde im Auwald eine Leiche finden, die ihre Hand zurückverlangt. Wahrscheinlich haben die Brüder Mokus irgendwann, sagen wir: vor ungefähr einem Monat, eine Meinungsverschiedenheit mit *Il Muto* gehabt, der bei dieser Gelegenheit vermutlich noch gründlicher als üblich zum Schweigen gebracht werden musste. Ich stelle mir eine erhitzte Diskussion vor, die durch einen Dolchstoß in die Brust unseres Plappermauls beendet wurde. Dann verlieren die beiden anderen keine Zeit. Sie laden die Leiche ins Auto und verscharren sie in der *Golena*, ziemlich weit vom Ort entfernt, um nichts zu riskieren.

Am folgenden Tag erzählen sie herum, dass er geschäftlich nach Mailand musste, was keiner merkwürdig findet. Das perfekte Verbrechen, da *Il Muto* sicher ein Illegaler ist, der in keiner Akte auftaucht. Deshalb hat ein Abgleich seiner Fingerabdrücke auch nichts ergeben.

Alles läuft wie geschmiert, bis – Ironie des Schicksals – Juri, der bereits einen Mord begangen hat, fälschlicherweise eines anderen Mordes bezichtigt wird und ins Gefängnis kommt. Sein Bruder zerbricht sich den Kopf, wie er ihn wieder herausholen kann. Was er jetzt braucht, ist eine abgehackte Hand. Er denkt so lange nach, bis ihm aufgeht, dass er die Hand von seinem toten Kumpan haben kann. Also geht er in den Wald zurück, gräbt seinen ehemaligen Freund aus, sägt ihm eine Hand ab und bringt ihn erneut unter die Erde. In der verdammten Hitze muss das eine langwierige und mühselige Angelegenheit gewesen sein. Ich wette, dass die Zigarettenstummel, die die Spurensicherung im Umkreis gefunden hat, von unserem Freund stammen. Der nach getaner Tat mit der abgetrennten Hand von *Il Muto* davongezogen ist.

Das Spiel ist aus, das Verbrechen nachgeahmt und der Bruder gerettet.«

Rizzitano staunte immer mehr. Er kannte den *Maresciallo* nun fast ein Jahr, doch hatte er noch nie die Gelegenheit gehabt, ihn in Aktion zu sehen, und war jetzt buchstäblich vom Donner gerührt.

Nachdem Boskovic mit größter Sicherheit verkündet hatte, dass die Brüder Mokus alles ausgeheckt hatten, staunte er allerdings kein bisschen mehr, als die schrägen Vögel bereits ausgeflogen waren. Er selbst berichtete nach einem kurzen Ortstermin seinem Vorgesetzten, dass die beiden Arbeit und Wohnung gekündigt und sich aus dem Staub gemacht hätten.

Daraufhin erteilte der *Maresciallo*, ohne große Hoffnung auf Erfolg, einen Fahndungsbefehl. Und vergaß die beiden sofort.

30

Einer Autopsie beizuwohnen war etwas, das Boskovic sich ganz gewiss nicht für sein Leben vorgestellt hatte, doch konnte er sich dem nicht entziehen. Der *Sottotenente* der RIS hatte auf seiner Anwesenheit bestanden. Also fanden sie sich im Leichenschauhaus von Parma ein.

Il Mutos Leiche lag auf einer Aluminiumbahre, und Piccinini assistierte mit grünem Kittel und Stirnlampe dem Pathologen. Er sah aus wie Doktor Frankenstein. Die Klimaanlage lief auf Hochtouren, so dass der *Maresciallo* in seiner Sommeruniform wie Espenlaub zitterte.

Zuerst wurden der Leiche sämtliche Organe entnommen und nacheinander in Aluminiumschälchen gelegt.

Boskovic hatte bereits ein Mittel gegen Übelkeit genommen, dennoch konnte er nur mühsam an sich halten.

Man machte Röntgenbilder, dann wurden Blut und Gewebe für die Routinetests entnommen. An der Todesursache bestand keinerlei Zweifel. Ein Dolchstoß hatte die Lungenarterie durchtrennt, und das war's. Aber auch eine Leiche kann noch eine Menge erzählen. Vor allem die Organe. Sie bezeugen, ob der Tote Drogen nahm oder gern Alkohol trank, ob er vergiftete Suppe aß oder an einer Krankheit litt.

Für *Il Muto* sagte der Magen aus.

»Sehen Sie mal hier, *Maresciallo*.«

Boskovic fixierte das Objekt, das Piccinini ihm mit einer Pinzette hinhielt.

»Was ist das, ein Ring?«

»Nicht nur das, *Maresciallo*. Wahrscheinlich haben wir hier das Mordmotiv.«

Boskovic lächelte.

Ein Sachverständiger der RIS analysierte den Fund. Der rote, knopfgroße Stein war ein Rubin, der von Diamanten eingeschlossen wurde. Der Computer brauchte nicht lang, um zu zeigen, wo der Ring gestohlen worden war.

»In Suzzara, vor vier Wochen«, verkündete der Mann, der Boskovic Bericht erstattete.

Der Ring war ein Einzelstück, das 1957 mit einer Platineinfassung hergestellt worden war. Er war so viel wert wie mehrere Jahresgehälter von Boskovic.

Jetzt wurde einiges klar. Die Brüder Mokus und *Il Muto* hatten sich einer Tätigkeit gewidmet, die im Umkreis von Brescia und Mantua zurzeit sehr in Mode war: Villeneinbrüche.

Im Fernsehen war dieser Fall viel besprochen worden. Drei bewaffnete und vermummte Männer waren in das Haus eines alten Industriellen namens Vincenzo Parioli eingebrochen und hatten alles aufgeboten, um nicht mit leeren Händen wieder abzuziehen. In strikter Befolgung des Gesetzes, nach dem keine Einbruchssicherung der Welt jemanden abhalten kann, ins Haus einzudringen, wenn er nur fest genug entschlossen ist, hatten die drei den Mann und seine Frau im Bett überrascht. Nachdem sie beide gefesselt hatten, wurde der alte Mann so lange geschlagen, bis er bereit war, Geld und Schmuck herauszurücken. Der Ring gehörte zur Beute: Der Mann hatte ihn seiner Frau zum zehnten Hochzeitstag geschenkt.

»Hat *Il Muto* ihn vielleicht verschluckt, um ihn zu verstecken und nicht mit den Mokus-Brüdern teilen zu müssen?«, fragte sich Piccinini.

»Wahrscheinlich, aber die beiden müssen es gemerkt haben. Und waren sicher nicht begeistert.«

»Allerdings. Wen rufen wir jetzt an?«

»Die *Carabinieri* in Suzzara. Sehen wir mal, ob die uns weiterhelfen können.«

Nach ein paar Minuten hatte Boskovic Carmine Pasquali in der Leitung, *Comandante* der Wache vor Ort.

»Ich erinnere mich an den Fall«, begann er. »Ein Einbruch in eine Villa, vor einiger Zeit. Parioli wohnt direkt am Ortsrand. Er hat einen riesigen Garten, Wachhunde und eine Alarmanlage. Aber nichts zu machen: Die Einbrecher wussten, wie sie reinkamen. Sie haben das Ehepaar gefesselt und dann aus dem Mann die Kombination für den Safe herausgeprügelt. Im Tresor befanden sich achttausend Euro und etwas Schmuck: Ketten und Armbänder.«

»Und Ringe.«

»Ringe? Nein.«

»Sind Sie sicher?«

»Ganz sicher. Zumindest im Tresor war kein Ring. Aber dennoch ist ein Ring gestohlen worden. Einer der Einbrecher hatte ihn der Frau vom Finger gestreift. Obwohl ›gestreift‹ nicht der passende Ausdruck ist: Der Finger musste mit vier Stichen genäht werden.«

»Was war das für ein Ring? Mit einem Rubin und zwei Diamanten an der Seite?«

»Genau. Ich hab die Akte vor mir. Haben Sie ihn gefunden?«

»Ja. Und auch den Täter.«

»Ist er verhaftet?«

»Nein.«

»Warum nicht?«

»Weil er tot ist.«

Er legte auf. Piccinini sah ihn an.

»Gut. Jetzt wissen wir, warum *Il Muto* ermordet wurde. Was kommt als Nächstes?«

Boskovic lächelte.

»Die beiden Halunken finden und einbuchten.«

31

Radeschi sah sich gezwungen, wegen höherer Gewalt mit öffentlichen Verkehrsmitteln in die Stadt zu fahren. Wahrscheinlich war seine Vespa zu Gatsbys Lieblingssofa umfunktioniert worden, und er würde ihn bei seiner Rückkehr nur unter Einsatz aller Kräfte davon vertreiben können.

In Mailand herrschte dieser Tage kaum Verkehr. Ein Großteil der Bevölkerung war in Ferien, und der Verkehr lief flüssig. Radeschi hasste die U-Bahn, auch wegen einer Geschichte, die ihm einmal dort widerfahren war; er fuhr nur mit der Straßenbahn. An seinem Haus fuhr die Linie eins vorbei, die zwischen Greco und Corso Sempione pendelte und dabei durch das historische Zentrum fuhr: Via Manzoni, Piazza della Scala, Piazza Cordusio, Foro Bonaparte, Piazza Cadorna und dann weiter am Arco della Pace und der Rundfunkanstalt RAI vorbei.

Auf dieser Linie fuhren nur Bahnen mit einem Waggon, alten dunkelorangen Karossen aus Metall und Holz, die noch aus der Zeit des Faschismus stammten und so laut und kipplig waren, dass man sich während der Fahrt kaum auf den Füßen halten konnte. Radeschi liebte sie. Für ihn waren sie wie die Postkutschen im Wilden Westen. Normalerweise stieg er in der Via Cusani, in der Nähe vom Breraviertel, aus. Von dort aus lief er zu Fuß zur Redaktion oder zum Polizeipräsidium und nahm dabei einen Lieblingsweg, der von der Piazza del Carmine ausging und in der Via dei Fiori Chiari endete. Er freute sich an den Balkonen voller blühender Geranien und der Atmosphäre eines eleganten, stillen Viertels, das so gar nichts mit dem hektischen, lärmigen Rest Mailands gemein hatte.

Er war schon tausend Mal hier mit Stella spazieren gegangen. Einmal hatte sie sich sogar bei einer der unzähligen Wahrsagerinnen, die dort im Dämmerlicht der Kerzen Freude und Schmerz vorhersagten, die Karten lesen lassen. Er hatte sich das Ganze ungerührt angehört.

»Einer, der sich mit Kriminalistik beschäftigt, kann nicht an solchen Unsinn glauben«, hatte er erklärt.

Die Wahrsagerin hatte das Ende ihrer Beziehung vorhergesagt.

Sie hatte es vorausgesehen, aber das bewies für ihn noch gar nichts.

»Zufall«, hatte er sich gesagt.

Mit Stella hatte er am Abend zuvor telefoniert. Sie war distanziert und gnadenlos deutlich gewesen.

»Wir können Freunde bleiben, Enrico. Aber ansonsten ist es aus zwischen uns, machen wir uns nichts vor. Ich weiß, dass du dich auf deine Weise an Stefano gerächt hast. Sein Konto ist leer, und in seinem Mail-Account gibt es ein Foto von mir, das du selbst geschossen hast! Eine ziemliche Gemeinheit von dir! Er hat bereits einen Anwalt eingeschaltet … Aber mit so was hätte ich rechnen können. Du hast dich kindisch wie immer verhalten. Unsere Beziehung ist beendet.«

Roversi hatte versucht, ein neues Kapitel seines Lebens zu beginnen und sich auf die Arbeit zu konzentrieren. Ansonsten hätte die Geschichte ihn aufgezehrt.

Aber nicht mal mit Calzolari liefen die Dinge, wie sie sollten. »Was zum Teufel machst du noch in Mailand?«, hatte der Chefredakteur ihm vorgehalten. »Du bist unser Mann vor Ort und müsstest über diese Vorfälle recherchieren. Warum bist du zurückgekehrt? Gestern wurde eine Leiche im Auwald gefunden, und wir mussten uns mit den Verlautbarungen der Nachrichtenagenturen zufriedengeben. Ich brauche dich da, Enrico. Hier gebe ich dir nicht eine Zeile zu schreiben. Hast du kapiert?«

»Aber ich recherchiere hier über den Mord an dem Mädchen und das Verschwinden des Japaners ...«

»Lass das! Ich habe zig Journalisten, die sich darum kümmern können. Aber keinen einzigen in Capo di Ponte. Pass auf, Enrico, bring mich nicht auf die Palme!«

Mit diesen Worten beendete er das Gespräch. Die Botschaft war eindeutig: Marschbefehl zurück zum Dorf. Jetzt musste er das nur noch Sebastiani beibringen.

Radeschi seufzte, grüßte den Wachtposten aus Foggia und betrat das Polizeipräsidium.

Wenn man Sebastiani Glauben schenken wollte, so war Mailand ein Ozean, und er war ein Frauenfischer. In Wahrheit jedoch gab es hier nur einen künstlichen See, der auch noch ziemlich deprimierend war: den *Idroscalo*. Ein kleines Gewässer ein paar hundert Meter vom Flughafen Linate entfernt, das von Wiesen, Wäldern, Trendlokalen und Open-Air-Discos umgeben war.

Radeschis Plan sah vor, die Happy Hour zu nutzen und den *Vicequestore* einzuwickeln.

Sie nahmen Sebastianis Wagen, einen schwarzen Alfa Romeo, denn eine andere Automarke fuhr der Polizeibeamte nicht. Vielleicht hatte er sich in den Alfa 90 seiner ersten Dienstjahre verliebt oder in den Sportwagen Alfa 33. Jetzt hatte er einen GT.

Als sie über die *Preferenziale* sausten, bestand Radeschi darauf, einen Zwischenstopp bei seiner Wohnung zu machen: Er musste eine braune Tüte holen, die er aus Capo di Ponte mitgebracht hatte.

»Was zum Teufel ist denn da drin?«, hatte der Polizeibeamte misstrauisch gefragt.

»Das wirst du schon sehen, wenn wir da sind.«

Als sie sich dem kümmerlichen Vergnügungspark von Linate näherten, gab Radeschi ihm Anweisungen, wie er fahren sollte.

»Bevor wir parken, biegst du erst mal in diese Straße ein und hältst nach fünfhundert Metern rechts am Wald.«

»Aber da treiben sich doch die Schwulen rum.«

»Ich brauche nur zwei Minuten, Loris. In der Zeit werden sie schon keinen Anschlag auf deinen Arsch verüben. Außerdem hast du doch deine Dienstwaffe dabei, oder?«

»Wann hörst du eigentlich mit deinen dummen Späßen auf?«, fragte der *Vicequestore* und hielt.

»Nie.«

»Also, was hast du da?«

»Warte.«

Der Beamte beobachtete, wie Radeschi mit einer Hand in der Tüte herumfuchtelte und ein paar Schritte in den Wald ging. Als er dann sah, worum es ging, musste er seinem Unmut einfach Luft machen.

»Bist du eigentlich vollkommen bescheuert, Enrico? Stella hatte schon ganz recht, sich einen anderen zu suchen.«

Radeschi bedachte ihn mit einem finsteren Blick, hielt aber

nicht in seinem Tun inne. Er hatte aus der Tüte zwei bunte Objekte geholt und sorgfältig am Stamm einer großen Tanne aufgestellt.

Sebastiani schüttelte den Kopf. Radeschi lächelte.

»Jetzt können wir gehen. Mission erfüllt.« Die beiden bunten Keramikfiguren sahen zu, wie der Wagen davonfuhr.

Radeschi war sehr zufrieden mit sich: Er hatte gerade die Zwerge aus dem Garten seiner Mutter befreit.

Als Radeschi und Sebastiani es sich an einem Tischchen im Café Solaire, einem der Lokale am Ufer des übel riechenden Sumpfs namens *Idroscalo*, bequem gemacht und ihre Kehlen mit Mojito und Jamaica Julep angefeuchtet hatten, ging Enrico zum Angriff über.

»Ich muss in die Bassa zurück«, verkündete er. »Ich kann nicht länger hier bleiben. Es geht um meine Arbeit. Calzolari möchte um jeden Preis, dass ich die neuesten Entwicklungen in Capo di Ponte verfolge. Das ermordete Mädchen und der verschwundene Japaner sind ihm vollkommen egal. Das Zentrum des Verbrechens ist in der Provinz.«

»Sage ich doch immer«, spottete Sebastiani und drehte seine Zigarre zwischen den Lippen. »Wann fährst du?«

»Morgen früh. Es sei denn, du brauchst mich noch …«

»Nein, aber lass dein Schrotthandy immer angeschaltet. Lonigro kommt erst in ein paar Tagen zurück. Bis dahin könnte ich noch ein paar Tipps von dir brauchen.«

»Zu Befehl!«

»Hör auf und sieh mal dorthin.«

Im Dämmerlicht des Abends, beleuchtet von den primitiven Fackeln, die die Wirtsleute am gesamten Rand der Wiese verteilt hatten, stach ihnen die hochgewachsene, atemberaubende Gestalt einer Walküre in spacig silbrigem Kleidchen ins Auge. Die beiden Männer folgten ihr in andächtigem, lüsternem Schweigen mit dem Blick, bis die Dunkelheit sie verschluckte.

Die junge Frau näherte sich mit unsicherem Schritt dem Lagerfeuer. Ihr Blick war starr, die Lider halb gesenkt. Sie war eine bemerkenswerte Erscheinung. Groß und üppig, wo man Kurven erwartete. Amerikanerin. Ganz allein. An ihrem letzten Abend vor dem Heimflug früh am nächsten Morgen.

Sie suchte ein Abenteuer in der heißen Augustnacht. Vielleicht wollte sie sich nur amüsieren und die paar Brocken Italienisch anwenden, die sie sich in den zwei Wochen ihrer Italientour angeeignet hatte.

Ihr Pech war nur, dass sie zum falschen Lagerfeuer ging. Genau hier. Ein paar junge Leute, die sie am selben Nachmittag am Castello Sforzesco kennengelernt hatte, hatten sie zum Strand eingeladen. Ans Lagerfeuer. Aber es waren viel zu viele Lagerfeuer hier, außerdem hatte sie bereits ein paar Gläser Wein zum Abschied von Italien getrunken. Sie ließ sich an einem Lagerfeuer nieder. Jetzt waren alle ihre Freunde. Und vielleicht noch ein bisschen mehr.

Sie erkannten sie sofort. Eine nackte Riesin mit entblößtem Busen und wilder Mähne, mit Schreckensmiene und einer Stimmgewalt, die tausend Dezibel erreicht, bleibt nicht unbemerkt. Sie lief am Ufer entlang und suchte Hilfe im Lokal.

»Die spacige Tussi von eben«, verkündete Radeschi.

»Stimmt. Wahrscheinlich ist sie auf dem falschen Planeten gelandet. Gehen wir.«

Sie sprangen auf. Sebastiani zückte seine Dienstmarke und heuerte ein paar Rauswerfer an, die ihm helfen sollten.

»*He fucks me! He fucks me!*«, kreischte das Mädchen tränenüberströmt.

»Wer? *Who*?«, fragte Sebastiani.

Sie wies auf ein Feuer. Die drei Männer, die dort gesessen hatten, gaben Fersengeld. Die Amerikanerin wurde in die Obhut einer Kellnerin gegeben, während Sebastiani, die beiden Muskelmänner und Radeschi sich an die Verfolgung machten.

Natürlich trennten sich die Verfolgten, und die Verfolger mussten es ihnen nachtun. Radeschi Löwenherz blieb bei Sebastiani. Sie verfolgten den kräftigsten der drei.

Sie liefen im Wald zwischen Dornen und Ranken umher. Man sah fast nichts.

Der Mann konnte springen wie eine Gazelle, und ganz sicher hätten sie ihn nie gefangen, wenn er nicht über die dicke Wurzel eines Baumes gestolpert wäre.

Sebastiani nutzte die Chance und stürzte sich mit der Pistole in der Hand auf ihn. Er befahl ihm, die Hände hochzunehmen. Sein Gegenüber massierte sich den Rücken und klagte über Schmerzen. Sebastiani kam näher, um seinen Zustand zu prüfen. Zu nah. Kaum war er in Reichweite, entriss der Mann ihm mit einem Ruck die Waffe und streckte ihn dann mit ein, zwei mörderischen Faustschlägen zu Boden.

Knockout in der ersten Runde.

So kam es, dass Radeschi sich mitten im dunklen Wald von Angesicht zu Angesicht mit dem Bösen sah. Wie bei einem Westernduell, nur dass er keine Waffe hatte.

Anstatt zu fliehen, beschloss der Mann, es sei sicherer, auch den Journalisten loszuwerden. Er griff mit gesenktem Kopf an. Ohne lange nachzudenken, holte Enrico aus seiner Tasche den Montblanc, den Don Lino ihm vor ein paar Jahren geschenkt hatte, und stach wie einst Odysseus dem Monster ins rechte Auge. Das heißt, nicht genau ins Auge, aber in die Augenbraue, die sofort aufplatzte. Die Wunde fing heftig an zu bluten, was dem Mann die Sicht raubte.

Der unglückselige Polyphem stieß einen bestialischen Schrei aus, wich aber nicht zurück. Trotz seiner Schmerzen packte er seinen Gegner am Hals.

Selbst in dieser Notlage konnte sich der Journalist noch auf seine Reflexe verlassen. Sein Knie schnellte zielstrebig dorthin, wo es weh tut. Das Monster krümmte sich vor Schmerz. Allerdings ohne seinen Griff zu lockern. Radeschi hatte getan, was er konnte, und wartete nun hilflos auf die Rache des Gegners, die darin bestand, ihn langsam zu erwürgen.

Er konnte sich nicht aus seinem eisernen Griff befreien und begann nach Luft zu ringen. Ihm wurde schon schwarz vor Augen, als Sebastiani mit einem geschwollenen Auge das Monster von hinten ansprang und ihm heftig mit einem Stock aufs Genick schlug.

»Gute Idee, ihn zu blenden«, bemerkte er sarkastisch, als Goliath am Boden lag. »Das hat ihn noch rasender gemacht.«

»Weiß ich«, gab der Journalist zurück. »Aber das Einzige, das mir auf die Schnelle einfiel, war, dass die Feder mächtiger ist als das Schwert.«

»Ja, ja, aber fast hätte er dich umgebracht. Trotz deiner Feder!«

Sebastiani legte dem um sich schlagenden Mann die Handschellen an, tupfte ihm mit einem Taschentuch das Blut von der Stirn und wartete auf Verstärkung.

Der Zusammenstoß hatte tief im Wald stattgefunden, wo die Sicht mehr als dürftig war.

»Schauen wir mal, wie er aussieht«, schlug Radeschi vor.

Sebastiani drehte den Mann um und leuchtete ihm mit der Anzeige seines Handys ins Gesicht.

Radeschi spürte, wie ihm die Knie weich wurden.

»Was ist denn, Enrico?«

»Ich kenne den Mann!«

32

Die Nacht in der Bassa war drückend und schwül. Boskovic bekam kaum ein Auge zu. Die ganze Zeit pendelte er zwischen Bett und Dusche. Um sechs Uhr morgens, als Valeria schon überlegte, ihn mit Gift in seinem Monte um die Ecke zu bringen, konnte er endlich etwas Schlaf finden. Doch nur kurz. Dann klingelte das Telefon, und die junge Frau schloss sich im Badezimmer ein. An Schlaf war jetzt ohnehin nicht mehr zu denken.

Boskovic zündete sich die erste MS des Tages an und lauschte dem atemlosen Bericht von *Carabiniere* Patierno: Die Brüder Mokus waren gefasst worden. Sie hatten einen Komplizen: ein dritter Albaner, der sie in seiner Wohnung in Cinisello versteckt hatte. Seinetwegen waren sie erwischt worden. Denn der hatte am Vorabend zu viel getrunken und eine Ausländerin vergewaltigt. Die beiden Mokus-Brüder hatten sich zwar nicht an der Vergewaltigung beteiligt, aber auch nicht versucht, sie zu verhindern, sondern einfach zugesehen.

»Ihre schlechte Gesellschaft hat sie verdorben!«, bemerkte der *Maresciallo* sarkastisch.

»Das steht mal fest«, bestätigte Patierno.

»Wo sind sie jetzt?«

»In einer Zelle in einem Polizeikommissariat in Mailand. Es scheint, einer von ihnen, und zwar Bardhok, ist verletzt.«

Die Polizei hatte sie also erwischt. Das verdarb dem *Maresciallo* schon ein wenig die Laune. Er ließ sich die Nummer des Kommissariats geben und legte auf.

Eine halbe Stunde später befand er sich mit einem Caffè Montenegro im Bauch in seinem Büro und hielt wieder den Telefonhörer in der Hand.

Doch es gab noch mehr Überraschungen: *Vicequestore* Loris Sebastiani höchstselbst hatte die Verhaftung durchgeführt, zusammen mit einem ihm bekannten Journalisten und zwei Rausschmeißern.

Er wählte seine Nummer, und nach einem unausgewogenen Schlagabtausch mit einem krankhaft geschwätzigen *Ispettore* Sciacchitano gelang es ihm, an die Handynummer des *Vicequestore* zu kommen. Der sich glücklicherweise noch nicht zu Bett begeben hatte.

Sebastiani schilderte ihm sämtliche Einzelheiten.

»Der eine ist im Krankenhaus, aber den beiden anderen, Mokus junior und dem Vergewaltiger, geht es gut. Die zwei Rausschmeißer, die sie gefasst haben, haben sich darauf beschränkt, sie ein bisschen durchzurütteln. Aber keine Sorge«, schloss er, »Radeschi war bei mir. Er befindet sich auf dem Weg nach Hause und wird Ihnen bald wieder im Weg sein. Wenn Sie noch Fragen haben, wird er sie klären können. Aber ich rate Ihnen: Immer schön feilschen, das gefällt ihm.«

Vor Beendigung des Gesprächs fragte Boskovic Sebastiani, ob er vielleicht noch etwas nachprüfen könne. Der *Vicequestore* willigte ein.

Es handelte sich um den Abgleich der DNA von den Zigarettenstummeln in der *Golena* mit der von Bardhok, die unverzüglich von den Kollegen der Polizei entnommen wurde.

Nach dem Telefonat genehmigte sich Boskovic ein üppiges

Frühstück in der Bar *Binda*, die zu dieser Stunde menschenleer war. Als er ins Büro zurückkehrte, war es acht, eine höchst akzeptable Zeit also, Piccinini anzurufen.

Der Beamte der RIS hörte sich seinen Bericht an und versicherte, einen Kollegen in Mailand anzurufen, der ihm den DNA-Abgleich in kürzester Zeit besorgen würde.

Er hielt Wort. Drei Stunden später trafen, obwohl halb Italien im Urlaub war und überall Personalmangel herrschte, die Ergebnisse per Fax in der Wache der *Carabinieri* in Capo di Ponte Emilia ein.

Rizzitano kam im Laufschritt und mit dem Fax in der Hand ins Büro. Wie üblich ohne anzuklopfen.

»Jetzt haben wir ihn, *Marescià*. Sie stimmen überein!«, verkündete er.

Boskovic nahm dem *Brigadiere* das Fax aus den Händen und überflog es. Er konnte sich ein Lächeln nicht verkneifen.

»Noch eine Überraschung: Die Herren Mokus sind gar keine Brüder, nicht mal entfernte Verwandte … Wer weiß, welche Lügen die beiden noch in all den Jahren erzählt haben.«

Eine Minute später wurde das Fax zur Kenntnisnahme nach Mailand ins Präsidium in der Via Fatebenefratelli geschickt, wo sich die Szene wiederholte: *Ispettore* Mascaranti kam mit dem Blatt in der Hand in Sebastianis Büro und rief: »Jetzt haben wir sie! Wir müssen eine Pressekonferenz abhalten!«

Sebastiani aber schüttelte den Kopf. Er war nicht sicher, ob der Kerl, dem er eins über den Schädel gegeben hatte, auch die Alten im Seniorenheim ermordet hatte. Allerdings eher aus Solidarität mit Radeschi als aus eigener Überzeugung, da der Journalist diese Theorie rundheraus verwarf.

Telefonisch befragt, verfügte Radeschi bei dem batteriebedingt nur zwanzig Sekunden dauernden Gespräch wörtlich: »Das ist doch alles Quatsch: Der Albaner ist nur ein Kollateralschaden. Er hat die beiden Alten nicht umgebracht.«

Dann war die Leitung zusammengebrochen, ohne dass ein neuer Anruf erfolgte.

Der Journalist befand sich zu dem Zeitpunkt in der Bummelbahn, die ihn nach Capo di Ponte zurückbrachte, daher dauerte der telefonische Blackout zwei Stunden. Sebastiani hatte ihm aufs Wort geglaubt, auch weil er sich nur mäßig für den Vorfall interessierte. Schließlich war dies nicht sein Fall: Ihm oblag der Mord an Debora Vergani und das Verschwinden von Daisuke Nakatomi.

Doch angesichts Mascarantis vor Eifer blitzenden Augen machte er es genau wie einst Pontius Pilatus. Er vertraute ihm die Sache mit den Fremdlingen an und wusch seine Hände in Unschuld. Von diesem Moment an lagen Freuden und Leiden dieses Falls vollständig beim *Ispettore*.

Als Mascaranti das Büro des *Vicequestore* verließ, rauchte ihm der Kopf. Dies war seine große Chance! Er ließ Bardhok in den Verhörraum schaffen und bereitete sich auf seinen Angriff vor. Er war ein alter Fuchs, dieser Polizist. Er wusste, dass sein Erfolg einzig und allein davon abhing, ob der Albaner ein Geständnis ablegte. In diesem Fall würde ihm die ersehnte Beförderung zum Chefinspektor nicht mal mehr vom Innenminister verwehrt werden können.

Eine gute halbe Stunde ließ er Bardhok Mokus im eigenen Saft schmoren und bereitete so sein Terrain. Der Albaner war zwei Stunden zuvor aus dem Krankenhaus entlassen worden. Man hatte ihm die Augenbraue genäht, und ein Augenarzt hatte ihn einer gründlichen Untersuchung unterzogen: Er konnte tadellos sehen. Schließlich betrat Mascaranti mit versteinerter Miene den Verhörraum. Er mied den Blick des anderen, selbst als er ihm eine Zigarette anbot.

Bardhok, der mit seinem Kopfverband und der Gazeklappe vor dem Auge aussah wie der *Elefantenmensch*, sah ihn mit einem Ausdruck an, der besagte, dass er wusste, was ihm bevorstand, es jedoch zu leugnen versuchte.

Mascaranti kannte diesen Ausdruck nur zu gut; er selbst setzte ihn auf, wann immer es nötig war. Ohne ein Wort drückte er seine Zigarette im Aschenbecher aus und legte dann in aller Ruhe das Fax auf den Tisch. So, dass es deutlich zu sehen war. »Wir haben den Beweis, die unumstößliche Gewissheit, dass du Pellumb Softa, auch *Il Muto* genannt, umgebracht hast. Wenn du schlau bist und auf der Stelle ein schönes Geständnis ablegst, könnte es sein, dass du noch früh genug aus dem Knast rauskommst, dass du in deine Heimat zurückkehren und ein paar schöne Jährchen verleben kannst. Wenn nicht, kannst du sicher sein, dass ich alles unternehmen werde, um dich so lange wie möglich im Knast zu halten. Und zurück nach Hause kommst du erst in einer Holzkiste.«

Er hatte den groben Tonfall von Sergeant Hartman nachgeahmt, dem gnadenlosen Ausbilder in *Full Metal Jacket*.

Dann starrte er Bardhok so lange an, bis dieser kapitulierte. »Ist gut«, sagte er.

Ein paar Stunden später hatte *Ispettore* Mascaranti ein getipptes und von Bardhok gelesenes und unterschriebenes Geständnis, in dem er zugab, *Il Muto* nach einem Wortwechsel in einer geschäftlichen Angelegenheit (welche genau das war, wollte er nicht erläutern) getötet und ihm später die Hand amputiert zu haben, um sie in den Briefkasten des Hauses in der Strada

Pasine 81 in Capo di Ponte Emilia zu stecken und damit die Freilassung seines Bruders zu erwirken.

Einziger Schönheitsfehler an diesem Geständnis war, dass er behauptete, nichts mit den Morden an Spinelli und Reggiani zu tun zu haben. Aber das war für den *Ispettore* nur logisch, denn die hatte ja sein Bruder umgebracht! Nachdem er Sebastiani Bericht erstattet hatte, bekam er von ihm die Erlaubnis, eine Pressekonferenz einzuberufen, um die exzellente Zusammenarbeit von Polizei und *Carabinieri* zu präsentieren, die zur Festnahme der Killer geführt hatte.

Es war eine richtige Show, die er vor zig Diktiergeräten und blitzenden Fotoapparaten abzog. Seine Geschichte wäre eines *Zelig* würdig gewesen.

Er ließ seiner Phantasie freien Lauf.

Nach Meinung des Inspektors war die Lösung des Rätsels im Grunde einfach: Bardhok hatte *Il Muto* umgebracht, während Spinelli, wie schon die *Carabinieri* in Capo di Ponte Emilia ermittelt hatten, von seinem angeblichen Bruder Juri ermordet worden war. Zum früheren Zeitpunkt waren die Ermittler jedoch wegen Mangels an Beweisen gezwungen gewesen, ihn freizulassen, doch heute, im Licht neuer Erkenntnisse, waren alle von seiner Schuld überzeugt. Es sei nur noch eine Frage der Zeit, hatte er hinzugefügt, dass Juri Mokus den Mord, besser gesagt ›die Morde‹ gestehen würde, da mit Sicherheit davon auszugehen sei, dass auch Reggianis Tod auf sein Konto gehe. Das Motiv für diese Morde müsse noch ermittelt werden. Momentan schweige Juri Mokus noch zum Vorwurf des Doppelmords, des Widerstands gegen die Staatsgewalt und der Beihilfe zum Verstecken einer Leiche und wolle auch auf keine Fragen antworten.

Zusammen mit den beiden angeblichen Brüdern sei auch

ein dritter Albaner verhaftet worden. Der sei ein alter Bekannter der Mailänder Drogenfahndung. Auch er habe sich geweigert, auf die Fragen der Ermittler zu antworten.

Alle drei seien angeklagt, Rachel Whitlock, eine Bürgerin der USA, vergewaltigt zu haben. Diese stehe unter Schock und sei zunächst medizinisch versorgt und dann in ein Flugzeug in die USA gesetzt worden. Noch zum Zeitpunkt dieser Pressekonferenz könne sie bereits ihre Familie in Kansas City, Missouri, wieder in die Arme schließen.

Als Mascaranti am Ende seiner Rede angekommen war, rechnete er mit Applaus, doch der blieb aus. Die Journalisten hatten ihn geduldig ausreden lassen und wollten jetzt selbst an die Reihe kommen.

Ein Reporter, geschickt von Calzolari, der bereits bitter bereute, Radeschi wieder nach Capo di Ponte Emilia beordert zu haben, bemerkte, dass die Rechnung *Ermordete/amputierte Hände* nicht aufginge. Es gebe zwei aufgetaute Hände zu viel in dieser Gleichung. *Ispettore* Mascaranti schnaubte.

»Ein unwesentliches Detail. Die Hände werden zu einem Illegalen gehören, der ebenfalls umgebracht und irgendwo in der Bassa verscharrt wurde. Früher oder später taucht auch der auf. Aber wenn Sie mich jetzt entschuldigen wollen …«

Die Journalisten wollten keineswegs, doch ein Beamter schob sie einfach aus dem Konferenzsaal. Ein Blitzlichtgewitter erfasste Mascarantis zufriedene Miene. Er hatte jetzt nur noch eine Aufgabe: *Maresciallo* Boskovic anrufen. Schließlich war er es gewesen, der den Fahndungsbefehl ausgegeben hatte. Er wollte alles richtig machen, dann würde ihm Polizeipräsident Lamberto Duca persönlich zu seiner Leistung gratulieren.

»Er hat alles gestanden, *Maresciallo*«, verkündete Mascaranti nach dem üblichen Vorgeplänkel.

»Alles?«

»Den Mord an *Il Muto*. Der Rest geht auf Juri zurück.«

»Verstehe. Mit welcher Hand hat er das Geständnis unterschrieben?«

Mascaranti lachte.

»Wie bitte? Soll das ein Witz sein?«

Boskovic antwortete darauf nicht.

»Mit welcher Hand soll er denn unterschrieben haben?«, platzte es am Ende aus Mascaranti heraus. »Mit der rechten natürlich!«

»Natürlich«, wiederholte der *Maresciallo* und legte auf.

Valeria strich Boskovic zärtlich übers Haar. Es beunruhigte sie, ihn so angespannt zu sehen.

»Es ist vorbei, Giorgio, du kannst dich entspannen.«

Sie neigte sich vor und streifte mit den Lippen seinen Mund. Sie waren bei ihr zu Hause, auf dem Bett, während der Ventilator mit aller Macht der Hitze entgegenzuwirken versuchte.

Sie hatten Fisch gegessen, gegrillte Gamberoni und dazu einen Weißwein getrunken, den Boskovics Vater ihnen ein paar Tage zuvor, bei ihrem letzten Besuch in Bologna, geschenkt hatte.

Der *Maresciallo* schloss die Augen, und Valeria schmiegte sich an ihn.

Draußen glühte die Nacht, drinnen entflammte die Leidenschaft. Plötzlich jedoch entwand er sich ihrer Umarmung.

»Was ist denn jetzt los? Wen rufst du um diese Zeit an?«

Boskovic hatte sich aufgesetzt und zum Telefon gegriffen. Er bedeutete ihr, sich wieder hinzulegen. Ein schrecklicher Zweifel hatte ihn durchzuckt.

»Hallo. Wer zum Teufel ruft da an?«

Eine verständliche Reaktion. Es war ein Uhr nachts.

»Rizzitano? Hier ist Boskovic.«

»Zu Befehl!«, murrte der andere zischend.

»Mit welcher Hand hat Juri Mokus seine Aussage unterschrieben?«

Rizzitano dachte kurz nach, während er gegen den Schlaf und den Drang ankämpfte, den *Maresciallo* zum Teufel zu schicken. Hätte das nicht bis zum nächsten Morgen warten können?

Er gähnte laut und ausgiebig, damit sein Vorgesetzter es auch ja mitbekam.

»Mit der rechten«, sagte er schließlich.

»Natürlich«, bemerkte der *Maresciallo* ironisch.

Rizzitano war nicht im Geringsten nach Scherzen zumute.

»Und jetzt?«, fragte er, nur um irgendetwas zu sagen.

»Jetzt stehen wir wieder ganz am Anfang!«, knurrte der *Maresciallo*. »Gute Nacht.«

Dann legte er auf.

33

Der Bahnhof von Capo di Ponte lag verlassen da. Nur der Stationsvorsteher stand unter der Bahnsteigüberdachung und wischte sich den Schweiß von der Stirn. Radeschi war der einzige Passagier, der aus dem Zug stieg.

Es war abends, doch der Hitze tat das keinen Abbruch.

Radeschi war stocksauer. Er hatte nicht nur die Entdeckung der Leiche verpasst, sondern auch noch die Pressekonferenz über die Verhaftung der Mokus-Brüder. In letzter Zeit hatte er ein perfektes Timing, genau den Orten den Rücken zu kehren, die für saftige Schlagzeilen sorgten. Für ihn blieben nur die mickrigen Hintergrundnachrichten. Calzolari hatte versucht, ihn übers Handy zu erreichen, aber wie üblich hatte ihn sein Akku im Stich gelassen. Er fürchtete den Moment, da er es wieder anschalten musste: Wie viele böse Nachrichten hatte er wohl hinterlassen?

Er ging zu Fuß nach Hause. Er fühlte sich einsam. Er war traurig. Er brauchte jemanden, bei dem er sich auslassen konnte. Aber wen? Nicht mal einen Priester hatte er zum Reden, um es mit den Worten seines hochgeschätzten Paolo Conte zu sagen, wenn er sie schon nicht singen konnte.

Bei diesem Gedanken jedoch hielt er inne: Er hatte ja doch einen Priester!

»Wer sind Sie?«

»Der österreichische General.«

»Radetzky?«

»Höchstpersönlich.«

»Welche Ehre, Sie empfangen zu dürfen. Sie möchten wohl mit Don Lino sprechen?«

Radeschi hatte gegenüber der Haushälterin die Taktik gewechselt, und wie es schien, funktionierte sie. Anstelle der üblichen fünf Minuten Hin und Her wurde er nun nach nicht mal zwei ins Arbeitszimmer des Geistlichen geführt. Ein echter Rekord.

»Warum hast du dich Maria gegenüber als General vorgestellt?«

»Das ist nicht wichtig.«

»Wenn du in deiner Eigenschaft als Reporter gekommen bist«, wehrte der Priester sofort ab, »dann kannst du direkt wieder gehen. Seit ein paar Tagen werde ich ständig von deinen Kollegen heimgesucht, die mich mit Fragen löchern. Ob ich was über die Ermordeten weiß, ob ich einen Verdacht habe, ob jemand in der Beichte gestanden hat. Aber das kannst du dir ja vorstellen.«

»Ja.« Radeschi zeigte nicht gerade viel Anteilnahme.

»Was ist denn, Enrico?«

Radeschi suchte nach Worten. Er saß auf dem Sofa, rang die Hände und starrte auf seine Ledersandalen. Eigentlich war er hergekommen, um über Stella zu sprechen, zu erklären, wie es zwischen ihnen zum Bruch gekommen war. Aber dann war ihm wieder eingefallen, dass er ihm bislang nicht mal hatte gestehen können, dass seine Beziehung zu Cristina, seiner Verlobten aus der Zeit, als er noch jung war und im Ort lebte, seit über fünf Jahren beendet war. Doch er hatte keine andere

Wahl: Nun war der Moment gekommen, sein Gewissen zu erleichtern.

Der Priester hörte ihm schweigend zu. Radeschi suchte nach den richtigen Worten, denn das Eingeständnis seiner gescheiterten Beziehung mit Cristina würde sicher ein herber Schlag für den Geistlichen sein, der sie beide schon vor dem Altar gesehen hatte. Zu seiner großen Überraschung jedoch unterbrach ihn Don Lino fast sofort.

»Das reicht, Enrico. Du brauchst nicht weiterzusprechen, ich weiß schon von eurer Trennung.«

»Wirklich?«

»Ja, und wahrscheinlich habe ich mich ebenso fragwürdig verhalten wie du, weil ich Bescheid wusste und es dir nicht gesagt habe.«

»Seit wann denn?«

»Seit mindestens sechs Monaten.«

»Sechs Monaten? Aber wer hat es Ihnen denn gesagt? Cristina?«

»In gewisser Weise ja. Sie und ihr neuer Freund haben im letzten Monat geheiratet. Und ich habe sie getraut.«

Radeschi kam sich überfahren vor. Hintergangen. Er verabschiedete sich überstürzt und machte sich wieder auf den Weg nach Hause.

Auf der Schwelle seines Elternhauses begrüßte ihn Buk mit freudigem Schwanzwedeln. Er war nicht allein. Auf seiner Vespa, die unter der Laube stand, saß Jennifer. Sie hatte Mirko auf dem Arm und streichelte ihn.

»Ciao, was machst du denn hier?«

Das Mädchen war wie beim letzten Mal ganz in Schwarz. Allerdings trug sie heute keine kurze Hose, sondern einen Minirock aus Leder, der einen Blick auf ihre weißen, wohlgeformten Schenkel erlaubte.

»Oh, wenn du so unfreundlich bist, gehe ich wieder«, wehrte sich die junge Frau.

»Nein, tut mir leid. Ich hab dich nur nicht hier erwartet.«

»Wirklich nicht? Dabei hast du doch versprochen, mal einen Ausflug auf der Vespa mit mir zu machen.«

»Was, jetzt?«

»Passt es dir nicht?«

Radeschi gab allen Widerstand auf und lächelte.

»Doch, ich will nur das Zeug hier reinbringen, dann bin ich für dich da.«

Kurz darauf kam er ohne Gepäck zurück.

»Was ist dein Geheimnis? Woher wusstest du, dass ich hier wohne?«

»Du musst nicht überall Geheimnisse sehen, Enrico. Denk nur mal ein bisschen zurück. In die Zeit, als du aufs Gymnasium gegangen und mit deinem Fahrrad gefahren bist. Weißt du noch? Ja, gut. Erinnerst du dich auch noch an das kleine Mädchen, das auf der Tenne nebenan gespielt hat und jedes Mal, wenn sie dich vorbeifahren sah, ihr Röckchen lüftete?«

»Das warst du?«

»Ja, mein Lieber. Wer weiß, warum du erst jetzt auf mich aufmerksam wirst.«

»Das frage ich mich auch.«

Sie trat zu ihm.

»Jedes Mal, wenn ich dich kommen sah, rannte ich zu dir, um mir diesen kleinen Spaß zu erlauben.«

Sie sah ihn spitzbübisch an. »Heute habe ich dasselbe gemacht. Als ich dich habe kommen sehen, bin ich hergerannt, um auf dich zu warten.«

»Aber deinen Rock willst du nicht heben?«

»Ich bin jetzt erwachsen. Aber man sollte die Hoffnung nie aufgeben.«

Er ging hinein und holte zwei Bier aus dem Kühlschrank.

Sie setzten sich nebeneinander auf den Sitz seiner Vespa.

»Da sich herausgestellt hat, dass wir Nachbarn sind, habe ich eine Beschwerde vorzubringen«, sagte er.

»Schieß los.«

»Es geht um den Hahn, William. Kann man ihm nicht den Garaus machen?«

»Ich glaube nicht. Meine Oma hat ihn ins Herz geschlossen. Und ich mag ihn auch. Sonst noch Klagen?«

»Im Moment nicht. Aber man soll die Hoffnung nie aufgeben.«

Das Mädchen lachte.

»Wenn du willst, können wir jetzt los«, verkündete er.

»Wohin?«

»Zum großen Fluss natürlich. Abends ist es wunderschön da.«

»Einverstanden, aber wir müssen Mückenspray mitnehmen … und eine Decke.«

»Wozu?«

»Ach, Enrico. Soll ich dir eine Zeichnung machen?«

Diesmal war er es, der lächelte.

Am folgenden Morgen wurde Capo di Ponte von einer Sintflut geweckt. Nach fast zwei Monaten öffneten sich endlich die Himmelsschleusen und ließen es so heftig und andauernd regnen, dass man endlich wieder Luft holen konnte. Im Fernsehen wurde unermüdlich berichtet, dass die Hitze in Frankreich bereits etliche Menschenleben gekostet hatte. Allerdings kam diese Meldung erst an zweiter Stelle. An erster stand immer noch die Festnahme der Albaner.

Der *Maresciallo* sah mit leerem Blick auf die erste Seite der Zeitung, wo ihm Pellumb, alias *Il Muto*, Bardhok und sein Bruder Juri entgegenstarrten. Auch Mascaranti war auf einem kleineren Foto zu sehen. Darüber prangte die Schlagzeile: *Der Alptraum ist vorbei.*

Sinnlos zu hoffen, dass sie sich auf die Hitze bezog. Der Aufmacher war ein Interview mit Tazio Bertazzoni, seines Zeichens Bürgermeister von Capo di Ponte Emilia.

»Endlich«, seufzte der erste Bürger auf, »kann das Leben im Ort wieder seinen normalen Gang gehen.« Dieses Zitat war in riesigen Lettern gehalten, so als wäre es wer weiß was und nicht die dümmste aller Plattitüden.

»Herrgott noch mal«, platzte es aus Boskovic heraus, als er die Zeitung zusammenrollte. »Das Ganze ist falsch. Von vorne bis hinten!«

»Was meinen Sie denn, *Maresciallo?*«

»Diesen vermaledeiten Fall. Er ist viel zu verworren, als dass er, wie alle es so gern hätten, im tristen Vergnügungspark Idroscalo gelöst werden könnte. Es passt einfach nicht zusammen, weder die aufgetauten Hände noch die von einem Linkshänder geschriebenen Briefe …«

»Aber, aber, *Marescià*«, versuchte der *Brigadiere* ihn zu beschwichtigen.

»Sind das für dich vielleicht nur unwichtige Details?«, bellte sein Vorgesetzter.

Eingeschüchtert stellte Rizzitano die Kaffeetassen auf den Schreibtisch.

»Also machen wir weiter?«, fragte er.

»Natürlich. Mir will einfach zu vieles nicht einleuchten.«

»Zum Beispiel?«

»Zum Beispiel das Motiv. Die Mokus-Brüder haben *Il Muto* umgebracht, so viel ist klar, aber dass sie auch die zwei Alten ermordet haben, bleibt noch zu beweisen. Welches Motiv sollte Juri haben? Alle scheinen davon auszugehen, dass ein Albaner auch ohne Motiv morden könnte, nur um des Mordens willen, so als sei das die natürlichste Sache der Welt. Tja, aber weißt du was? Ich glaub nicht daran, ich habe was anderes gelernt.«

Der *Brigadiere* sagte nichts.

»Gehen wir«, sagte der *Maresciallo* schließlich.

Der blaue Punto fuhr über die Landstraße Richtung Guastalla. Rizzitano warf seinem Vorgesetzten besorgte Blicke zu, bis dieser ihm befahl, rechts ranzufahren. Es hatte aufgehört zu regnen, und die Temperatur stieg bereits wieder.

»Hier?«, fragte Rizzitano verwirrt und blickte sich um. Sie befanden sich mitten im Niemandsland.

»Hier, Rizzitano, und fahr den Wagen hinter die Hecke. Ich will nicht, dass man uns sehen kann. Zumindest nicht sofort.«

Sein Untergebener gehorchte zähneknirschend. Das fing ja gut an!

In den nächsten Stunden kontrollierten sie Autofahrer, und der *Maresciallo* konnte seine schlechte Laune an ihnen auslassen. Fahren ohne Sicherheitsgurt, mit Schlappen oder Handy: Damit wurde das Defizit in der Gemeindekasse ein klein wenig ausgeglichen.

Boskovics Augen begannen zu leuchten, als er einen Journalisten der »Voce di Capo di Ponte« erwischte, der die polizeilichen Ermittlungen als ineffizient und langsam bezeichnet hatte; er bekam nicht nur ein saftiges Strafmandat, sondern auch Punkte.

Rizzitano war zunehmend besorgt und bestand schließlich darauf, die Kontrolle abzubrechen, um zu verhindern, dass noch das ganze Dorf Strafzettel bekam. Als sie nach einer Stunde und siebenundvierzig Minuten wieder losfuhren, hatten sie Strafmandate für fast dreitausend Euro verteilt.

34

Vicequestore Loris Sebastiani spielte mit seinen Handschellen. Schon bald sollten sie sich um die Handgelenke von Ernesto Macchi schließen. Der kriminaltechnische Bericht war vor wenigen Minuten eingetroffen, und alle Indizien wiesen auf den Barbesitzer. In der Unterhose hatte man ein Schamhaar gefunden, das man nach der DNA-Probe zweifelsfrei Debora Vergani zuordnen konnte. Außerdem hatte sich, wie vermutet, der Fleck auf der im Wagen gefundenen Schaufel als Blut herausgestellt. Im Bericht stand auch, dass die Stirnwunde der jungen Frau durchaus von der Schaufel stammen konnte. Damit war alles klar.

Klar und eindeutig stand alles vor ihm, der Traum eines jeden Ermittlers. Blieb nur noch ein ungelöstes Rätsel: die Frage nach dem Motiv. Sebastiani gehörte noch zur alten Garde der Ermittler, die überzeugt waren, dass es für jeden Mord einen guten Grund geben müsse – nicht unbedingt nachzuvollziehen, aber doch zwingend genug, um den Mörder zur Tat zu treiben. Natürlich konnte Macchi eifersüchtig gewesen sein, an unerwiderter Liebe gelitten haben, aber diese Erklärung überzeugte den Beamten nicht.

Sciacchitano und Mascaranti sahen ihn schweigend an. Sie warteten auf den Befehl, die Verhaftung vorzunehmen. Und wenn sie sich dann schon in der Via Plinio befänden, könnten sie auch gleich Meis mitnehmen, den Hauptverdächtigen im Fall mit dem verschwundenen Japaner. Mascaranti hatte den ganzen Mittag versucht, ihn zu einer Befragung vorzuladen, aber vergeblich. Er war sich sicher, dass der Versicherungsangestellte die Gefahr gewittert und das Weite gesucht hatte.

Als der *Vicequestore* jedoch die Handschellen auf den Tisch legte, um sich noch einmal die Luftaufnahme vom Park anzusehen, lief den beiden *Ispettori* ein unbehaglicher Schauer über den Rücken. Warum sah er sich noch mal dieses Bild an? Hatten sie nicht schon alles, um den Schuldigen einzubuchten?

»Ich habe eine Idee«, verkündete Sebastiani.

Was er als seine ›Idee‹ deklarierte, war in Wirklichkeit ein Vorschlag von Radeschi, den er zehn Minuten zuvor angerufen hatte. Jetzt wandte er sich an Mascaranti.

»Ruf die Hundestaffel an und sag Bescheid, dass wir in zehn Minuten vorbeikommen. Wir brauchen einen Leichensuchhund«, befahl er.

Ispettore Sciacchitano richtete sich auf seinem Stuhl auf.

»Wozu denn das?«, fragte er.

Die beiden Polizisten waren fassungslos.

»Ihr habt mich gehört. Hunde, die in der Erde schnüffeln, um herauszufinden, ob darunter ein Toter liegt. In Capo di Ponte Emilia hat man das auch so gemacht, wochenlang. Das habt ihr doch in der Zeitung gelesen, oder nicht?«

»Ja, könnte sein«, improvisierte Mascaranti.

»Wo wollen wir denn hin?«, stammelte Sciacchitano.

»Zum Parco Agricolo Sud Milano, klar? Ich möchte ein paar Stellen überprüfen lassen.«

Die Hunde brauchten nicht lang. Es war kein endloser Fußmarsch wie in der Bassa nötig. Sie fanden ihn ganz in der Nähe der Stelle, wo die Leiche der Vergani entdeckt worden war. Sciacchitano und Mascaranti trauten ihren Augen nicht, als ein paar Polizisten den leblosen Körper von Daisuke Nakatomi in einen schwarzen Leichensack steckten.

»Woher wussten Sie das?«, fragte Mascaranti verblüfft.

Der *Vicequestore* ließ seine Toscanello von einem Mundwinkel zum anderen wandern.

»Gehen wir zum Wagen zurück«, sagte er. »Dottore Ambrosio hat mir versprochen, die Autopsie sofort vorzunehmen. Ich erzähle euch alles auf der Fahrt.«

»Also«, setzte Sebastiani an, als Mascaranti aufs Gas stieg, »die Idee, er könnte hier vergraben sein, habe ich diesem Hanfanbauer zu verdanken. Bei seiner Befragung hatte er angegeben, in der betreffenden Nacht ein Auto gesehen zu haben.«

»Ja, Fantuzzis Auto!«, lachte Mascaranti. »Der muss schon einiges von seinem Zeug geraucht haben.«

»Das glaube ich nicht. Wenn du genau darüber nachdenkst, war seine Beschreibung ziemlich eindeutig. Er hat einen B111 von Autobianchi gesehen, besser bekannt auch als Bianchina.«

Die beiden anderen Polizisten warfen sich einen Blick zu.

»Aber was heißt das schon?«, fragte Sciacchitano. »Wir kennen niemanden, der so einen Wagen fährt. Gozzi zum Beispiel, über den ich gerade die nötigen Informationen vom Straßenverkehrsamt bekommen habe, besitzt einen alten Ritmo mit Goodyear-Reifen.«

Sebastiani lächelte undurchdringlich. »Du hast recht, das genau hat mir das meiste Kopfzerbrechen bereitet. Also habe ich mich in den Jungen hineinversetzt. Mitten in der Nacht, im Dunkeln, vielleicht auch schon ein bisschen bekifft, wie du meinst, hat er ein Auto vorbeifahren sehen. Einen alten Wagen aus den Sechzigern, mit runden Scheinwerfern. Ein Auto, das *so ähnlich* war wie das, was er schon tausend Mal in den Fantozzi-Filmen gesehen hat.«

»Wollen Sie damit sagen, dass der betreffende Wagen gar kein Bianchina war, sondern ein Modell, das so ähnlich aussieht?«, fragte Sciacchitano.

»Genau.«

Der *Ispettore* schlug sich mit der Hand vor die Stirn. »Aber ja doch! Der Simca 1000 von Ernesto Macchi! Nachts gleichen sich die beiden Wagen wie ein Ei dem anderen.«

»Das dachte ich mir auch«, bestätigte Sebastiani. »Nachdem ich das Auto gesehen hatte, wollte es mir nicht mehr aus dem Kopf. Irgendwas stimmte daran nicht, irgendwas beschäftigte mich, auch wenn ich nicht wusste, was. Heute Abend aber wurde es mir endlich klar. Macchis Simca ist ein echter Oldtimer, in allen Einzelteilen original und makellos. Bis auf ein Detail.«

»Die Reifen?«

»Exakt. Er hat P3000 Energy, die genau zu den Abdrücken passen. Und wenn es vorher auch nur Zufall gewesen sein konnte, wurde es nun zur Gewissheit.«

»Also hat Macchi den Japaner umgebracht? Aber warum denn?«

»Geld«, sagte Sebastiani. »Eines meiner Lieblingsmotive. Die *Nippon*-Bar hatte starken Zulauf, und ihm blieben die Gäste aus.«

»Dieser Barmann ist ja ein richtiger Schlächter«, meldete sich Mascaranti. »Erst das Mädchen, dann den Japaner …«

»Nein, das Mädchen hat er nicht umgebracht.«

»Nicht? Aber wir haben doch eine Million Beweise gegen ihn!«

Noch während er den Satz beendete, hielt der Wagen vor

einem Nebeneingang des Krankenhauses. Sebastiani stieg eilends aus.

Das Gespräch würde später fortgesetzt werden.

35

Die Sonne brannte noch, als der *Maresciallo* kurz nach fünf – für seine Verhältnisse ungewöhnlich früh – die Kaserne verließ. An diesem Abend hatte er etwas Wichtiges vor: Er erwartete Valeria zum Essen, und da er das erste Mal für sie kochte, wollte er sich von seiner besten Seite zeigen. Seine Wahl war nach sorgfältiger Überlegung auf eine seiner Glanznummern gefallen: *Ragù alla napoletana.* Eigentlich war dies keine seiner eigenen Spezialitäten, denn mehr *bolognese* als Boskovic war niemand, vor allem, wenn er den Mund aufmachte. Nein, das Rezept war ihm freundlicherweise von Rizzitano anvertraut worden. Dieser hatte es ihm Monate zuvor, als Boskovic nach Capo di Ponte versetzt wurde, geduldig beigebracht. Nach drei Jahren in einer neapolitanischen Kaserne kannte der *Brigadiere* alle Geheimnisse dieses Rezepts.

»Diese Sauce«, hatte er verkündet, »ist die edelste, berühmteste, raffinierteste und reichhaltigste der ganzen neapolitanischen Küche. Aber Achtung: Das Ragù aus Neapel unterscheidet sich von allen anderen Fleischsaucen und ähnelt nicht im Mindesten der Ihren aus Bologna, *Marescià.* Sie ist sowohl in den Zutaten als auch der Zubereitung anders und erfordert höchste Konzentration … Man muss nur am Samstagabend einen kleinen Spaziergang durch die Straßen von Neapel machen, dann wird man ihren Duft wahrnehmen! Doch wahrhaft einzigartig ist sie erst, wenn man sie mit *Zitoni* oder besser noch mit *Paccheri* serviert.«

Der *Maresciallo* hatte nicht die geringste Ahnung, was *Zitoni* oder *Paccheri* sein sollten, doch angesichts solcher Raffinesse hatte er die Sauce seiner Heimatstadt zugunsten der neapolitanischen aufgegeben.

Kaum war er zu Hause angekommen, legte er die Uniform ab und machte sich ans Werk. Zunächst einmal entkorkte er eine kühle Flasche Gewürztraminer und schenkte sich ein großzügig bemessenes Glas ein. Boskovic war der Meinung, dass man sich beim Kochen ständig die Kehle befeuchten musste. Zum Kochvergnügen gehörte unbedingt ein guter Wein.

Er trank einen Schluck, steckte dann den Kopf in den Kühlschrank und holte die Zutaten heraus, die er schon am Vortag im Supermarkt besorgt hatte. Er breitete alles auf dem Küchentisch aus. Schinken, einfachen und geräucherten Speck, Petersilie, ein Stück Rindfleisch, das, wie Rizzitano erklärt hatte, von einem Tier stammen musste, das noch nicht ganz ausgewachsen war, dann Schweinekoteletts, Zwiebeln, Schweineschmalz, Knoblauch und Tomatenmark.

Dann betrachtete Boskovic das Ganze: Er hatte vier Stunden Zeit, um ein vorzügliches Ragù zu zaubern. Rizzitano, dieser halb blinde Einfaltspinsel, hatte ihn gewarnt: »Das Endergebnis hängt fast ausschließlich von der Sensibilität des Kochs ab. Behalten Sie immer im Hinterkopf, *Marescià*, dass dies für die Neapolitaner nicht nur irgendeine Sauce, sondern ein Ritual ist.« Mit dieser Verantwortung im Nacken machte er sich an die Arbeit.

Er vermengte sorgfältig Fleisch, Schinken, etwas Räucherspeck, Petersilie und Pfeffer und zerkleinerte dann auf dem

Hackbrett mit einem sichelförmigen Messer den normalen und den verbliebenen geräucherten Speck. Danach kamen der Knoblauch und die Zwiebeln an die Reihe.

Er stellte bei niedriger Flamme eine große Kasserolle auf den Herd, in die er zusammen mit Schweineschmalz und Öl den Knoblauch und die Zwiebeln gab. Sobald das Fett anfing zu schmelzen und die Zwiebeln glasig wurden, fügte er die Schweinekoteletts und das restliche Fleisch hinzu. Er bedeckte das Ganze und ließ es, weiterhin bei kleiner Flamme, köcheln, wobei er das Fleisch in regelmäßigen Abständen wendete.

Als die Zwiebeln langsam Farbe annahmen, fing er an, das Fleisch häufiger zu drehen und zu wenden, löschte mit Rotwein ab und ließ ihn einkochen.

Der Sugo alla napoletana erforderte Geduld und Hingabe. Eine einzige Unaufmerksamkeit konnte bewirken, dass alles verdorben war. Zwei Stunden stand der *Maresciallo* am Herd, um die Entwicklung der Sauce zu kontrollieren, und leerte dabei die ganze Flasche Gewürztraminer.

Gegen sieben waren die Zwiebeln schon schön geröstet, jegliche Flüssigkeit war verdampft, und in der Kasserolle blieb nur noch das Fett, das leise vor sich hin brutzelte. Der Anblick war himmlisch, der Geruch göttlich.

Der *Maresciallo* ging zu einer Flasche Müller Thurgau über, trank ein Glas davon und genehmigte sich dann eine erfrischende Dusche, während der Topf auf dem Herd schmorte.

Zehn Minuten später stand Boskovic schon wieder am Ofen: Jetzt kam die zweite Phase der Saucenbereitung. Einem Außenstehenden wäre aufgefallen, mit welch militärisch-kulinarischer Disziplin er vorging. Vor allem Rizzitano hätte gestaunt, dass sein Vorgesetzter all seine Anweisungen bis aufs i-Tüpfelchen befolgte.

Er befeuchtete seine Kehle mit einem Schluck Wein und stellte dann die Flamme etwas höher, gerade genug, um die anderen, kalten Zutaten aufzunehmen. Darin bestand auch eines der Geheimnisse dieser Sauce: das Tomatenmark musste gleichmäßig erhitzt, ja fast eingebrannt werden. Der *Maresciallo* fügte immer nur ein paar Teelöffel hinzu und ließ es anbraten, bis die Sauce dunkelbraun, fast schwarz wurde, ohne jedoch anzubrennen. Diesen Vorgang setzte er fort, bis alles aufgebraucht war. Nach der zweiten Flasche Weißwein konnte sich Boskovic, der mittlerweile ziemlich angetrunken war, an seinem Werk erfreuen und davon kosten. In ein paar Minuten sollte Valeria kommen, doch blieb gerade noch genug Zeit, sich frischzumachen und zwei Schöpfkellen Wasser zum Ragù zu geben, den Topf zu bedecken und das Ganze für eine weitere halbe Stunde ›schmurgeln‹ zu lassen, wie Rizzitano es nannte. Allerdings musste er vorher noch das Fleisch herausholen, um es erst am Ende wieder hinzuzugeben.

Als Valeria kurz nach neun eintraf, war die Sauce fertig: dick, dunkel, glänzend und sämig; das Fleisch schwamm fröhlich darin.

Da Boskovic weder *Zitoni* noch *Paccheri* hatte besorgen können, servierte er das Ragù mit klein gebrochenen Lasagneplatten.

Doch der Abend verlief vollkommen anders, als er sich erhofft hatte. Kaum hatten sie sich zu Tisch gesetzt, da stieß Valeria einen entsetzten Schrei aus. Der *Maresciallo* griff nach einem Messer.

Unter dem Tisch hatte sich Gatsby, noch erschrockener als Valeria, zu einer Kugel zusammengerollt.

»Was ist das? Verscheuch es! Jag es hinaus!«, schrie sie.

Boskovic legte das Messer nieder. Von seinem Gürteltier hatte er ihr noch nicht erzählt.

Er hob Gatsby hoch und brachte ihn hinaus.

Und dort wartete die zweite Überraschung, oder besser gesagt: Störung. Der Schrei hatte die Aufmerksamkeit seines wissbegierigen Nachbarn geweckt.

Radeschi stand mit einem Stahlrohr in der Hand vor seiner Tür. Hier lagen wohl bei allen die Nerven blank.

»Ist alles in Ordnung? Ich habe jemanden schreien gehört.«

»Ich foltere gerade ein Mädchen, also kümmere dich um deine eigenen Angelegenheiten.«

»Okay. Könnte ich denn wenigstens reinkommen und ein paar Fotos schießen?«

»Hau ab.«

Radeschi wollte schon gehen, da hielt ihn eine Frauenstimme zurück.

»Enrico!«

»Valeria! Wie lange haben wir uns schon nicht mehr gesehen!« Die beiden umarmten sich.

Boskovic hob die Augen zum Himmel.

In einem Dorf gibt es keine Privatsphäre. Enrico und Valeria kannten sich noch aus der Schulzeit. Sie waren aufs selbe Gymnasium gegangen und hatten sogar nebeneinander gesessen.

»Giorgio hat gerade das Essen aufgetragen. Möchtest du dich zu uns gesellen?«

Boskovic durchbohrte ihn mit einem drohenden Blick.

Radeschi zwinkerte ihm zu.

»Aber sehr gerne.«

36

Arsentrioxid«, verkündete der Rechtsmediziner und hob den Blick vom Laborbericht.

Sebastiani schob seine Zigarre von einem Mundwinkel zum anderen. »Wie bitte?«

»Unser Freund hier ist vergiftet worden, Loris. Innerhalb einer Minute gestorben.«

Der *Vicequestore* trat zu *Dottore* Ambrosio. Der drückte sich wie gewöhnlich kryptisch aus. »Kann man sich dieses Trioxid leicht besorgen?«

»Das ist Rattengift, also ohne Probleme.«

»Aber ist das denn wirklich so giftig?«

»Giftig? Tödlich! Um jemanden um die Ecke zu bringen, brauchst du nur einen halben Teelöffel davon.«

»Mit Rattengift ist er also umgebracht worden …«, ließ sich Mascaranti vernehmen, als dächte er laut nach.

»Hört sich an wie ein Krimi von Agatha Christie.«

»Liest du etwa so was?«

»Nein, aber meine Frau. Und die erzählt mir dann immer die Handlung.«

In diesem Moment strahlte Sciacchitano vor lauter Freude. Vom Aktenwälzen und Alibiüberprüfen war bei ihm etwas hängengeblieben. »Ich hab mir heute die Quittungen von Macchis Bar angesehen«, begann er.

»Und?«

»Ratet doch mal, was er vor einer Woche gekauft hat? Rattengift. Dem Verkäufer hat er erzählt, er müsste die Ratten in seinem Keller beseitigen. Das Problem ist nur, dass Macchi gar keinen Keller hat. Wo ich schon mal dabei war, habe ich mir die Liste angesehen, in der der Händler alle verzeichnen muss, die solche Produkte kaufen. Ich wollte wissen, ob unser Freund sich noch etwas Komisches gekauft hat. Da bin ich auf einen anderen bekannten Namen gestoßen.«

»Und welchen?«

»Den unseres Toten hier auf dem Tisch: Daisuke Nakatomi. Ein paar Tage vor seinem Verschwinden hat er ebenfalls Rattengift gekauft. Es gibt nämlich in dieser Gegend nur einen einzigen Laden, der so was vertreibt.«

»Anscheinend gibt es in der Via Plinio mehr Ratten als Menschen …«, bemerkte der Pathologe.

»Sieht so aus.«

Blieb noch die letzte unvermeidliche Frage zu stellen.

»Wann ist er gestorben?«

»Ich würde sagen, vor mindestens drei Wochen.«

Sciacchitano notierte sich das und rechnete dann nach.

»Also wurde er noch am Abend seines Verschwindens umgebracht, genau dann, als unser Rastafreund Fantozzis Auto im Park gesehen hat.«

»Das heißt: drei Tage, nachdem Debora Vergani ermordet wurde. Ja, genau: Jetzt passt alles perfekt!«

Sciacchitano und Mascaranti sahen ihren Vorgesetzten verblüfft an. *Dottore* Ambrosio war ebenfalls näher getreten. Der *Vicequestore* begriff, dass nun die Erklärung fällig war. Er biss auf seine Zigarre und fing an zu sprechen.

»Bei einem Mord muss man sich immer zuerst nach dem

Motiv fragen. Mich hat Folgendes beschäftigt: In unserem Fall hatte der Barmann einfach kein Motiv, obwohl alle Indizien auf ihn deuteten. Das erregte meinen Verdacht. Besonders eines: der Schlüpfer. Warum sollte Macchi ein derart belastendes Indiz ausgerechnet in den Mülleimer seiner Bar werfen? Und das auch noch mehrere Tage nach dem Mord? Außerdem: Warum so gut sichtbar? Da war einfach zu vieles unstimmig, also dachte ich …«

»Dass jemand ihn dort hingelegt hatte, um ihn zu belasten?«

»Genau, *Ispettore*.«

»Nehmen wir mal an, so war es. Wer sollte das gewesen sein? Wer wusste, dass wir zu ihm wollten?«

»Daran habe ich auch gedacht. Eine Person gab es schon.«

»Aber sicher: der Mann von der Versicherung. Als wir von ihm aufbrachen, haben wir gesagt, wir würden uns am Nachmittag mal Macchi vornehmen!«

»Ganz genau. Meis muss den Schlüpfer dort deponiert haben, direkt nachdem die Bar öffnete. Wir sind erst später gekommen, weil wir Radeschi noch vom Bahnhof abholen mussten.«

»Das war aber ein bisschen gewagt, finde ich. Schließlich haben wir ihn nur durch Zufall gefunden.«

»Das war natürlich ein Glücksfall für Meis, wenn auch nicht wesentlich. Das Ergebnis wäre in jedem Fall zufriedenstellend gewesen.«

»Ich kann nicht ganz folgen.«

»Nach der Befragung war Meis klar, dass wir ihn verdächtigten, und, was noch schlimmer war, er hatte einen belastenden Beweis in seinem Besitz. Meiner Meinung nach hatte er den Schlüpfer immer dabei, wie eine Art Trophäe. Vielleicht um daran zu schnuppern, das werden wir noch erfahren …

Als er die Gefahr witterte, hat er ihn als Erstes entsorgt, und zwar so, dass der Verdacht auf einen anderen fiel.«

»Sehr einfallsreich.«

»Ausgehend von dieser Annahme gelang es mir auch, die wahrscheinliche Abfolge der Ereignisse zu rekonstruieren. Eines schönen Tages beschließt Macchi, dass der Zeitpunkt gekommen ist, sich Nakatomi vom Hals zu schaffen. Er wartet, bis niemand in der Bar ist, geht mit einem Vorwand zu ihm und vergiftet ihn. Wahrscheinlich ist Macchi sogar die schemenhafte Gestalt, die wir in der Aufnahme der Überwachungskamera gesehen haben. Der Japaner stirbt auf der Stelle; Ernesto verfrachtet ihn in seinen Wagen und fährt zum Park. Er kommt zu einer Lichtung, wo er Reifenspuren hinterlässt, und macht sich daran, genau dort zu graben, wo Debora Vergani verscharrt wurde. Ein schrecklich unglücklicher und ekelerregender Zufall. So unglücklich sogar, dass er sie mit seiner Schaufel am Kopf verletzt. Das erklärt die Wunde, die dem Mädchen nach dem Tod beigebracht wurde, und den Blutfleck an der Schaufel. Kaum wird Macchi klar, dass er auf eine andere Leiche gestoßen ist, verschließt er das Loch so gut wie möglich wieder und beeilt sich, auf der nächsten Lichtung ein zweites zu graben. Dort versteckt er den Japaner und verschwindet.«

»Ich glaube, er hat die Sache mit dem Film erfunden. Schließlich konnte er ja nicht sagen, wo er an diesem Abend war!«

»Nein, das stimmt nicht«, widersprach Sciacchitano. »Ich habe erst heute in der Videothek nachgefragt: Macchi hat sich an diesem Abend tatsächlich einen Film ausgeliehen. Einen Streifen aus den Siebzigern: *Tora!Tora!Tora!*, das ist ein Kriegsfilmklassiker.«

Sebastiani lächelte. »Die Handlung passt perfekt zu seinen Umtrieben«, bemerkte er. »In diesem Film geht es um den Angriff der Japaner auf Pearl Harbor am 7. Dezember 1941. An diesem Tag zerstörte die japanische Luftwaffe die amerikanische Flotte, die vor Hawaii ankerte. Eine Metapher für das, was in seiner Bar geschah.«

Die anderen nickten. »Also wurde das Mädchen von Meis umgebracht?«

»Ganz genau. Ich habe mich anfänglich auf die Reifen seines Wagens konzentriert, und das hätte ihn fast entlastet ...«

»Können Sie das näher erklären?«

»Tatsache war, dass wir bei der Überprüfung seines Autos nur auf die Reifen geachtet haben, ohne an den Rest zu denken, während doch der Rest das eigentlich Wichtige war.«

»Will heißen?«

»Das Innere!«

»*Cristo santo*, Sie haben recht, die Innenverkleidung aus Alcantara!«

»Ganz genau.«

»Der Stoff, den man unter den Fingernägeln der Vergani gefunden hat!«

»Wahrscheinlich hat er sie im Wagen erwürgt, direkt vor ihrem Haus. Sie hat sich instinktiv in den Sitz gekrallt, als er sie mit seinem ganzen Gewicht niederdrückte. Dann hat Meis sie in den Kofferraum geschafft, war jedoch so schlau, ihr Handy zu zerstören. Danach ist er bei seinem Freund ein Bier trinken gegangen. Dieser Bastard war so kaltblütig, sich ein Alibi zu verschaffen! Als er fertig war, stieg er wieder ins Auto und fuhr zum Park, um sie zu vergraben. Ich bin sicher, dass es seine Reifenspuren waren, die wir nicht identifizieren konnten, weil ihr Profil so abgenutzt ist.«

»Und der Geschlechtsverkehr?«

»Hier begeben wir uns aufs weite Feld der Hypothesen. Vielleicht hat sich ihm die Vergani einmal zu oft verweigert, oder sie wollte ihn einfach verlassen. Er wollte sie unterwerfen, ein letztes Mal demütigen, obwohl sie schon tot war, bevor er sich endgültig von ihr trennte … Unmöglich, das jetzt mit Gewissheit zu sagen.«

Er fing an, auf seiner Zigarre zu kauen, als wäre sie Kautabak.

»Aber eins weiß ich sicher«, schloss er und wandte sich an Sciacchitano, »nämlich, dass du recht hattest, *Ispettore:* Die Welt ist voll von Irren.«

37

Der Mann war kurz vor der Sperrstunde in die Bar gekommen. Mit finsterer Miene und sichtlich nervös. Einige Zeit später war sogar die Polizei hierher gekommen, um ihn zu suchen, doch Ernesto hatte ihn, wer weiß warum, versteckt. Als die Bullen wieder abgezogen waren, hatte er das Rollgitter heruntergelassen und sich mit seinem Gast an einen Tisch gesetzt. Auge in Auge, mit einer Flasche Braulio zwischen ihnen.

»Sie haben mich in Verdacht, Nakatomi umgebracht zu haben«, begann Riccardo Meis. Der Barmann ist oft der beste Beichtvater.

»Und mir unterstellen sie den Mord an Debby«, antwortete sein Gegenüber.

Sie sahen sich aufmerksam an. Beide hatten einen Mord begangen; nur wurde ihnen jeweils der falsche zur Last gelegt.

Riccardo wollte ihm sagen, dass sie ihn seinetwegen des Mordes an Debora verdächtigten, hatte aber nicht den Mut dazu.

Ernesto bemerkte, dass der Mann, der ihm gegenübersaß, schwitzte. Er ging zur Theke und holte ihm ein Glas Wasser.

»Warum hat dich die Polizei denn wegen Nakatomi in Verdacht?«

Der andere trank einen Schluck. »Wegen eines Streits, den ich am Tag seines Verschwindens mit ihm hatte. Er hatte mir

in der Agentur eine Szene gemacht, und nachdem die Polizei
meine finanzielle Lage überprüft hatte, wusste sie, dass ich sein
Geld unbedingt brauchte. Aber ich war noch am selben Abend
mit Debora zu ihm gegangen, um ihm zu sagen, dass ich einen
Ausweg gefunden hätte. Ich räumte ihm einen beträchtlichen
Nachlass ein, und die Sache war erledigt.«

Ernesto saß reglos da und sagte nichts. Auch er dachte an
den Abend seiner Tat zurück. Kurz vor Mitternacht war er mit
einem Teller dampfender Pasta an der Hintertür der *Nippon*-
Bar erschienen: Spaghetti piccanti, gekrönt von einem Berg
Parmesankäse und einer Dosis Rattengift, die ein Pferd aus
dem Verkehr hätte ziehen können – ein fünfzig Kilo schweres
Männlein wie Nakatomi also erst recht! Die Pasta wurde in
einer Warmhalteverpackung transportiert und kam noch heiß
beim Empfänger an. Ernesto hatte von einem Überraschungsbesuch zwischen Kollegen gesprochen, und Nakatomi hatte
sich so darüber gefreut, dass er ihm eine Schachtel japanischer
Süßigkeiten geschenkt hatte: *Ichigo daifuku*, kleine Reiskügel-
chen, gefüllt mit einer Marmelade aus Erdbeeren und roten
Bohnen. Nach dem Austausch von Höflichkeiten, der im hinteren Bereich des Lokals, versteckt vor den indiskreten Blicken
der Videokamera, vollzogen wurde, hatte sich der Japaner sofort über die Spaghetti hergemacht. Die Süßigkeiten endeten
unangetastet in der Kühlung von Ernestos Bar, Nakatomi
hingegen tot auf dem Boden.

Riccardo sah den Barmann an und versuchte zu ergründen,
was dieser wohl dachte. Der andere half ihm aus der Verlegen-
heit.

»Ich hab die Süßigkeiten von Nakatomi noch hier«, sagte er
und öffnete den Kühlschrank. »Essen wir sie im Andenken an
ihn.«

Er schenkte zwei Gläser Spumante ein und stellte die Schachtel *Ichigo daifuku* auf den Tisch. Zwar hatte er sie schon vor einiger Zeit bekommen, aber er machte sich keine Gedanken darüber, ob sie noch gut waren. Im schlimmsten Fall würden sie für etwas Bauchgrimmen sorgen.

Er irrte sich.

Als die Polizei die Tür zum Lokal aufbrach, lagen Ernesto Macchi und Riccardo Meis im Todeskampf auf dem Boden. Auf dem Tisch sah man Süßigkeiten in einer Pappschachtel mit dem Emblem der *Nippon*-Sushibar.

»Jetzt wissen wir, wofür der Japaner sein Rattengift brauchte«, bemerkte Mascaranti.

Sebastiani nickte und ließ seine unangezündete Zigarre von einem Mundwinkel zum anderen wandern.

»Ruf den Notarzt«, befahl er.

Das Telefon des *Vicequestore* begann in genau dem Moment zu klingeln, als in der Ferne die Sirene des Krankenwagens ertönte.

Radeschi hatte bereits seine Fährte aufgenommen.

»Ist der Fall jetzt gelöst?«

»Woher weißt du das?«

»Rate doch mal. Calzolari hört den Polizeifunk ab. Als er hörte, dass es zwei Tote gebe, hat er keine Zeit verloren und mich angerufen. Ich muss eine ganze Seite für morgen füllen und bin, wie du weißt, nicht in Mailand. Den Ablauf mit allen Details habe ich praktisch schon zusammen, jetzt fehlt mir nur noch das Happy End.«

Sebastiani seufzte.

»Ein Happy End ist das eindeutig nicht. Sag mir, was du willst, und lass mich dann in Ruhe arbeiten.«

»Mir reichen schon die Namen der Toten und ein, zwei Worte darüber, wie sie gestorben sind. Den Rest reime ich mir zusammen. Und keine Angst, als Quelle gebe ich einen Freiwilligen von der Notrufzentrale an. Der großartige *Vicequestore* Sebastiani wird nur als der genannt, der den Fall gelöst hat!«

»Hinterfotziger Speichellecker«, erwiderte der Polizeibeamte, bevor er kurz die Szene schilderte, die er gerade erlebt hatte.

»Dieser Nakatomi muss schon ein komischer Typ gewesen sein«, bemerkte Radeschi am Schluss.

»Stimmt, mordet noch nach seinem Tod.«

»Ist der Fall jetzt also abgeschlossen?«

»Allerdings, und ich kann endlich in Urlaub gehen. In ein paar Tagen kommt Lonigro zum Dienst zurück. Er wird mich vertreten. Zufrieden?«

»Mehr als das. Wie ich ihn kenne, wird er mich nicht mal in die Nähe des Präsidiums lassen. Von laufenden Ermittlungen werde ich auch nichts erfahren. Aber das ist nicht so schlimm: Auch ich werde mich noch ein bisschen hier in der Bassa ausruhen. Selbst Calzolari fährt in Urlaub.«

»Dann hast du nur noch ein Problem, Enrico.«

»Und das wäre?«

»Wer kümmert sich um deinen Ficus?«

38

Die letzten zwei Wochen Augusthitze standen im Zeichen völligen Stillstands. Der Ort hatte sich geleert wie eine Flasche Rum in einer übervölkerten Bar in Caracas.

Radeschi brachte nichts zuwege. Er trank nur eisgekühltes Bier, machte lange Abendspaziergänge mit Buk und telefonierte ab und zu mit Calzolari, der mit seiner Frau auf Sardinien war, sich aber auf dem Laufenden halten wollte, für den Fall, dass noch ein weiterer alter Mann umgebracht würde. Manchmal sprach Radeschi sogar kurz mit *Ispettore* Sciacchitano, dem Sebastiani die Pflege des Ficus übertragen hatte.

Seine Eltern riefen ihn häufig an, manchmal mehrmals am Tag. Im Wesentlichen, um sich nach Mirkos Befinden zu erkundigen und Bescheid zu sagen, dass ihre Rückkehr sich noch etwas weiter verschiebe. Enrico war das nur allzu recht: Ruhe und Freiheit und ein ganzes Haus zu seiner Verfügung. Zu seiner und Jennifers, mit der er eine Neuauflage von *Neuneinhalb Wochen* erlebte. Das Mädchen war wie entfesselt: tagsüber gelangweilte Kassiererin im Supermarkt, nachts, wenn sie mit Spirituosen und gewagten Ideen zurückkam, heiße Geliebte.

In der Zwischenzeit lag *Milanonera*, sein Blog mit Reportagen über ungeklärte Vorfälle und Verbrechen, brach. Wegen der Ferien hatte er nur spärlich Besucher. Aber es gab auch wenig Neues. Sein letzter Eintrag handelte vom Fall rund um die

Nippon-Sushibar, in dessen Verlauf vier Menschen ums Leben gekommen waren.

Dieser Fall hatte Radeschi eine Seite im *Corriere* beschert, mit Hinweis auf der Titelseite, und einen Haufen Material für seinen Blog, inklusive der Satellitenfotos, die er für Sebastiani besorgt hatte.

Sein Freund, der *Vicequestore*, war wie angekündigt auf eine Weintour ins Burgund gefahren, zusammen mit Marina, seiner sympathischen Begleiterin, die er, da war Radeschi sich sicher, danach wie üblich abservieren würde.

Auch Rizzitano war mit seiner Frau in die Ferien gefahren. Zehn Tage Iesolo, zusammen mit einer Heerschar von Verwandten.

Nur Boskovic hatte sich nicht von der Stelle gerührt. Valeria hatte schon einige Zeit zuvor mit ein paar Freundinnen einen Cluburlaub in der Dominikanischen Republik gebucht und ihn inständig gebeten, sich ihnen anzuschließen, doch er hatte abgelehnt.

Er hatte hier, in Capo di Ponte Emilia, noch etwas zu erledigen. Etwas, das mit der Vergangenheit zu tun hatte.

39

Die Frau wischte mit dem Lappen über die Theke, während der Mann gläserklirrend zwei Bier zapfte. Das Lokal war halb leer, nur wenige Gäste saßen an den Tischen und tranken Kaffee oder Prosecco, blätterten in Zeitungen oder unterhielten sich mit gedämpfter Stimme. An einem Tisch etwas abseits, hinter einer Art Raumteiler aus Holz, unterhielten sich leise zwei Männer.

Der *Maresciallo* war in Zivil. Bei solchen Unternehmungen trug man keine Uniform.

Er war mit dem alten Bummelzug gekommen, der bereits seit fünfzig Jahren zwischen Capo di Ponte Emilia und Parma pendelte. Die Reisenden hatten ihn *la Rana* – der Frosch – getauft, vielleicht weil er nur aus einem einzigen plumpen, grünen Waggon bestand, vielleicht aber auch, weil er an unzähligen Bewässerungsgräben vorbeifuhr. Er hatte noch nie ernsthaft darüber nachgedacht und tat es auch jetzt nicht, da er sich auf den Mann vor ihm konzentrierte. Ein klassischer Einwohner Parmas, der das ›R‹ aus seiner Artikulation verbannt hatte und klein und bis auf einen Haarkranz zwischen Ohren und Nacken vollkommen kahl war. Die mit einer dünnen schwarzen Schnur gesicherte Schildpattbrille verrutschte ihm immer wieder auf der schweißglänzenden Nase. Er trug ein blaukariertes Hemd und eine khakifarbene Hose.

Der Kellner brachte das Bier. Die beiden Männer tranken. Ausgedehnte Förmlichkeiten waren nicht nötig, abgesehen davon war Boskovic auch nicht der Mann dafür. Er kam direkt zur Sache.

»Also, *Professore*, haben Sie nach unserem Telefonat etwas über Attilio Spinelli und Annibale Reggiani herausfinden können?«

Der kleine Mann schüttelte den Kopf. Er hieß Daniele Benassi und war der Präsident des *Istituto Storico della Resistenza*, das seinen Sitz hier in Parma hatte.

»Nichts«, antwortete er. »Nicht mal in den Archiven.«

»Wie kann das sein? Waren die beiden nicht Partisanen in einer Brigade?«

»Ich habe nichts gefunden, *Maresciallo*. Nicht mal beim Partisanenverband sind sie bekannt.«

»Das gibt's doch nicht«, wandte Boskovic ein. »Wie können zwei im ganzen Ort bekannte Partisanen denen unbekannt sein, die ihre ganze Zeit damit verbringen, die Vergangenheit lebendig zu erhalten und die Beteiligten zu registrieren?«

Der Mann zuckte die Schultern.

»Vielleicht waren sie ja gar keine Partisanen ...«, bemerkte er vorsichtig. »Wie auch immer«, fuhr er verbindlich fort, »ich glaube, das ist jetzt auch nicht mehr so wichtig. Wie ich gehört habe, haben Sie den Fall gelöst.«

Der *Maresciallo* brummte nur.

»Ist was nicht in Ordnung?«, fragte Benassi.

»Unter uns gesagt, *Professore*, bin ich nicht überzeugt, dass der Fall abgeschlossen ist.«

»Wirklich?«

»Wirklich. Und wissen Sie auch, was mich stört?«

»Was denn?«

»Der Name Rudolph Mayer.«

»Ah«, sagte der Professor und wischte sich mit dem Handrücken den Bierschaum vom Mund.

»Ich hatte gehofft, Sie könnten mir etwas über ihn erzählen.«

»Und ich hatte gehofft, Sie würden mich danach fragen.«

»Also sagt Ihnen der Name etwas?«

Der *Maresciallo* rutschte unruhig auf dem Stuhl hin und her.

»Gewiss«, antwortete der Professor. »Rottenführer Rudolph Mayer war ein Mann der SS. Sein Rang entsprach etwa dem eines Korporals, ich weiß nicht genau …«

»War er Deutscher?«

»Nein, Italiener aus Bozen.«

»Und wieso gehörte er dann zur SS?«

Der Professor trank einen Schluck. Es würde ein langer Vortrag werden.

»Sie müssen wissen, *Maresciallo*, dass in der Reppublica di Salò auch Italien, und zwar auf persönlichen Wunsch des Duce, eine SS gründete, die der deutschen in allem entsprach. Das Akronym SS steht für ›Schutzstaffeln‹. Es war eine Art Parteipolizei und außerdem Hitlers persönliche Leibgarde, die schon 1925 gegründet wurde. Die Gründung einer italienischen Waffen-SS wurde von Mussolini seit seiner Ankunft in Deutschland Mitte September 1943 befürwortet, nach seiner Befreiung aus dem Gefängnis am Gran Sasso. Der Duce stellte sein Projekt Hitler im deutschen Generalhauptquartier in Rastenburg direkt vor, und der unterstützte es und betraute Himmler mit seiner Umsetzung. Die offizielle Gründung der Miliz fand am 30. Juni 1944 statt. Achtzehn- bis zwanzigtausend italienische Freiwillige stellten sich in den Dienst

268

Deutschlands. Die Miliz setzte sich im Wesentlichen aus zwei Hauptgruppen zusammen: die, deren Freiwillige nach dem 8. September im Lager im badischen Muzingen ausgebildet wurden, und die, die aus dem *Battaglione Camicie Nere* ›Debica‹ im Quartier in Polen hervorgingen. Offiziere und Unteroffiziere wurden in der Führerschule in Bad Tölz ausgebildet. Alle wichtigen Ränge waren von Deutschen besetzt. Die Namen der Freiwilligen wurden nach Berlin geschickt, und auch die Befehle für die höheren Offiziere erfolgten auf Deutsch. Auf den Baretts und den Helmen prangte der silberne Totenkopf und das stilisierte SS. Ihr Motto war: ›Unsere Ehre heißt Treue‹. Diese Männer wurden fast ausschließlich mit Polizeioperationen und Partisanenbekämpfung in Norditalien betraut. Sie waren genauso grausam wie die deutsche SS und verübten etliche Gräueltaten und Massaker an Zivilisten.«

Der Professor war in Fahrt gekommen.

»Vor der Kapitulation vor den Alliierten besudelte die SS unauslöschlich jeden Begriff von Ehre, Menschlichkeit und Solidarität. Ihr Beitrag an Tod und Verderben zeigte sich auch in anderen Bereichen: in Polizeicorps mit Sonderaufgaben wie die *Banda Carità*, die Italien heimsuchten, und vor allem als Gefängniswärter im Konzentrationslager San Sabba, dem einzigen Lager mit Krematorium in Italien, fast mitten in Triest, das unter dem traurigen Namen Stalag 339 bekannt wurde.

Dieser Stand von ›rassisch und physisch ausgewählten Männern‹, wie es in einem ihrer Handbücher hieß, schmolz im April 1945 wie Schnee in der Sonne, kurz nachdem Himmler ihnen die Ehre erwiesen hatte, eine vollständig italienische Abteilung zu gründen, die 29. Waffen-Grenadier-Division der Italienischen SS Nr. 1. Diese Brigade ergab sich den amerikanischen Panzern ohne einen einzigen Schuss. Das war in Gor-

269

gonzola, in der Nähe von Mailand. Ein unrühmliches Ende. Fast alle Offiziere und Fußsoldaten der italienischen SS entkamen dem Krieg unbeschadet. Ein Teil landete in Konzentrationslagern oder vor dem Kriegstribunal, ohne jedoch ernstzunehmende Konsequenzen zu erleiden, da schon früh viel Material über ihre Gründung und ihre Heldentaten weggeschafft wurde. Der größte Teil von ihnen kam davon, verschwand entweder in Übersee oder gliederte sich in aller Stille wieder ins normale Leben ein.«

»Alles ganz anständige Bürger«, bemerkte der *Maresciallo* bissig.

»Genau. Und Mayer war ein würdiger Vertreter dieser Gruppe. Ein aalglatter Typ, ohne Skrupel. Zum Beispiel hatte er einen aus Capo di Ponte Emilia wegen Kollaboration verhaften lassen, als dieser in Mailand war. Er hieß Pietro Caramaschi, genannt Giasér. Er hatte ihn ins Gefängnis geschickt, wo er sich den Verhören der Faschisten unterziehen musste …«

Boskovic überraschte diese Enthüllung nicht.

»Wie ist Mayer geendet?«

Der Professor zuckte die Schultern.

»Er verschwand im Juli 1944 während einer Operation gegen Partisanen. Von da an hat man nie mehr etwas von ihm gehört.«

Boskovic durchzuckte plötzlich ein Gedanke. »Hatte Mayer nur eine Hand?«

Sie tranken einen Schluck. Sein Gegenüber schüttelte den Kopf. »Er nicht, aber sein Vorgesetzter.«

Der *Maresciallo* runzelte die Stirn.

»Sein Vorgesetzter war ein richtiger Schlächter. Er hieß Walter Reder und war berüchtigt für seine Grausamkeit. Soll ich fortfahren?«

»Aber bitte doch.« Jetzt war Boskovics Interesse geweckt.

»Also, als im Herbst 1944 die Alliierten vor der Gotenstellung standen, gab Albert Kesserling, Kommandant der deutschen Truppen in Mittel- und Süditalien, den Befehl aus, verbrannte Erde zu hinterlassen, um sich vor den Partisanen zu schützen. Der Vollstrecker dieser deutschen ›Keine Gefangenen‹-Order war Walter Reder, ein Major der SS, der den Spitznamen *Il Monco* – der Verstümmelte – trug, weil er seinen linken Unterarm an der Ostfront verloren hatte. Kesserling hatte ihn persönlich dazu bestimmt, weil er ihn als Spezialisten auf diesem Gebiet betrachtete. Und die Ereignisse sollten ihm recht geben …

Reder war erst neunundzwanzig, doch schon sehr erfahren. Er kam ursprünglich aus der Tschechoslowakei und war der Sohn eines österreichischen Industriellen, der Bankrott gemacht hatte. Jetzt dürstete es ihn nach Vergeltung und neuem Reichtum. Er träumte von der Neuerstehung eines Großen Reichs unter dem Nationalsozialismus, dessen Grundsätze Hitler im benachbarten Bayern predigte. Mit achtzehn Jahren wurde er verdächtigt, gemeinsam mit anderen jungen Männern beim Mord an Kanzler Dollfuß beteiligt gewesen zu sein. Man könnte sagen, dass dies sein Passierschein für die Nationalsozialisten war, die Männer seines Schlags suchten. 1934 wurde Walter Reder, Bummelstudent und frühreifer Terrorist, in die Berliner Akademie der SS aufgenommen, wo man ihn zum typischen Vertreter der vom Führer erträumten Herrenrasse ausbildete. Als er Berlin verließ, hatte er Hitlers Befehl vollkommen verinnerlicht: ›Wir müssen grausam sein. Wir müssen das gute Gewissen zur Grausamkeit wiedergewinnen. Nur so können wir unserem Volk die Weichmütigkeit austreiben.‹ Kurz gesagt, er war ein Fanatiker, wie auch seine Taten zeigten. In Italien startete *Il Monco* als Kommandant der

16. Panzergrenadier-Division des Reichsführers am 12. August 1944 einen Marsch, der von Versilia bis in die Gegend von Bologna führte und eine Blutspur von dreitausend Männern, Frauen, Alten und Kindern hinterließ. In Lunigiana hatten sich Einheiten der SS mit Truppen der *Brigate Nere di Carrara* zusammengetan. Mit Hilfe der Schwarzhemden säte Reder weiterhin Tod und Verderbnis. Gragnola, Monzone, Santa Lucia, Vinca: eine Aufeinanderfolge völlig grundloser Massaker, weil es in dieser Gegend keine Partisanen, sondern nur arme Leute gab, die er in Angst und Schrecken versetzte. Das weiß man heute mit Gewissheit.«

Benassi machte eine Pause, um sich noch ein Bier zu bestellen.

»Ende September desselben Jahres stieß *Il Monco* bis zum Monte Sole in der Emilia vor, wo sich die Partisanenbrigade Stella Rossa befand. Dort führte Reder innerhalb von drei Tagen seine entsetzlichste Strafmaßnahme durch. In Caviglia drangen die Nazis in die Kirche ein, wo der Pfarrer, Don Ubaldo Marchioni, die Gläubigen versammelt hatte, um den Rosenkranz zu beten. Sie wurden mit Maschinengewehren und Handgranaten niedergemetzelt. In Castellano wurde eine Frau mit ihren sieben Kindern ermordet, in Tagliadazza wurden elf Frauen und acht Kinder erschossen, in Caprara wurden achthundert Einwohner zusammengetrieben und hingerichtet, darunter die gesamte Familie von Antonio Tonelli, die mindestens zehn Kinder hatte. Am Ende sorgte der sadistische Reder für Vergeltungsmaßnahmen selbst nach seinem Abzug: Bevor er das Gebiet verließ, gab er den Befehl, alles zu verminen, so dass bis 1966 weitere fünfundfünfzig Personen getötet wurden. Insgesamt belief sich die Zahl der Opfer von Marzabotto, Grizzano und Vado di Monzuno auf 1830.«

Der Professor war hochrot im Gesicht, als er seinen Vortrag beendete.

»Das Massaker von Marzabotto«, murmelte Boskovic.

Der Professor nickte.

Sie schwiegen eine Weile.

»Und Mayer?«, fragte Boskovic dann. »Wie passt unser Mann da hinein?«

»Mayer war Reders engster Mitarbeiter. Sein rechter Arm, oder sein linker, wenn Sie so wollen. Der, der ihm fehlte. Er war es, der vor dem Massaker zusammen mit Reder das Kirchentor von Don Marchioni aufgebrochen hatte.«

»Aber waren denn auch Italiener dabei, nicht nur Deutsche?«

»Es waren alle möglichen Nationalitäten dabei, sogar Mongolen. Die gehörten zu abgesplitterten Regimentern der russischen Armee, die die Zivilbevölkerung, vor allem die Frauen, terrorisierten.«

»Lassen Sie jetzt mal die Mongolen beiseite, und erzählen Sie mir von den Italienern.«

»Nun, in Marzabotto überlebten nur drei Menschen, und zwar eine Frau und zwei Kinder, die sich dreiunddreißig Stunden lang totstellten. Diese Zeugen versichern, dass unter den Schergen viele perfekt italienisch sprachen. Und wissen Sie, warum? Weil unter Reders Kommando auch italienische SS-Männer wie Mayer standen.«

»Was wissen Sie über ihn?«

»Wie ich bereits sagte, verschwand er 1944 im Verlauf einer Operation zur Partisanenbekämpfung, die sogar in der Nähe Ihres Dorfs stattfand.«

»Könnten Sie mir die Details erzählen?«

»Da gibt es nicht viel zu erzählen. Die offizielle Version lautet, dass Rottenführer Rudolph Mayer zusammen mit drei anderen Männern einen Partisanen und ein Paar erschossen, das ihm geholfen hatte. Nach der Exekution wurden sie von anderen Partisanen angegriffen, und dabei verschwand Mayer. In den Tagen darauf suchte man nach ihm, aber er blieb unauffindbar.«

Boskovic dachte einen Moment nach, bevor er fragte:

»Gibt es auch eine inoffizielle Version, zum Beispiel von Partisanenseite?«

»Die gibt es. Am Abend vor Mayers Verschwinden wurde einer der Partisanen bei einem Sabotageakt in Capo di Ponte verletzt, also wurde er zu einer vertrauenswürdigen Familie gebracht, den Ferrettis. Es waren anständige Leute mit einem dreizehnjährigen Sohn. Sie hatten sich seit dem 8. September auf die Seite der Partisanen gestellt und taten alles, um ihnen zu helfen. Unglücklicherweise wurden sie in dieser Nacht beobachtet.«

»Von wem?«

»Von Sturmmann Nicolini, das war einer von Mayers Männern. Unser Spion raste sofort zu seiner Truppe in Guastalla und informierte seinen Vorgesetzten. Am folgenden Tag kehrte Mayer zusammen mit Nicolini und zwei anderen Soldaten namens Bruno Gasparini und Livio Brezan in das Dorf zurück, um die Sache zu bereinigen. Kurz nach acht Uhr abends brachen sie bei den Ferrettis ein und schleiften Angelini, den Partisanen, und das Paar aus dem Haus. Den Sohn fanden sie nicht. Er war Eis holen gegangen, dort, wo sie die Vorräte aufbewahrten, und sobald er merkte, was los war, versteckte er sich im Wald.

Die beiden Männer und die Frau wurden vor dem Haus erschossen, und es war Mayer persönlich, der ihnen eine Kugel in den Kopf jagte. An diesem Abend machten die Faschisten zwei Kinder zu Waisen, denn die Frau des Partisanen Angelini war gerade niedergekommen.

Aber das Schlimmste war, dass die vier nach dem Massaker nicht mal den Anstand hatten, einfach wieder zu gehen. Stattdessen machten sie sich im Haus über das Essen her, das die Frau vorbereitet hatte. Sie tranken Wein und ein paar Flaschen Grappa, die sie mitgebracht hatten. Gegen ein Uhr nachts verließ Mayer stark angetrunken das Haus, um sich zu erleichtern. Von diesem Moment an hat ihn niemand mehr gesehen.«

»Niemand?«

Benassi schüttelte den Kopf.

»Niemand.«

»Und was ist aus *Il Monco* geworden?«

»Nach der Befreiung wurde Reder von den Amerikanern in Bayern geschnappt und nach Italien ausgeliefert. Er kam 1951 vors Kriegsgericht in Bologna und erhielt ›lebenslänglich‹. Nach vielen Jahren im Gefängnis von Gaeta wurde er wegen einer Intervention der österreichischen Regierung begnadigt. Er starb im Jahr darauf in Österreich, ohne je auch nur einen Anflug von Reue gezeigt zu haben.

Marschall Albert von Kesselring, der Kommandant der nationalsozialistischen Truppen in Italien, wurde in Venedig von einem englischen Tribunal als Kriegsverbrecher zum Tode verurteilt. Das Urteil wurde in ›lebenslänglich‹ umgewandelt, aber nach dem Gnadengesuch eines englischen Untersuchungsrichters und der Unschuldsbescheinigung eines bayrischen Entnazifizierungstribunals kam er frei.«

»Unglaublich«, bemerkte Boskovic.

»Aber das ist noch nicht alles. Kaum kam Kesselring aus

dem Gefängnis, erklärte er treuherzig: ›Ich fürchte, die Geschichte wird mir vorhalten, dass ich aus Gründen der Menschlichkeit nicht alles getan habe, was für die deutsche Armee von Vorteil gewesen wäre.‹ Verstehen Sie? Der Mann, der die Vernichtung der Ardeatinischen Höhlen und indirekt auch Reders Massaker zu verantworten hatte, klagt darüber, zu *menschlich* gewesen zu sein.«

Die Geschichtsvorlesung war beendet.

»Darf ich Ihnen jetzt eine Frage stellen?«, bat der Professor.

»Nur zu.«

»Wie kommt es, dass Sie den Namen eines großen slawischen Mathematikers tragen und bologneser Akzent sprechen?«

Boskovic lächelte. »Mein Großvater kam ursprünglich aus Zagreb, hat aber immer in Istrien gelebt. Dort lernte er italienisch und traf meine Großmutter Mari, die aus Pola stammte. Mit dem Boskovic, den Sie meinen, bin ich nicht mal entfernt verwandt. Nach Ende des Zweiten Weltkriegs, als mein Vater zehn Jahre alt war, floh meine Familie vor Titos Regime, der, wie Sie sicher wissen, die gesamte Region mit Macht entitalianisierte. Sie zogen nach Bologna, zu einem Onkel meiner Großmutter. Anfang der Siebzigerjahre heiratete mein Vater dort eine aus Bologna gebürtige junge Frau, meine Mutter, weil sie mich erwartete. Ende der Geschichte.«

Für den *Maresciallo* blieb nur noch eine Frage zu klären.

»Sagen Sie mir eines, Professor: Ist es Ihrer Meinung nach möglich, dass jemand, der bis zum 25. April 1945 das Schwarzhemd getragen hat, seine Weste wendete und sich ein rotes Halstuch umband, um dann zu behaupten, er sei ein Partisan gewesen, der in den Bergen gekämpft habe?«

»Lieber *Maresciallo*, das ist mehr als möglich, das ist so unzählige Male vorgekommen, dass man diesem Massenphänomen einen Namen gegeben hat: Voltagabbana – sein Mäntelchen nach dem Wind hängen. Und wenn Sie mir nicht glauben, dann gibt es unzählige Bücher, die davon berichten.«

Boskovic nickte.

»Nachdem der Duce auf der Piazzale in Loreto an den Füßen aufgehängt wurde«, fuhr der Historiker fort, »haben sich alle auf die Jagd nach den Männern gemacht, die während der zwanzig Jahre Faschismus die Bevölkerung unterdrückten und terrorisierten – die einen zwangen, Rizinusöl zu trinken, die einen misshandelten, die Familienmitglieder umbrachten. Also taten viele von ihnen gut daran, vor allem die Anhänger der Italienischen Sozialrepublik, die häufig nur junge Männer waren, die kämpfen wollten, ganz gleich für wen oder was, Hemd und Bekenntnis zu wechseln, um der Rache der Partisanen zu entgehen.«

40

Der Ort hatte sich wieder bevölkert. Die Fabriken hatten erneut ihre Tore geöffnet und die Leute ihr normales Leben aufgenommen.

Der Abend war kühl. Sterne und Mücken in gleicher Zahl durchbohrten den dunklen Himmel.

Im Garten saßen drei Männer und ließen es sich gutgehen. Boskovic rauchte eine Zigarette, Radeschi schlürfte ein Bier, und Rizzitano, der schwarz wie ein Afrikaner aus den Ferien zurückgekommen war, fummelte auf der Suche nach einem anständigen Sender am Radio herum. Buk schlief unter dem Tisch, Gatsby döste auf dem Sitz des Gelben Blitzes, Mirko versteckte sich im Maisfeld.

»Der Ausflug nach Parma war sehr lehrreich«, begann Boskovic und erzählte dann den anderen von seinem Treffen mit dem Professor.

Irgendwann wurde das Bier knapp.

»Wir sitzen auf dem Trockenen«, verkündete Radeschi nach einer kurzen Inspektion des Kühlschranks.

»Ich habe Cola und Rum«, erwiderte Boskovic. »Vielleicht könnten wir zu Cuba Libre wechseln?«

»*Bueno.* Hast du Eis?«

»Sieh mal im Gefrierschrank nach.«

Radeschi steckte den Kopf in die Kühltruhe und holte ein

Tablett hervor. Er kippte das Eis in ein Schälchen und trug es mit den Getränken zum Tisch.

»Was ist denn«, fragte Boskovic, »hast du dich am Eis festgeguckt?«

Radeschi brachte kein Wort hervor: Die Lösung war so offensichtlich, so banal.

»Mir ist eine Idee gekommen«, verkündete er.

»Da sind wir aber gespannt«, bemerkte Rizzitano.

Radeschi ignorierte ihn.

»Ich hab noch mal über unseren Mörder nachgedacht. Die Hände, die er in die Briefkästen gesteckt hat, sind doch aufgetaut worden und über ein halbes Jahrhundert alt, nicht wahr?«

»Und?«

»Und? Wo hättet ihr denn in Kriegszeiten eine Leiche eingefroren? Vor sechzig Jahren gab es hier noch gar keine Kühltruhen …«

Boskovic kniff die Augen zu zwei Schlitzen zusammen.

Radeschi schwieg. Er wollte es auskosten, dass er den *Maresciallo* auf die Folter spannte.

»Los, spuck's schon aus. Worauf willst du hinaus?«

»Giasér.«

»Der alte Partisan.«

»Genau. Als sein Name in deiner Erzählung auftauchte, wurde mein Verdacht zur Gewissheit.«

Der *Maresciallo* verlor die Geduld: »Jetzt red nicht drum herum, Radeschi, sondern sprich Klartext!«

»Weißt du, warum man ihm seinen Spitznamen verliehen hat?«

Boskovic schüttelte den Kopf. Darüber hatte er noch nie nachgedacht. Hier, in dieser Gegend voller Verrückter, hatte

279

jedermann einen Spitznamen, da fragte man nicht nach dem Warum. Man bekam ihn und basta.

»Nein.«

Radeschi lächelte breit.

»Wie du dir bestimmt denken kannst, hat es mit Eis zu tun. Und zwar einiges«, sagte er nur. »Ich wundere mich, dass dir dein *Brigadiere* noch nicht davon erzählt hat.«

Boskovics Blick wanderte zu Rizzitano.

»Also?«

»Was weiß denn ich?«, verteidigte sich der *Brigadiere*. »Bei seinem Trauerzug haben Sie selbst gesagt, Sie würden ihn kennen. Der Mann mit dem Karren. Was glauben Sie denn, was da drin war?«

»Eis?«

»Ganz genau. Immer nur Eis.«

Boskovic dachte kurz nach. Er durchforstete sein Gedächtnis, bis er auf das Bild eines Mannes mit weißen, unter dem Strohhut hervorlugenden Haaren stieß, der vornübergebeugt und vor Erschöpfung zitternd die Straße zum Fluss hinunterging.

»Und was zum Teufel macht ein Achtzigjähriger mit so viel Eis?«

»Giasér war noch einer vom alten Schlag«, erklärte Rizzitano. »Er hat sich geweigert, einen Kühlschrank zu kaufen. Irgendwo in der *Golena* hatte er immer noch ein altes Kühlhäuschen.«

Boskovic sprang so ungestüm auf, dass sein Stuhl nach hinten kippte. In seinem Kopf hallten die Worte des Professors wider. »In der Nacht, als die Männer von der SS ins Haus einbrachen, konnte der Junge sich retten, weil er Eis holen gegangen war.«

»Die Kühlhäuschen«, fuhr Rizzitano fort, der jetzt in Schwung war und sich nicht wieder das Wort nehmen lassen wollte, »wurden früher benutzt, um Lebensmittel zu konservieren. Es waren kleine Bauten, die zum Teil unter Wasser lagen. Sie hatten dicke Mauern und keine Fenster. Im Winter wurden sie mit Eis gefüllt, dann war man ein ganzes Jahr lang versorgt.«

»Willst du damit etwa sagen, dass der alte Mann jedes Jahr ein paar Zentner Eis in den Wald gebracht hat?«

»Ganz genau. Daher auch sein Spitzname: Giasér – Eismann.«

Jetzt waren alle aufgeregt aufgesprungen. Sie hatten denselben Gedanken. »Gehen wir?«, fragte Radeschi.

»Nicht jetzt, es ist zu dunkel. Morgen früh um sechs.«

»Ich auch?«, fragte der Journalist erstaunt.

»Nur wenn du das schreibst, was ich dir sage.«

»Bastard.«

»Erspar mir die Schmeicheleien, und stell dir den Wecker. Um die Zeit ist der Hahn deiner Freundin noch im Tiefschlaf.«

Rizzitano kam um Viertel vor sechs mit dem Punto. Er wagte es sogar, Gatsby von der Vespa zu ziehen, der sich sofort zusammenrollte. Der Aktionsplan wurde in der Küche des *Maresciallo* geschmiedet.

Der *Brigadiere* hatte seine Kaffeemischung mitgebracht. Er goss seinem Vorgesetzten ein Tässchen ein und überhäufte ihn sofort mit Fragen. Er hatte die ganze Nacht nicht geschlafen.

»Jetzt wissen wir, dass Mayer die rechte, Pardon, die linke Hand eines wahnsinnigen Kriegsverbrechers war, der '44 verschwand. Was folgern wir aus diesem Umstand?«

Boskovic trank seinen Kaffee Monte. Schweigend. Er

nahm sich eine Zigarette, zündete sie an und fing an zu sprechen.

»Gehen wir mal der Reihe nach vor: Wann hat die Geschichte mit den ermordeten Alten und den abgetrennten Händen angefangen?«

»Nach dem Tod von Giasér.«

»Genau. Nachdem der Eismann den Löffel abgegeben hatte. Das erklärt auch ein anderes Rätsel.«

»Welches denn?«

»Dass die Hände aufgetaut waren.«

»Dass die Hände aufgetaut waren?«

»Herrgott, Rizzitano, könntest du mal aufhören, alles, was ich sage, als Frage zu wiederholen?«

»Tut mir leid, *Marescià*.«

Radeschi gluckste. Aber er war zu verschlafen, um etwas zu sagen.

»Die aufgetauten Hände müssen doch vorher irgendwo konserviert worden sein, oder?«

Langsam dämmerte es Rizzitano.

»Wollen Sie damit sagen, Giasér hätte all die Jahre die amputierten Hände eines Mannes aufbewahrt?«

»Nicht nur irgendeines Mannes, *Brigadiere*, sondern Mayers.«

»Mayers?«

»Rizzitano!«

»Tut mir leid!« Jetzt sah er aus wie ein Kind, das mit dem Finger in der Marmelade ertappt worden war. »Fahren Sie fort.«

»Ich nehme an, dass Giasér oder einer von seinen Partisanenfreunden Mayer umgebracht und seinen Leichnam dann, aus welchen Gründen auch immer, an der ersten Stelle versteckt hat, die ihm in den Sinn kam.«

»Das Eishäuschen!«

»Genau.«

»Warum sollte er das getan haben? Hätte er die Leiche nicht besser in den Po geworfen?«

»Nein, ich glaube nicht. In primis, weil der Fluss sie früher oder später wieder freigegeben hätte und ein toter SS-Mann, wie du dir sicher denken kannst, Strafmaßnahmen provoziert hätte, während ein verschwundener SS-Mann auch andere Hypothesen zuließ. In dem Fall konnte Mayer auch desertiert oder übergelaufen sein. So hatten die Deutschen und die Faschisten keinen Vorwand, jemanden dafür umzubringen.«

»Und in secundis?«

Der *Maresciallo* und Radeschi lächelten über Rizzitanos Schlagfertigkeit.

»Zweitens glaube ich, dass diese Idee erst nach und nach entstand, als Rache.«

»Welchen Sinn hätte das denn? Zwei Partisanen zu töten, die nichts mit dieser hässlichen Geschichte zu tun haben …«

»Weißt du, *Brigadiere*, meiner Meinung nach ist des Pudels Kern hier, dass Spinelli und Reggiani überhaupt keine Partisanen waren.«

Radeschi verdrehte die Augen, aber Boskovic hatte bereits genug gesagt.

Er begann, Befehle zu erteilen.

»Ich habe gestern Abend noch die Kriminaltechnik angerufen. Piccinini wird in wenigen Minuten mit der nötigen Ausrüstung hier sein, um Giasérs Haus und das Kühlhäuschen zu inspizieren. Du gehst mit ihm.«

»Sie kommen nicht mit?«

»Nein, ich muss an einen anderen Ort.«

»Und was mach ich?«, mischte Radeschi sich ein.

»Du gehst mit Rizzitano und kannst Fotos schießen, aber ohne meine Erlaubnis wird nichts veröffentlicht. Klar?«

Der Ort, an den Boskovic sich begeben musste, war ein Friedhof. Er lag ziemlich weit von Capo di Ponte Emilia entfernt: zweihundert Kilometer, in Cismon del Grappa, in der Provinz Vicenza. Der *Maresciallo* unternahm die Reise allein, in Zivil und mit seinem eigenen Wagen. Allerdings sah er sich vor dem Gittertor des Friedhofs gezwungen, bei seinen Kollegen vor Ort um Hilfe zu ersuchen.

Der *Comandante* der Wache, ein gewisser *Maresciallo* Egidio Guadagnin, hörte sich Boskovics Ausführungen an und machte dem Friedhofswärter Beine, damit er dem Besucher öffnete.

»Was soll denn die Eile?«, brummte der Alte. »Wer erst mal hier ist, läuft doch nicht mehr weg.«

Boskovic antwortete nicht.

»Was suchen Sie denn?«, fragte der Mann, der spindeldürr war und tiefliegende Augen hatte. Ein vager Geruch nach Tod umgab ihn. Ansonsten nahm man nur den Duft von Chrysanthemen wahr. Und Stille.

»Ein Grab.«

»Da sind Sie hier richtig, das kann ich Ihnen schon mal sagen«, bemerkte der Mann spöttisch. Mit diesen Worten drehte er sich auf dem Absatz um und wollte zur Tür streben.

Boskovic hielt ihn zurück. »Moment noch. Ich suche kein normales Grab, sondern ein Beinhaus.«

Der Alte kniff die dunklen Augen zusammen, als blendete ihn die Sonne.

»Dann da lang«, sagte er und zeigte auf einen Kiesweg, der von hohen Hecken gesäumt war.

Nachdem Boskovic in einer Raststätte ein Brötchen gegessen und Guadagnin noch einmal um Amtshilfe gebeten hatte, um sich die Verzeichnisse des Einwohnermeldeamts anzusehen, kehrte er um fünf Uhr nachmittags in seine Kaserne zurück.

Der Erste, auf den er traf, war *Carabiniere* Patierno.

»Geh zum Metzger«, befahl er ihm, »und lass dir ein Dutzend Würstchen geben, aber von den guten bitte. Außerdem eine Knoblauchsalami. Sag, dass ich dich geschickt habe und es ernst meine. Lass es auf meinen Namen anschreiben und bring das Ganze zum Bahnhof. Dort gibt es einen Mann von der *Polizia ferroviaria*, Mariotti mit Namen, der schuldet mir einen Gefallen. Gib ihm die Wurst und sag ihm, sie müsste noch vor dem Abend am Zielort sein.«

Eilzustellungen durch Kollegen der Bahnpolizei kamen nicht gerade häufig vor. Meistens nutzte man sie für wichtige Berichte, kleine Päckchen oder Prozessdokumente, Beweisstücke für laufende Ermittlungen oder dergleichen mehr. Manchmal jedoch auch für anderes.

»Wohin?«, fragte Patierno.

»An die Kaserne der *Carabinieri* von Cismon del Grappa. Ich möchte, dass sie direkt an *Maresciallo* Guadagnin geschickt werden, mit Dank für die Zusammenarbeit mit den Kollegen von Capo di Ponte Emilia.«

41

Rizzitano und *Sottotenente* Piccinini durchsiebten mit unge-
wöhnlichem Eifer das Haus von Giasér; sie hatten es eilig,
denn ihr eigentliches Ziel lag woanders.

Abgenutzte Möbel, alte Einrichtungsgegenstände, ein schma-
les Bett, ein Schrank und ein Bad, das vor Schmutz starrte.

Überall lagen alte Zeitungen herum. In einem Kasten fand
Rizzitano einen Packen Briefe, der mit einer Schnur zusam-
mengehalten wurde. Der kurzsichtige *Brigadiere* hielt ihn sich
dicht vor die Nase, um den Namen des Absenders entziffern
zu können. Plötzlich erhellte ein breites Lächeln sein Gesicht.
Neben den Briefen lag ein Heft mit einem Einband aus
schwarzem Kunstleder. Er blätterte vorsichtig darin. Die Seiten waren dicht beschrieben, mit einer kleinen, deutlichen
Handschrift. Rizzitano schob alles in einen Klarsichtbeutel.
Das war Beweismaterial, das die RIS nicht interessierte. In al-
tem Schreibkram herumzuforschen war nicht ihre Aufgabe.

Sie durchsiebten alle Zimmer, fanden aber nichts Interessantes mehr.

Eine halbe Stunde später sprangen sie in den Jeep und fuhren, gefolgt von Radeschi auf seiner gelben Vespa, in die *Golena*, zu ihrem eigentlichen Ziel.

Rizzitano konsultierte zur Orientierung eine alte, detail-
lierte Militärkarte. Sie kamen fast sofort auf eine Schotter-

straße, die an einer kleinen Lichtung endete. Dort stiegen sie aus und gingen zu Fuß über einen schmalen Pfad, der fast ganz zugewuchert war. Sie schlugen sich einige Meter durch das Gestrüpp, bis sie zu einer weiteren schmalen Lichtung gelangten, deren Boden aus festgestampfter Erde bestand. Ihnen gegenüber erhob sich ein kleiner von hochstämmigen Bäumen umgebener Hügel, unter dem sich ein winziges Backsteinhäuschen duckte. Eine Art in den Hügel eingebautes Refugium direkt unter einer großen Eiche.

»Das Kühlhäuschen!«

Einer der Kriminaltechniker knackte das Vorhängeschloss mit einer Zange und stieß vorsichtig die Tür auf. Sofort schlug der kleinen Gruppe ein kalter Lufthauch entgegen.

Auf dem Boden und an den Wänden bröckelnder Mörtel, kaputte Steine; in einem Winkel eine Spitzhacke, die neu wirkte. Die *Carabinieri* untersuchten den Ort mit größter Sorgfalt, auch wenn sie das, was sie eigentlich suchten, schon beim Eintritt gesehen hatten. Hinter einer halb zerstörten Mauer erwartete sie der Leichnam eines blonden Mannes in den Dreißigern, der perfekt erhalten war. Eingefroren und hinter einem Haufen großer Eisblöcke konserviert. Seine Augen waren himmelblau und weit aufgerissen und seine Hände mit einer kleinen Säge amputiert, die auf dem Boden lag. Doch was am meisten ins Auge stach, war seine Kleidung. Er trug eine makellose SS-Uniform, komplett mit Kragenspiegel und Orden. Sogar die Dienstwaffe steckte noch. Das einzig Auffallende, abgesehen von den amputierten Händen, war das geronnene Blut um das Einschussloch mitten auf seiner Stirn.

Radeschi hatte bereits sein Handy gezückt. Die Männer der RIS hatten ihm nicht erlaubt, die Leiche zu fotografieren. Auch gut: Was er gesehen hatte, war mehr als ausreichend für die Titelseite. Rizzitano und Piccinini waren ziemlich erschüttert.

Tatsächlich war der Reporter der Einzige, der ganz ruhig blieb. Tote hatte er schon oft gesehen, sogar wenn sie noch warm waren. Da machte ein eingefrorener keinen großen Eindruck auf ihn.

»Und wer ist das?«, fragte der *Carabiniere* mit der Zange.

Doch niemand beachtete ihn. Die Antwort lag auf der Hand: Der Eingefrorene vor ihnen war Rottenführer Rudolph Mayer, der im Juli 1944 unter mysteriösen Umständen verschwunden war.

Nach sechzig Jahren war seine Leiche gefunden worden.

An diesem Abend, als Valeria schon ruhig schlief, blieb der *Maresciallo* noch lange auf dem Balkon und rauchte. Er spürte, dass er der Lösung des Falls schon ganz nahe war. Jetzt musste er nur noch die einzelnen Puzzlestücke in eine Ordnung bringen. Diesmal hatte der Sex nicht die warme Decke des Schlafs über ihn gebreitet.

Er saß hier, in Unterhose, mit einer Flasche Monte und seinen Zigaretten, und betrachtete die schlafende Landschaft. Doch das Bild des toten Mayer wollte ihm nicht aus dem Kopf gehen. Ein Phantom, das endlich Gesicht und Gestalt bekommen hatte. Wie ein ägyptischer Pharao, der dank der Einbalsamierer fast unversehrt der Nachwelt erhalten geblieben war.

Die Fotos hatten am Ende die Männer der RIS gemacht. Die Sichtung war für Boskovic unangenehm und verblüffend zugleich. Unglaublich, wie gut diese alten Kühlhäuschen funktionierten.

Aber wesentlich war etwas ganz anderes: Angenommen,

Giasér, der nun tot und begraben war, hatte den Deutschen eingefroren, aber wer hatte ihn dann mit einer Spitzhacke aus seinem Eisgrab befreit und ihm die Hände abgesägt? Und die Zunge, wie Piccinini nach genauerer Prüfung der Leiche entdeckt hatte?

Motorengedröhn schreckte ihn aus seinen Gedanken auf: der Gelbe Blitz.

Radeschi parkte genau unter seinem Balkon.

»Schläfst du noch nicht?«

»Nein, mir war nach trinken.«

»Dann komm runter. Ich habe Bier.«

Das ließ sich Boskovic nicht zweimal sagen. Auch nicht, als es darum ging, Radeschi in die Sichtung von Giasérs Papieren miteinzubeziehen.

»Hier«, sagte er und leerte Rizzitanos Klarsichtbeutel auf dem Gartentisch aus.

Sie warfen gemeinsam einen Blick auf die Briefe und das Heft. Ein Zettel, der zu Boden flatterte, zog Radeschis Aufmerksamkeit auf sich. Er hob ihn auf und breitete ihn auf dem Tisch aus.

»Das kenne ich doch! Das ist in allen Geschichtsbüchern abgebildet.«

Boskovic nickte; er kannte es schon.

Es war ein Telegramm. Eines der Schriftstücke, die Geschichte machen.

Es lautete:

ALDO DICE 26 x STOP

NEMICO IN CRISI FINALE STOP

APPLICATE PIANO E 27 STOP

CAPI NEMICI ET DIRIGENTI FASCISTI IN FUGA STOP

FERMATE TUTTE MACCHINE ET CONTROLLATE RIGOROSAMENTE PASSEGGERI TRATTENENDO PERSONE SOSPETTE STOP

COMANDI ZONA INTERESSATI ABBIANO MASSIMA CURA ASSICURARE VIABILITÀ FORZE ALLEATE SU STRADE GENOVA-TORINO ET PIACENZA-TORINO STOP

24 AVRILE 1945

Aldo sagt 26 x 1 Stopp.

Feind im Rückzugsgefecht Stopp.

Einsatz Plan E 27 Stopp.

Anführer der Feinde und Faschisten auf der Flucht Stopp.

Alle Wagen anhalten, Passagiere kontrollieren und Verdächtige festnehmen Stopp.

Befahrbahrkeit der Strecken Genua–Turin und Piacenza–Turin für die Alliierten oberste Priorität Stopp.

24. April 1945

»Du weißt doch, was das ist, nicht wahr, *Maresciallo*?«

»Ich habe mich schlaugemacht: Das ist das Telegramm der Nationalen Befreiungsfront des Partisanenverbandes von Oberitalien, das den Tag und die Stunde – 26. April, ein Uhr nachts – des Aufstands angibt.«

»Genau. Und wenn Giasér ein Originalexemplar davon besaß, heißt das, dass er wirklich ein wichtiges Mitglied des Widerstands war.«

»Machen wir uns an die Arbeit.«

Das war ein Befehl. Radeschi besorgte Kerzen, Räucherspiralen und Autan, dann waren sie bereit.

Sie erkannten sofort, dass sie eine wichtige Informationsquelle vor sich hatten. Vor allem das Heft enthielt, geordnet nach Datum, einige Eintragungen, die die Kriegszeit betrafen. Die Briefe hingegen waren jüngeren Datums und kamen sämtlich von einem einzigen Absender.

»Willst du die Briefe oder das Notizbuch lesen?«, fragte der *Maresciallo.*

»Die Briefe. Die erinnern mich an E-Mails.«

Es war eine langwierige und mühselige Angelegenheit. Giasérs ganzes Leben war auf diesen Seiten festgehalten: Erinnerungen, Freundschaften, Hoffnungen.

Als sie alles gelesen hatten, brach bereits ein neuer Tag an.

Radeschi war todmüde. Er schob die Briefe beiseite und gähnte laut.

»Was denkst du?«, fragte er.

»Dass es noch nicht vorbei ist. Das weiß ich einfach!«

»Detektivischer Spürsinn?«, spöttelte der andere.

»Nein, Mathematik.«

»Das heißt?«

»Es waren vier SS-Männer, die das Blutbad veranstalteten. Drei sind jetzt tot.«

»Also bleibt noch einer?«

»Genau.«

42

Boskovics Vorahnungen bewahrheiteten sich am folgenden Morgen. Es kam Bewegung in die Untersuchung, allerdings war dies nicht den Ermittlern zu verdanken.

An diesem Morgen erschien *Carabiniere* Patierno im Büro, um einen Besucher anzukündigen. Doch wurde er sofort von einem rüstigen Achtzigjährigen beiseitegeschoben, der in höchster Aufregung hereinstürzte. Er war groß und sehnig, trug eine dicke Brille auf der Nase und hatte die Haare militärisch kurz geschnitten. Boskovic hob eine Augenbraue.

»Das ist Italo Gorreri«, erklärte Rizzitano, der hinter ihm erschien. »Der Dritte im Bunde mit Spinelli und Reggiani. Der, den wir nicht finden konnten, weil er in den Bergen war.«

Die Szene gestaltete sich ein wenig grotesk. Gorreri war außer sich und hielt ein blutiges Taschentuch in der Hand. Boskovic nahm es ihm vorsichtig ab. Darin eingewickelt lag eine Zunge. Mit der anderen Hand umkrallte der Alte einen weißen Briefumschlag, der, kaum überraschend, an Mayer adressiert war.

Gorreri war in Unterhemd und Pantoffeln und keuchte vor Angst. Der Grund war leicht zu erraten: Kaum war ihm das Päckchen zugestellt worden, war er zur Kaserne gerast, vor lauter Angst, der Nächste auf der Liste zu sein.

Boskovic prüfte die Handschrift: vom Linkshänder, eindeutig.

Patierno brachte dem am ganzen Körper zitternden Gorreri ein Glas Wasser. Die Zunge endete im Kühlschrank der Kaserne, und *Sottotenente* Piccinini, der Capo di Ponte Emilia mittlerweile verfluchte, machte sich von Parma auf, um das Beweisstück zu sichern.

Als der Alte wieder etwas Farbe bekommen hatte – dank eines großen Glases Grappa aus dem Friaul, den Rizzitano für solche Notfälle lagerte –, war er in der Lage, Fragen zu beantworten.

Er erzählte, dass er direkt nach Giasérs Beerdigung aus den Bergen zurückgekommen sei. Er hatte sich seit langem zur Gewohnheit gemacht, im Sommer Capo di Ponte zu verlassen und nach Predazzo zu fahren. Dort verbrachte er etliche Wochen, ohne Zeitungen zu lesen oder fernzusehen. Von der Welt abgeschieden.

Das konnte man ihm ohne weiteres glauben, hatte Rizzitano doch auf alle erdenkliche Weise versucht, ihn zu erreichen, aber ohne Erfolg.

Gorreri besaß eine kleine Almhütte, wohin er sich zurückzog, um die unberührte Natur in den Alpen zu genießen. Er las, wanderte, unterhielt sich mit vorbeikommenden Touristen und spannte aus. Da er keine Familie hatte, gab es auch keinen Grund, zu einem bestimmten Termin zurückzukehren. Er war erst am Tag zuvor wieder heimgekommen und hatte von den Stammgästen der Bar *Binda* die Neuigkeiten erfahren. Seine besten Freunde, Spinelli und Reggiani, waren ermordet worden. Das war solch ein Schock für ihn, dass er die ganze Nacht nicht hatte schlafen können.

»Ich weiß, warum man mich umbringen will«, gestand er mit zittriger Stimme.

Boskovic nickte.

»Dann sagen Sie es uns, Signor Gorreri. Oder soll ich Sie lieber Luigi Nicolini nennen?«

Der Mann wurde aschgrau.

»Wissen Sie«, fuhr Boskovic fort, »ich habe neulich einen Ausflug in Ihren Heimatort unternommen und einiges über Sie erfahren. Vor allem über Ihren Vater, Ultimo Nicolini. Der war zehn Jahre lang Bürgermeister von Cismon del Grappa. Dass dessen Sohn Partisan gewesen sein sollte, konnte ich kaum glauben; viel wahrscheinlicher war, dass er schon früh zum Faschisten wurde, zuerst als *Figlio della lupa*, später als *Avanguardista* und schließlich als *Repubblichino*. Ich habe sogar ein Foto gesehen, mit ihm als Zwanzigjährigem in Uniform, wo er dem Duce die Hand schüttelte!«

Der alte Mann hielt den Blick gesenkt. Er hatte seine zitternden Hände ineinander verschlungen.

»Dann habe ich im Archiv der Gemeinde nachgesehen und entdeckt, dass auch Ihre Busenfreunde, die jetzt an einem besseren Ort weilen, bei der nazifaschistischen Miliz angeheuert hatten. Sie hatten eine glückliche Kindheit. Eine wohlhabende Familie und ein schönes Leben bis zum Krieg. Doch dann ging es bergab. Nach dem 8. September wurde Ihr Vater in einem Hinterhalt von Partisanen umgebracht.

Ihre Mutter verkraftete diesen Schicksalsschlag nicht und starb an gebrochenem Herzen. Sie hassten die Partisanen, Nicolini: Sie waren Faschist mit Leib und Seele. Genau wie Ihre beiden Kameraden, denen das Leben auch übel mitgespielt hatte. Reggianis Brüder wurden von den Nazis erschossen, weil sie ins Heer von Salò gezwungen worden und bei der ersten sich bietenden Gelegenheit desertiert waren. Aber sie wurden geschnappt und hingerichtet. Der Glücklichste von

Ihnen dreien war noch Spinelli. 1943 war er mit einer jungen Frau namens Maria Venin verlobt. Nach dem Krieg konnte er sie nach Capo di Ponte bringen und heiraten. Natürlich hatten die beiden einen falschen Namen angenommen.

Aber als Spinellis Frau vor zwei Jahren starb, ging es mit ihm geistig bergab, und Sie beide hielten es für besser, ihn in einem Altenheim ruhigstellen zu lassen, obwohl Sie nichts mehr aus Ihrer Vergangenheit zu befürchten hatten. Stimmt es bis dahin?«

Der Alte zitterte jetzt noch heftiger. Ein weiterer Grappa war nötig, um ihn einigermaßen wiederherzustellen. Dann packte er aus.

»Es stimmt, *Maresciallo*. Ich heiße nicht Gorreri. Diesen Namen habe ich vor vielen Jahren, genauer gesagt 1945, angenommen.«

Boskovics Miene hellte sich auf. Die Namen, die Zunge, das Motiv, der aufgetaute Rottenführer, die Toten. Jetzt fügte sich alles zusammen.

»Und wie lautet dann Ihr richtiger Name?«, schnaubte Rizzitano. An seiner Miene war abzulesen, dass er glaubte, der Alte würde vor lauter Schock phantasieren.

»Den hab ich doch gerade schon genannt, *Brigadiere*«, schaltete der *Maresciallo* sich ein. »Sturmmann Luigi Nicolini.«

Der alte Mann riss die Augen auf. Seit zig Jahren hatte ihn niemand mehr mit seinem Rang und seinem richtigen Vor- und Nachnamen angesprochen.

Der *Brigadiere* heftete seinen Blick auf das Gesicht seines Vorgesetzten.

»Der Spion, der am Abend des 14. Juli 1944 sah, wie die Partisanen ihren verletzten Kameraden Gualtiero Angelini ins

Haus der Ferrettis brachten. Der, der sofort zu Rottenführer Mayer rannte und am Tag danach mit ihm und seinen zwei Spießgesellen, Gasparini und Brezan, alias Attilio Spinelli und Annibale Reggiani, an der Exekution des Partisanen und des Ehepaars beteiligt war.«

Rizzitano starrte ihn mit offenem Mund an, während der Alte anfing zu weinen. Es war ein stilles, aber heftiges Weinen, und die Tränen rannen ihm in Strömen über die Wangen.

»Wie sind Sie denn darauf gekommen?«, fragte Rizzitano.

»Durch die Zunge, *Brigadiere*. In letzter Zeit versuchte ich zu ergründen, warum die Mordopfer vorher eine amputierte Hand zugeschickt bekommen hatten. Aber auf die Lösung kam ich erst, als die Zunge gesandt wurde. Es handelte sich um etwas Symbolisches. Rottenführer Mayer war der Anführer, der Kopf der Gruppe. Ein gnadenloser Mörder, der bei *Maresciallo* Reder, *Il Monco*, dem Urheber des Massakers von Marzabotto, in die Schule gegangen war. Anfangs glaubte ich, die amputierten Hände deuteten symbolisch auf ihn. Ein verstümmelter Mann, der die Hand eines anderen geführt hatte. Aber das war ein Irrtum. Die Symbolik hatte zwar mit dem Widerstand zu tun, aber ausschließlich mit einer Episode: mit der Exekution des Partisanen und der beiden Mitverschwörer. Mayer hatte als Erster gebüßt, und seine Komplizen, die opportunistischen Überlebenden, sollten jetzt bezahlen. Zuerst Spinelli und Reggiani, die ausführenden Organe, die Hände, und dann er, der Spion, die Zunge.«

Sie wandten sich zu dem Alten. Er saß zusammengekrümmt da, gebeugt und spindeldürr. Das faltige, tränenüberströmte Gesicht verzerrt.

Rizzitano trat zum *Maresciallo*, während der Alte sich zu sammeln versuchte.

»Wollen Sie damit sagen, die beiden alten Männer seien keine Partisanen gewesen?«

»Genau. Sie waren alte Kameraden: Obergefreiter Bruno Gasparini und Gefreiter Livio Brezan.«

»Zwei Faschisten?«

»Schlimmer noch, Rizzitano: zwei SS-Angehörige. Ich fand es verdächtig, dass man nicht wusste, was die beiden vor 1945 gemacht hatten. So als wären sie aus dem Nichts erschienen. Daher habe ich Patierno befohlen, in den Archiven nach den Namen Gasparini und Brezan suchen zu lassen. Schließlich waren beide zusammen mit dem Obergefreiten Luigi Nicolini im August 1944 verschwunden. Sie hatten nach Mayers Verschwinden alle Spuren verwischt.«

»Wie denn?«

»Genau wie die Partisanen natürlich. Sie haben sich irgendwo im Apennin versteckt und gewartet, bis sich die Wogen glätteten. Sie haben sich einen Bart wachsen lassen, Zivil angezogen, und nach ein paar Monaten, als das CLNAI, das nationale Befreiungskomitee, zum Aufstand aufrief, haben sie sich ein rotes Halstuch umgebunden und sind mit anderen Partisanen ins Dorf gekommen.«

»Und wer hat sie umgebracht? Etwa der tote Giasér?«

»Manchmal, *Brigadiere*, raubst du mir wirklich den letzten Nerv! Natürlich war es nicht Giasér! Meiner Meinung nach sind sie sogar nur wegen ihm so lange durchgekommen.«

»Aber wer hat denn dann fünfzig Jahre gewartet, um die beiden umzubringen?«

Der *Maresciallo* zündete sich eine Zigarette an und betrachtete schweigend Rizzitano, dessen Miene nichts als Unverständnis ausdrückte. Er hatte ihm alle Informationen gegeben, jetzt musste er allein auf die Lösung kommen.

Plötzlich riss der *Brigadiere* die Augen so weit auf, dass man befürchten musste, sie würden aus ihren Höhlen treten.

»Der Junge! Verdammt, es war Brenno Ferretti, der all die Jahre auf die Gelegenheit gewartet hat, die Mörder seiner Eltern umzubringen.«

»Um seine Arbeit zu beenden«, fügte der *Maresciallo* zynisch hinzu.

»Wieso?«

»Weil er es war, der vor sechzig Jahren Mayer erschossen hat.«

Jetzt zeigte Rizzitanos Miene nur noch blankes Erstaunen.

»Wenn das so ist, dann haben wir Glück. Denn ich hab Brenno erst kürzlich gesehen und sogar mit ihm gesprochen!«

Jetzt riss der *Maresciallo* die Augen auf. »Wann?«

»Bei Giasérs Beerdigung. Er war ganz vorn im Trauerzug. Am gleichen Abend haben wir sogar noch ein paar Worte in der Bar *Binda* gewechselt. Er hat mir erzählt, dass er wegen der Beerdigung hier ist und eine Weile im Mon Repos wohnt.«

Das Mon Repos, wahrscheinlich von einem frankophilen Exzentriker gegründet, war die einzige Pension im Ort. Drei Zimmer und viel guter Wille, um sich dem langsamen, aber unausweichlichen Verfall entgegenzustemmen.

Boskovic sprang auf.

»Schnapp dir ein paar Männer, und sieh nach, ob er noch da ist.«

Als der *Brigadiere* ging, wandte Boskovic seine Aufmerksamkeit wieder Nicolini zu. Der Mann hatte angefangen, unaufhörlich mit dem Kopf zu nicken. Genau wie Dievel, der vollgestopft mit Beruhigungsmitteln in seinem Zimmer in der Villa Celeste gesessen hatte.

»Helfen Sie mir, bitte«, jammerte der Mann mit leiser Stimme. »Ich habe Angst, helfen Sie mir.«

Mitleid überkam den *Maresciallo*. In seiner Jugend hatte sich Gorreri mit schrecklichen Verbrechen besudelt, aber jetzt war er nur noch ein zu Tode erschrockener alter Mann. Er befahl Patierno, ihn wegzubringen und ihn im Auge zu behalten, bis Brenno Ferretti gefasst worden war.

Im Mon Repos war von Ferretti keine Spur. Laut Aussage des Wirts Gino Aliprandi wohnte der Mann tatsächlich seit einigen Wochen bei ihm, doch hatte ihn an diesem Tag noch niemand zu Gesicht bekommen. Er war am frühen Morgen aufgebrochen und bis jetzt noch nicht zurückgekehrt. Um ganz sicherzugehen, schloss er sein Zimmer mit dem Hauptschlüssel auf: Seine persönlichen Sachen waren noch da. Er war nicht geflohen. Vielleicht war er losgezogen, um auch den dritten ehemaligen Faschisten umzubringen?

Zurzeit waren nur zwei Zimmer der Pension bewohnt. Abgesehen von Brenno Ferretti gab es noch einen weiteren Gast aus Rimini, der unter der Woche in Mantua arbeitete, aber lieber auf dem Land wohnte. Am Abend leisteten sich die beiden Gäste oft beim Essen Gesellschaft. Das dritte Zimmer jedoch war frei. »Vielleicht«, sagte der Wirt, »ist er zur Kontrolle ins Krankenhaus von Guastalla gegangen. Vor anderthalb Monaten hatte er eine Nierenkolik und wurde dort zur Beobachtung über Nacht dabehalten.«

»Wann genau war das?«, fragte Rizzitano.

»Am 17. Juli. Das weiß ich so genau, weil das der Tag war, an dem Spinelli von den Albanern umgebracht wurde.«

Rizzitano sagte nichts dazu. Er würde dies zuerst nachprüfen.

Carabiniere Patierno bekam den Befehl, vor Ort auf den Mann zu warten. Er bekam das freie Zimmer und einen Stapel Zeitungen, alles auf Kosten der *Benemerita*.

43

Jennifer servierte Radeschi eines frühen Morgens ab, kurz bevor sie zur Arbeit ging. Nach einer letzten Nacht mit Sex stand sie auf und teilte es ihm auf ihre übliche schnoddrige Art mit. So als spräche sie von etwas Nebensächlichem.

»Es ist aus, Dicker. Ich hab keine Lust mehr, außerdem glaube ich, es ist besser so für uns beide. Du gehst nach Mailand zurück, und ich bin einfach nicht der Typ Frau, der tatenlos, geduldig und keusch auf deine Rückkehr wartet.«

Ihr Timing war perfekt: genau zu dem Zeitpunkt, da alle ihre Freunde aus dem Urlaub zurückkamen und sie wieder als Stammgast in den *Dark Rooms* der Diskotheken im Umkreis erscheinen konnte.

Dem alten Radeschi war das gar nicht recht. Auch in Anbetracht des Umstands, dass die Lovestory zwischen Stella und dem Arschregisseur sehr gut lief, wie ihm Mascaranti mit gehässigem Eifer mehrfach berichtete.

Außerdem hatte er in letzter Zeit nicht einen nennenswerten Artikel zustande gebracht. Es gab keine Knüller: Wenn Calzolari nicht auf dem Sessel des Chefredakteurs saß, war er ein Niemand. Glücklicherweise befand sich sein Pygmalion bereits auf dem Weg von Olbia nach Mailand-Malpensa, denn sonst wäre er bald völlig pleite gewesen. Doch in ein paar Tagen würde der übliche Trott wieder anfangen.

Aus diesen Gründen bereitete er alles für seine Rückkehr vor. Mit dem Gelben Blitz wollte er einen ungewöhnlichen Beifahrer nach Mailand transportieren: Buk. Er versuchte, den Hund aufspringen zu lassen, zwischen Ersatzreifen und Bremspedal, doch vergeblich. Es gelang ihm nicht mal im Stehen, das Gleichgewicht zu halten, geschweige denn bei sechzig Stundenkilometern. Also musste er diesen Plan aufgeben. Er beschloss, noch einmal mit Sebastiani und seinem Wagen zurückzukehren und ihn dann zu holen; Boskovic würde sich nur zu gerne ein paar Tage um ihn kümmern. Außerdem liebten alle den Hund. Selbst seine Eltern, die sich endlich entschlossen hatten, nach Hause zu kommen.

Sie trafen, schon geradezu unanständig braun, gegen elf Uhr ein.

Nachdem seine Mutter ihm einen flüchtigen Kuss auf die Wange gedrückt hatte, verbrachte sie zehn Minuten damit, den Kater zu streicheln. Sein Vater vergewisserte sich in der Zwischenzeit, dass alles in Ordnung war. Die trügerische Ruhe des Familientreffens wurde jedoch sehr schnell gestört. Von seiner Mutter. Die ließ Mirko laufen und hob alarmiert den Kopf.

Plötzlich lag eine seltsame Spannung in der Luft. Radeschi spürte ein Gewitter heranziehen.

Seine Mutter blickte sich verwirrt um.

»Wo sind Mammolo und Pisolo?«

»Hattest du sie etwa so getauft?«

»Wieso ›hattest‹? Was ist denn passiert?«, fragte sie besorgt zurück.

Sein Vater warf ihm einen schiefen Blick zu.

»Sie sind geflohen.«

»Erzähl keinen Unsinn.«

»Sie sind jetzt frei, Mamma. Hier hast du ihnen doch ihre Zwergenflügel gestutzt.«

Ihr Wutausbruch war ohnegleichen. Sein Vater schüttelte nur den Kopf. Enrico nickte halbherzig: Jetzt war wirklich der Zeitpunkt gekommen, nach Mailand zurückzukehren.

Um die Wahrheit zu sagen, war diese Entscheidung zusätzlich von Calzolari vorangetrieben worden, der ihn vom Flughafen anrief.

»Enrico. Was machst du noch da? Wartest du auf Lorbeeren? Ich erwarte dich morgen in der Redaktion.«

Dann hatte er aufgelegt.

Also stand sein Entschluss fest. Auch wenn er eher den Umständen als dem eigenen Antrieb zu verdanken war. Am nächsten Morgen würde er nach Mailand zurückfahren.

Am Abend verabschiedete er sich von allen. Er stieß mit den Stammgästen in der Bar *Binda* an, streichelte Gatsby, gab Boskovic die Hand und wurde fast von Rizzitanos Umarmung erdrückt.

Am folgenden Tag machte er sich früh morgens mit unguten Gefühlen auf den Weg.

In der Nähe von Spino d'Adda, dreißig Kilometer vor Mailand, klingelte sein Handy.

Am anderen Ende der Leitung war Boskovic. Er klang aufgeregt, doch der Journalist verstand nicht, was er sagen wollte. Die Verbindung war sehr schlecht, und außerdem ließ ihn zur Abwechslung sein Akku im Stich. Einmal zu oft.

Radeschi fluchte und tat das, was er schon vor langer Zeit hätte tun sollen. Als er die Brücke über den Fluss überquerte, schleuderte er das vermaledeite Motorola ins Wasser, dann wendete er und raste in Höchstgeschwindigkeit zurück.

Zielort: Capo di Ponte Emilia.

Ein Vorsatz beherrschte seine Gedanken: so schnell wie möglich dort ankommen, und wenn es den Motor seiner Vespa kosten sollte.

Boskovic hatte ihn noch nie angerufen, also musste etwas Ernstes passiert sein.

44

Strahlendblauer Himmel und drückende Schwüle: Obwohl man schon den 8. September schrieb, war an ein Ende der Sommerhitze nicht zu denken. Aber für Boskovic fügten sich die Dinge langsam zu einer Ordnung. Er spürte, dass die Schlinge sich zusammenzog.

Das Telefon klingelte. Rizzitano meldete sich, hörte eine Weile zu und legte wieder auf.

»Brenno Ferretti ist im Mon Repos verhaftet worden. Er wird jetzt hergebracht.«

Der Kreis hatte sich geschlossen.

Boskovic beobachtete vom Fenster seines Büros aus, wie Patierno einen alten Mann mit Handschellen hereinführte. Den Mörder.

Der *Maresciallo* versuchte Radeschi anzurufen; schließlich war es auch sein Verdienst, dass sie den Fall lösen konnten. Er wollte ihm von der Verhaftung berichten, aber die Verbindung war zu schlecht.

Er legte den Hörer auf und konzentrierte sich auf Ferretti. Der war klein, hatte dichtes, weißes Haar, das ihm bis zu den Schultern reichte, und einen gepflegten Bart. Er trug ein Hemd mit blauen Streifen und eine helle Hose.

Rizzitano schüttelte den Kopf.

»Glauben Sie, Giasér wusste, was hinter dieser falschen Wand im Kühlhäuschen verborgen war?«

»Soll das dein Ernst sein? Aus seinen Briefen geht eindeutig hervor, dass Mayer ihn von den Faschisten verhaften und foltern ließ. Giasér hasste diesen Mann.«

Brenno Ferretti saß mit einer Tasse Kaffee in der Hand vor dem *Maresciallo*.

Patierno, der wieder gegangen war, um Gorreri nach Hause zu begleiten, erwog, sich versetzen zu lassen, da er nach den Streifzügen mit Hunden und Leichen jetzt auch noch das Kindermädchen für eine Bande alter Knacker spielen musste.

Nach dem Kaffee bestürmte der *Maresciallo* Ferretti mit Fragen. Ohne Erfolg.

Ferretti blieb stumm wie ein Fisch. Er erklärte sich weder für unschuldig noch für schuldig, sondern saß einfach nur da und hielt den Blick beharrlich auf seine Schuhe gerichtet.

»Gut«, sagte der *Maresciallo*. »Da Sie beschlossen haben, sich nicht zu äußern, werde ich Ihnen eine Geschichte erzählen. Am Ende können Sie mir dann sagen, ob sie wahr ist oder falsch. Einverstanden?« Ferretti deutete eine Bewegung mit dem Kopf an, die Boskovic als Zustimmung auffasste.

Der Militärpolizist räusperte sich und fing an zu erzählen.

»Unsere Geschichte beginnt im Sommer 1944. Eine schreckliche Zeit für unser Land, da Bürgerkrieg herrschte und Italiener gegen Italiener kämpften. Auf der einen Seite die CNLAI, die Partisanen Oberitaliens, auf der anderen Seite die Anhänger der Republik von Salò, die sich mit den Deutschen verbündet hatten. Es gab sogar Italiener, die direkt von den Deutschen in der 29. Division der italienischen Waffen-SS angeworben wurden. Stimmt das so weit? Die Hauptaufgabe dieser SS bestand in der Partisanenbekämpfung. Die Soldaten darin waren noch grausamer als die deutschen, für ihre Härte berüchtigten Kameraden. Eines Tages tauchte hier in Capo di Ponte Emilia ein Trupp SS-Männer auf. Es waren vier Italiener, auch wenn ihr Anführer Rudolph Mayer wegen seines Namens und seines Akzents leicht für einen Deutschen gehalten werden konnte. Eines Abends bemerkt einer von ihnen verdächtige Umtriebe vor einem Haus, das von sogenannten Partisanensympathisanten bewohnt wird. An diesem Tag hatte ein Partisanenkommando in der Nähe des Flusses einen Hinterhalt gelegt, bei dem vier Deutsche ums Leben kamen. Das Kommando der Reggio Emilia lautet kurz und knapp: ›Vergeltung.‹ Doch auch im Widerstand hat es Tote und Verletzte gegeben. Namentlich ein Partisan, Guglielmo Angelini aus Rimini, hat eine böse Verletzung am Bein erlitten und wird von seinen Kameraden nachts ins besagte Haus gebracht. Ihr Haus, Brenno.«

Den alten Mann durchlief ein Schauer, doch blickte er weiterhin beharrlich auf seine Schuhe.

»Die SS«, fuhr Boskovic fort, »kommt in der folgenden Nacht, um den Partisanen und seine Helfer hinzurichten. Aber der Junge ist nicht zu Hause, weil er Eis holen gegangen ist. Er kann sich retten. Doch zuerst muss er mitansehen, wie seine Eltern und der Partisan bestialisch ermordet werden. Er ist entsetzt, will schreien und sie aufhalten, doch sein Überlebensinstinkt ist stärker. Deshalb hält er sich versteckt. Er hat das Gewehr seines Vaters dabei, das er aus einem Geheimversteck im Kühlhäuschen geholt hat. Er wartet, bis der Anführer, der seine Eltern mit einem Schuss in die Schläfe getötet hat, zum Wasserlassen das Haus verlässt. Er rührt sich nicht, als er sich dem Wäldchen nähert, wo er sich versteckt hat. Er lässt ihn immer näher kommen, bis er plötzlich aufspringt und ihn mit einem Schuss in die Stirn erledigt. Auf einmal ist Unruhe um ihn herum. Die Partisanen, die sich im Auwald versteckt haben, haben den Schuss gehört und kommen angerannt. Aber auch die drei anderen SS-Männer sind erschrocken aus dem Haus gekommen, um nachzusehen, was los ist. Es ist stockdunkel, eine Neumondnacht, und der Wald macht ihnen Angst. Nachdem sie ein paarmal vergeblich nach ihrem Anführer gerufen haben, beschließen sie, ins Dorf zurückzukehren.«

Jetzt blickte der Alte Boskovic direkt in die Augen. Er wirkte angespannt.

»Giasér taucht aus dem Wald auf und entdeckt den Jungen. Zusammen verstecken sie die Leiche im Kühlhäuschen, und zwar hinter einer Tür, die Vater Ferretti eingebaut hat, um das Gewehr und die restlichen Waffen zu verstecken. Sie haben nicht viel Zeit. Giasér nimmt den Jungen und bringt ihn in Sicherheit.

Am nächsten Tag durchsuchen Faschisten und Deutsche das ganze Gebiet, finden jedoch nichts. Daher gehen sie davon aus, dass ihr Rottenführer auf dem Grund des Flusses ruht, und kehren ins Dorf zurück. Dann geht jemand zum Kühlhäuschen zurück, entweder Giasér oder auch der Junge. Vielleicht auch beide. Sie kehren ins Kühlhäuschen zurück und ziehen dort, wo die Tür war, eine Wand hoch. Sie mauern die Leiche des Deutschen ein und halten ihn so in künstlichem Winterschlaf. Ein paar Monate später ist der Krieg aus, und Ferretti, der sich darum gekümmert hat, das Kühlhäuschen kalt zu halten, wird zu Verwandten seiner Mutter nach Rom geschickt. Es sind die einzigen Verwandten, die er noch hat. Doch vor seiner Abreise tritt er seine Aufgabe an Giasér ab:

Der soll in Zukunft dafür sorgen, dass es im Kühlhäuschen kalt genug bleibt. Von diesem Moment an bleiben die beiden ständig in Kontakt; sobald es dem Jungen möglich ist, schickt er dem Älteren Geld, damit er sich durchschlagen und das Kühlhäuschen intakt halten kann. Diese Regelung verfestigt sich mit der Zeit immer mehr, bis das Geld schließlich eine Pension für Giasér darstellt, ohne die er, wie seine Finanzen zeigen, nicht mehr ausgekommen wäre.«

Der *Maresciallo* sah den alten Mann forschend an.

»An diesem Punkt kommen wir in die Gegenwart, und hier gibt es leider keine Dokumente, die meine These stützen, so dass ich nur Vermutungen habe. Nichts als Augenschein und Fragen. Erstens: Warum hat der Mörder sechzig Jahre mit der Vollendung seiner Rache gewartet? Warum ist er nicht sofort zurückgekehrt, sagen wir: als er volljährig wurde, um alte Rechnungen zu begleichen?

Die Antwort lautet, dass der Mörder die drei Schergen – Gasparini, Brezan und Nicolini – tot wähnte. Er war überzeugt, die Partisanen hätten sie nach dem 25. April, als es in der Bassa zuging wie im Wilden Westen und alles nur mit Waffengewalt gelöst wurde, gefunden und erschossen. Und zwar war er überzeugt davon, weil Giasér es ihm geschrieben hatte.«

Jetzt war Ferretti bleich geworden und schwitzte.

»Ich habe eine ganze Nacht damit verbracht, Ihre Briefe zu lesen«, fuhr Boskovic fort, »und konnte mich davon überzeugen, dass der alte Partisan zu seinem eigenen Besten beschloss, Ihnen dieses Lügenmärchen aufzutischen. In Kriegszeiten konnte man sich einiges erlauben, aber danach nicht mehr. Italien wurde Republik, die verschiedenen Parteien der Bevölkerung versöhnten sich, und der gesunde Menschenverstand riet dem Alten, Groll und Rachegelüste fahren zu lassen. Man musste vergessen. Der Mörder glaubt Giasér, weil er ihm vertraut, und denkt nicht mehr daran. Er lebt sein Leben, heiratet, bekommt Kinder und Enkel. Dann geschieht etwas, das alles ändert: Sechzig Jahre später ist es um das prekäre Gleichgewicht geschehen. Es passiert, als Giasér stirbt und unser Mann zum ersten Mal in sein Heimatdorf zurückkehrt, um bei der Beerdigung dabei zu sein. Und was sieht er da? Sie, die Mörder seiner Eltern. Gesund und munter. Zwar ist viel Zeit vergangen, doch manche Gesichter vergisst man nie, vor allem, wenn solche Gräueltaten damit verbunden sind. Außerdem ist er sich sicher, weil einer von ihnen ein unverwechselbares Mal am Kopf hat, wie Gorbatschow … Da stehen sie, vor dem Trauerzug, und mimen Betroffenheit. Sie tragen sogar ein rotes Halstuch, wie die Partisanen.

In diesem Moment gelingt es dem Mann, wie sechzig Jahre zuvor, ruhig Blut zu bewahren und nicht seiner Wut Ausdruck zu verleihen. Er hat so lange auf seine Rache gewartet, da kann er noch ein paar Tage warten. Und wenn es sein muss, wie bei Nicolini, sogar Wochen. Nach der Trauerzeremonie stürzt er mit Spitzhacke und Säge zum Kühlhäuschen. Der Rest ist in den Zeitungen nachzulesen. Ich habe doch nichts vergessen?«

Brenno Ferretti fühlte sich sichtlich unbehaglich, sein rechtes Bein zuckte. Rizzitano schenkte ihm ein Glas Wasser ein. Als er sich ein wenig beruhigt hatte, ergriff der *Maresciallo* erneut das Wort.

»Allerdings gibt es da eine Kleinigkeit, die mich stört. Am Tag, an dem Spinelli ermordet wurde, waren Sie im Krankenhaus von Guastalla und erholten sich von einer Nierenkolik. Ich hab mir Ihre Krankenakte zeigen lassen, die das einwandfrei beweist. Also bleibt die Frage: Wie konnten Sie Spinelli, oder für Sie: Gasparini, umbringen, während Sie im Krankenhaus lagen? Haben Sie sich für ein Stündchen heimlich aus dem Staub gemacht und sind dann zurückgekehrt? Die Poliklinik ist schließlich nur ein paar Kilometer entfernt, also hätten Sie die Zeit dazu gehabt. Rizzitano ist mit dem Wagen die Strecke zur Tatzeit abgefahren. Sie hätten es leicht in vierzig Minuten geschafft. Dazu brauchten Sie nur Ihrem Zimmergenossen zu sagen, Sie würden auf die Toilette gehen. Nach einer knappen Stunde wären Sie dann wieder in Ihrem Bett gewesen. Mit einem bombensicheren Alibi.«

An diesem Punkt lächelte der alte Mann und entschied sich, etwas zu sagen.

»Meinen Glückwunsch, verehrter *Maresciallo*. Wirklich. Eine schöne, fast schon glaubwürdige Geschichte, muss ich sagen, nur leider stimmt das Ende nicht. Ich will Ihnen etwas gestehen, nur eine einzige Sache. Außer Mayer vor sechzig Jahren habe ich niemanden getötet.«

Boskovic biss grimmig die Zähne zusammen.

»Abführen«, befahl er.

Der alte Mann erhob sich. Jetzt hatte er seine Ruhe wiedergefunden. Er zitterte nicht mehr und wirkte fast entspannt.

»Haben Sie eine Zigarette für mich?«, fragte er.

Ohne lange nachzudenken holte Boskovic eine Zigarette aus seinem Päckchen und warf sie ihm zu. Brenno fing sie im Flug auf, steckte sie sich zwischen die Lippen und zündete sie mit einem Feuerzeug an, das er aus seiner Tasche holte.

Alles mit der rechten Hand.

45

»*Cat vegna un cancher!*«, knurrte der *Maresciallo*.

Dieser Fall sollte mit denselben Worten enden, wie er angefangen hatte.

Boskovic lief wie ein eingesperrtes wildes Tier in seinem Büro hin und her. Rizzitano wusste nicht, was er machen sollte. Er hatte bereits mit Kaffee Montenegro und Zigaretten aufgewartet. Er hatte alles versucht, aber das Einzige, was dabei herausgekommen war, war dieser Ausruf.

Doch dann gewann seine Zuversicht überhand.

»Ach, *Maresciallo*, wozu die Aufregung? Das verstehe ich nicht: Wir haben ihn doch erwischt, jetzt ist der Fall wirklich abgeschlossen.«

Boskovic warf ihm einen vernichtenden Blick zu.

»Der Fall ist abgeschlossen, Gennaro?«

Es war das erste Mal, dass sein Vorgesetzter ihn beim Vornamen nannte, und es war fragwürdig, ob dies ein gutes Zeichen war. Eher nicht.

Boskovic begann, an den Fingern einer Hand abzuzählen: »Wir haben kein Geständnis. Wir haben keine Tatwaffe, doch vor allem, Gennaro, haben wir keinen verdammten Linkshänder. Brenno ist kein Linkshänder. Hast du nicht gesehen, wie ich ihm die Zigarette zuwarf? Mit welcher Hand hat er sie aufgefangen?«

»Du meine Güte«, keuchte der *Brigadiere*.

»Verstehst du jetzt?«

»Ja, aber«, stammelte der *Brigadiere*, »wir haben das Motiv, wir haben das Kühlhäuschen, wo Piccininis Männer sicher Brennos Fingerabdrücke finden werden. Die Pistole wird auch früher oder später auftauchen, und auf das Geständnis können wir auch verzichten …«

Es waren einfach zu viele Unwägbarkeiten. »Gut«, räumte Boskovic ein, »aber was machen wir mit der linken Hand?«

»Was soll ich da sagen, *Marescià*, es gibt eine Menge Leute, die beidhändig sind. Nehmen Sie zum Beispiel mich: Ich schreibe mit der Rechten, halte die Gabel aber mit der Linken.«

»Red doch keinen Unsinn, Rizzitano!«

Daraufhin verstummte der *Brigadiere* und drehte sich auf dem Absatz um.

Boskovic nahm ein neues Päckchen MS und steckte sich eine Zigarette an. Er versuchte, dies mit der linken Hand zu bewerkstelligen. Ein Desaster. Zwar gelang es ihm, das Gleiche zu tun wie Brenno Ferretti, aber es wirkte unnatürlich. Unbeholfen.

Daraufhin schlug er so heftig mit der Faust auf seinen Schreibtisch, dass Rizzitano den Kopf durch die Tür steckte, um nachzusehen, ob alles in Ordnung war. Aber es war eben nicht in Ordnung, dass Brennos Schuld aufgrund einer einwandfreien Beweiskette zwar nahelag, aber nur, wenn man dieses vermaledeite Detail außer Acht ließ. Schon sein Krankenhausaufenthalt stellte die Anklage auf wacklige Füße. Und unser *Maresciallo* war niemand, der Details vernachlässigte. Schließlich war ihm das bis zum Überdruss in der Offiziersschule eingebläut worden.

»Wo steckt der Fehler?«

In diesem Moment erschien Rizzitano mit einem frischen Kaffee im Büro.

»Hör mir gut zu, Gennaro«, setzte Boskovic an. »Und sag mir dann, was du denkst.«

Das war ein böses Zeichen: Er nannte ihn wieder beim Vornamen.

»Zu Befehl«, sagte Rizzitano und stand stramm. Mit ernster Miene.

»Nehmen wir mal eine Sekunde lang an, Brenno hätte die Wahrheit gesagt und wäre nicht derjenige, der Spinelli und Reggiani umgebracht hat. Welchen Schluss lässt das zu?«

»Das Logischste wäre doch dann, dass ihm jemand geholfen hat.«

»Genau, *Brigadiere*. Ein Komplize, der für ihn die Drecksarbeit übernommen hat.«

»Schön, aber wer? Wem konnte er es überlassen, die drei alten Faschisten umzubringen?«

»Vielleicht jemandem, der selbst betroffen war?«

»Betroffener als Brenno Ferretti?«

Die Augen des *Maresciallo* blitzten. Rizzitano bewegte keinen Muskel, während sein Vorgesetzter wild in der Akte herumwühlte. Nach ein paar Minuten zog er ein Dokument hervor. Der *Brigadiere* erkannte es: Es war ihnen vor ein paar Tagen aus der Romagna geschickt worden.

Boskovic warf nur einen kurzen Blick darauf, doch der genügte, um einen Namen zu entdecken.

»Einen gibt es, Rizzitano. Einen, den die Sache genauso betrifft wie Ferretti. Einen, der in jener Nacht ebenfalls seinen Vater verloren hat. Der Sohn des Partisanen!«

Wie ein Gong hallten die Worte von Professor Benassi in

seinem Kopf wider: »An diesem Abend machten die Faschisten zwei Kinder zu Waisen, da die Frau des Partisanen Angelini gerade niedergekommen war.«

Das war das Detail, das er übersehen hatte, das letzte Puzzlestück.

»Aber ja doch! Der Partisan kam aus Rimini, und dieser andere Gast im Mon Repos, mit dem Ferretti jeden Abend gegessen hat, kommt auch daher.«

Der *Brigadiere* hatte nicht mal die Zeit, zu Ende zu sprechen, denn der *Maresciallo* war schon aus dem Büro gestürzt.

»Wohin wollen wir denn, *Marescià*?«

»Wohin wohl! Zu Gorreri natürlich. Wenn wir es noch rechtzeitig schaffen.«

Als sie mit quietschenden Reifen losfuhren, sahen sie hinter sich die Silhouette von Radeschis Vespa.

Der Punto der *Carabinieri* hielt quietschend vor dem Haus. Dessen Tür stand sperrangelweit auf. Boskovic und Rizzitano stürzten mit gezogener Waffe hinein. Radeschi folgte ihnen in gebührendem Abstand mit seiner Kamera im Anschlag.

Vom Wohnzimmer am Ende des Flurs hörte man Stimmen. Die Polizisten rannten darauf zu, da hörte man plötzlich ein gedämpftes Geräusch, eine Art PLOP, wie ein Korken, der aus einer Flasche schießt.

Im Wohnzimmer wartete der Mörder. Auf dem Boden lag Gorreri, leblos, mit einem Einschussloch in der Stirn.

Über ihn geneigt stand ein Mann. Etwa sechzig, graues, kurzes Haar, braungebrannt, kalte, blaue Augen.

»Es ist aus«, sagte der *Maresciallo* und hielt die Pistole auf ihn gerichtet. »Du hast deinen Vater gerächt, lass die Waffe fallen.«

Libero Angelini rührte sich nicht. Er war wie betäubt.

»Es ist aus«, flüsterte er. Dann hielt er sich die Pistole an die Schläfe und feuerte ab.

Er hielt die Waffe in der linken Hand.

Der linken Hand des Teufels.

Dank

Dank an Mamma und Papà, die an mich geglaubt haben.

An die Freunde in der Bassa, ein Landstrich, der für mich immer eine Art Mentalität verkörperte. Eine Seinsweise, die ich verinnerlicht habe.

An Capo di Ponte natürlich, das nicht existiert, wo ich aber gerne wohnen würde.